イタリア追憶物語

—我が半生の記—

秋葉清明

AKIBA Kiyoaki

文芸社

目次

本書に寄せて

本書は畏友秋葉清明氏の二冊目の著書である。現地で出会った女性との恋に端を発して途中失恋やコロナ感染などの彷徨を経て友人の死を悼む最後のイタリア旅行までを描いた。それは結果として氏の人生航行路を丸々描き出してまさに畢竟の大著と相成った。

ただ私自身は氏のイタリア時代を知らない。大学院に共に在学していた頃に知り合ったのだが、こちらは当時小林秀雄の批評に血道を上げていて、氏は松尾芭蕉の研究に励んでいた。年齢が親子ほど離れているにもかかわらず、我々は不思議と馬が合った。二週間に一度のペースで食事をし、互いの研究についてだけでなく家庭のことなども話し合った。だが、運命とは残酷なもので私は学位を取れずに満期退学し、氏は家庭の事情から志半ばで京都を去らねばならなかった。あれから幾星霜。互いに苦労を重ねながらも氏は着実に己の作品世界を構築していった。そして初めての著書『父親と息子―家族の物語―』が文芸社から刊行された時には祝意を表しながらも羨望の眼差しを禁じ得なかったものだ。その後も弛まぬ努力を続けて『イタリア追憶物語』をこの程刊行する運びとなった。友として誠に喜ばしい限りだ。

青春の啓蒙期をイタリアで過ごした氏にとって彼の地は忘れ得ぬ場所であったに違いない。京都の大学院で研究に打ち込んでいた時も、家庭の問題で横浜に戻った際も氏の意識は常にイタリアにあった。望郷の念にも似たその思いの強さが結実して本書が出来上がった訳である。
今回友人代表としてまえがきを書くように氏から仰せつかったことを光栄に思う。本書が多くの読者に恵まれることを祈念して擱筆とする。

二〇二三年二月一九日　桂一雄

まえがき

前作『父親と息子』は、非常に控え目だった。恥ずかしかったし自信もなかった。だけれども、文芸社の励まし〝リアルである〟に支えられ、それを信じた。豚もおだてりゃ木に登るとは、日本のことわざの一つである、そのままにそのレールに乗って進んでいった。しかしながら、一旦化けると、まさか仰々しい拙著に仕上がるとは夢にも思わなかった。が、出版化すると、案に相違して、縁がどんどん膨らみ広がって、現在も僕の意思を越えて、それが展開し深化している。我が半世紀を見渡せば、もう逃げ隠れもできない事実や体験として、すべてさらけ出し、受け止めざるを得なくなった。ざっくり言って、僕は裸一貫、すっかり自然体になったのだ！　もしかしたら、十返舎一九著『東海道中膝栗毛』のような、奇想天外でおかしい物語であるかもしれないが、今作こそが自叙伝（自分史）である。即ち我が遺書でもある。

現実と空想の世界放浪記か、自己中心的な一代記か、極楽とんぼのお騒がせか、など、どのようにでもご自由にお読みいただけると思う。読者の数だけご感想の数があるだろう。僭越ながら、読者諸賢のご意見ご審判を仰ぐのみ、俎板の鯉になってご批判をお待ちする。一方、少しでもお楽しみいただければ、愚著としては無上の喜びである。

二〇二三年五月　秋葉清明

イタリア追憶物語　はじめに

I　訃報『ダビデが死んだ』（妻ロサンナのメール）　二〇二二年正月

年明け早々に、ダヒデの妻ロサンナがメールで知らせてきた、びっくり仰天。残念無念、ああ、哀れなダビデ！　間に合わなかった。ついに逝ってしまったのか。まさか、目の前が真っ暗だった。死ぬことだけは予想していなかったから、心底驚いた（腰が抜けた）。正月三日。

いつの間にかダビデからのメールが途絶えていた。僕宛ての挨拶はすっかり過去のものとなっていた。数年前から、彼は神との対話、聖書の世界を発信していた。三年くらい前、ふと重病らしいと気づいた。おそらく寝たきりではなかったか。メールはロサンナからたまにしか、その漠然とした近況しか受け取らなかった、相当悪いのだろう、とは想像していた。だが、まさか死の淵を彷徨っていたとは！　やはりもっと早く会いに行くべきだったのだ。遅ればせながら、すぐ渡伊を、会いに行こう、と計画した。なのに、イタリアにコロナ発生で延期（忙しい仕事や転職、引っ越しなどの事情も含む）せざるを得なかった。コロナ感染はたちまち世界中に広がってその延期がずっと続いた、昨年末にやっとコロナ禍が収まってきて喜んでいたのに、年が明けてまたまた新種のコロナ（オミクロン株）が発生でまた延期。クリスマス前に送ったメールの返信がやけに遅いと思っていたら、正月に突然ダビデの死去を知らせるメールとは。なんてこった！　もちろん哀悼メールをすぐ返信した。妻子に知らせるとローマ訪問の時（三〇年前）、親切にしてもらったのに、ととても残念がった。何歳？　と妻が聞くから確か七四歳だと言ったら、まだ若いのに、と黙祷。妻子からの哀悼も即代行（僕が翻訳して）メールした。正月四日。

先日から、初めて渡伊した時の活動記録や、サウジアラビアでの出稼ぎを終えた直後の秋に彼らを帰国途次に立ち寄り旅行したときの訪問記や、その後イタリアを再訪問した家族紹介記等を思い浮かべて、それらの回想や追憶を執筆する準備をしていた。七〇歳の僕自身もそんなに残生がないのだ。

ダビデに初めて出会ったのは五〇年近く前、僕が大学卒業後、イタリアの田舎で、独り彷徨い、奮闘した独身時代。ローマでレストランを経営する日本の会社に就職し、ローマ近郊のM村における農場開拓に赴任し活動時代が始まった。二度目は四〇年以上前、サウジアラビアに出稼ぎ後の帰国途次の立ち寄り旅行のとき。三度目は三〇年以上前、赴任先のドイツから家族と訪問した夏季休暇のとき、等だった。また、一五年前に一時訪問した一週間の滞在記のときだった。そのときのダビデは確かに元気だった。そして今回の見舞い訪問を計画していた矢先の訃報だった。彼からの音信が完全に途絶えて三年は経っていた。なんて僕は鈍かったんだ！
特に今回はこれが最後の再会になると覚悟していた。だからこそ、どうしても会いたかった！だからこそ悔やまれて仕方がないのだ。もう三年以上続いているコロナ禍が憎い。昨年末にダビデの妻ロサンナを通して、四〇年以上前に、失恋で絶望して書き送った僕の古い手紙の行方を尋ねた。若かった僕が二人宛にそのどん底の経緯や悲哀を書き綴った絵はがき等が残っているかどうかとメールで、挨拶と共に問い合わせた。当時の落ち込みや引き籠もりを書き記したものだ。それに感謝の意を伝えたとき、ダビデがにこりと頷いた（感動した）との返信を受けて、すでに相当な重病だと感じていた。二〇年以上前に心臓の手術（？）をしたとき、僕自身宛てにわざわざ詳しく知らせてきたこともある。外国人の僕にだ。だから決心した、いまは日本に引き籠らざるを得ないので、書くことが自分のできる唯一の供養なのだと。いま執筆を始めたのは、書くことが会うことになるからなのだ。彼を身近に感じる方法だからだ。けれども、ダビデのいない僕の第二の故郷M村の家はどうなるのだろうか？　墓の前に立つ僕を想像することができない！　正月五日。

一〇年前頃から、かつて過ごしたM村移住をふと夢見るようになった。素朴な村、青い空やオリーブ畑、石灰岩の山々に野原や畑、M村の乾燥した空気、懐かしいイタリアの風景。自然の懐、母の故郷、だった。そして何より温かいダビデとロサンナが僕を夢の中、こころの家に導くのだ。僕の青春だった。僕の勝手な思い込みもあるかもしれない。最近までそれに気づかなかった。ダビデの母親の死、一九九五年頃、山間の避暑地を訪ねたとき、ダビデは元気そのものだった。それからロサンナの父親の死を知った。二〇〇八年のナポリ旅行のときはまだ元気だった。その企画や準備はすべてダビデ一人でやったのだと、後でロサンナから聞いた。同時に、僕自身の父の死、それから母親の死。親しい人々がどんどん去っていって、初めて大切な人々との別れを知ったのだった。僕のこころ、イタリアのふるさとがますます重要になった。そのM村で我が生死を終えるのだと憧れた。貧しくも清らかな生活。徘徊する老いた日本人が住む村の穢れなき天国。貧しい少女と出会い、会った瞬間に直感で結びつく、運命の出会い、そして一緒に過ごす日々……と夢想する孤独者。その描写表現の原点となる思い出を執筆する！

書くことが会うこと、供養であり、ダビデを身近に感じる方法である。納得するまで、心が鎮まるまで書き続けよう。書くことがダビデに繋がるのだ。書き始めて改めてそう思った。これからも書き続けていきたい。

イタリア青春物語　第一部　臆病なアバンチュール

Ⅱ　『息子の書き残したもの―憧憬と真実―』（亡き父の感想）　一九七六年～一九七七年春
M村で農場開拓（ローマでレストラン業務も）　1～19

いまから思えば、きっかけは些細なことだが、非常に突飛で大胆不敵なアバンチュールだった。外国に出ると、小心な羊が凶暴で野蛮な狼に大変身する。果断に活動をし始めるのだ。信じられないほど積極的な行動を取るものだ。国内では窒息し自殺願望を抱いた思春期だった。疾風怒濤の青春期（二〇歳前後）だった。思春期の底なし孤独、この世からの逃亡、故郷でないところ、内地以外（外地）を夢想していた。大卒時、レストランやブティックを経営する日本の会社に就職をした。縁あってローマが勤務地だった。その無謀さに満ち溢れた開拓人生、無限の未知な冒険。だが、自由をこの上なく謳歌、豪胆にも死が生に転換した。伸び伸びとした旺盛な行動、寂しさと大恋愛はコインの裏表だった。それは、ドン・キホーテのような変人恋愛ほどではなかったと思う。誰でもが夢見る騎士道的精神だったのか。絶対の信頼に対し、相対的な不信感。元来、人間の背景・性質が噛み合っていなかったのだろう。異性の差というよりその人間の個性なのだ。要するに、それぞれの勝手な思い込み〝滑稽〟だったのだ。僕の青春、放胆な大錯覚物語である。

父曰く、僕は元来小心で内気な子だった。思春期に突然、この日常生活や現実世界が次第に消えていき、どうしようもなく孤独の底に沈み、果てしない夢想の国に迷い込んだ。なぜだか知らないが、新しい不気味な国だった。この世とあの世の二元世界が出現したのだ。粘々しく不愉快な気持ちだった。この世に嫌悪し反抗し忍耐しつつ、あの世に籠もって、魔訶不思議な孤独に浸っていた。父母と一緒の日常世界が消滅し、全くひとりぼっちの闇路に陥ったのである。そこで、どうしようもなく足掻き苦しみ悩んだ。外に向かって活動するよりも、内に沈んで孤独になった。そのとき、本（書物）の世界に浸った。そしてなぜか、ロマンチックな詩、文学の前にいた。そこであれこれ読みすぎて、この世とは別の空想、狂気の世界に舞い上がっていたのだろうか。家族とも友人とも故郷とも別れてどこか見知らぬところにいた。そのところでの空想を実在と信じ、すっかり別世界に住むようになった。書物世界を現実と思い込み、夢想の世界に生きることにしたのだった。とても遠い、誰もいない国を夢想するようになった。限りなく現実生活を脱出して、甘美な桃源郷を求めて旅に出た。誰にも知られずに降りてきて誰にも知られずに去っていく。僕はもうこの世の人間ではなくなっていた。それはこの世からの逃避だったのかもしれないけれども。

いつの間にか、僕の頭は日本から遠いところ、異国に行く、逃亡することしかなかった。ならドイツだ、と。それは、中学校の木造図書館で見た、威厳に満ちたゲーテの肖像が突如、思い出されたからだった。ヨハン・ヴォルフガング・フォン・ゲーテ（Johann Wolfgang von

Goethe、一七四九年〜一八三二年）は、ドイツ劇作家、小説家、自然科学者、政治家、法律家。ドイツを代表する文豪、偉大な詩人だった。

一四歳のときだった。ある永遠が夢見る僕を魅了した。ドイツ疾風怒濤時代、無限世界だった。不思議な人物。内面宇宙が光り輝いていた。それは僕だけの秘密だった。それでも実際の僕は田舎の小さい普通の子供にすぎなかった。中学時代は、かなり自由闊達で広い運動場で遊び、周りの野山を伸び伸びと駆け回った。少年の僕は自然環境や学校生活がこの世と一致し厳然と存在した。だが、それは秩序ある校風に反抗した独創的な行動、型破りの生意気な青春謳歌でもあった。一方、世の中は、伝統的な日本の風俗社会はどんどん切り崩されていた。一九六四年、東京オリンピックに象徴される社会変化が急速に進んでいた。アメリカナイズの大波だったのか。高度経済成長時代に入り、僕の成長と比例して、親子や世代の断絶が起こり、日本文化や伝統や価値観が崩壊し、質的に変容されていった。あるいはそのような感覚だったともいえる。

だけれども、高校時代に入ると、僕はその波に乗れなかった。受験校の閉鎖的な校風に自滅寸前。僕の小心な性質は、何もかもにも反逆し内心で暴れ狂い回った。急激に、その内的な宇宙、無限の世界に、飛び立っていった。けれども、底なしに落下、転落するばかりでどうすることもできなかった。底なし沼、血の池地獄のようだった。学校の成績が急降下したのは必然だった。脱落しかなかった。いつの間にか檻に繋がれていた自分に気づき、その牢獄をなんとしてでもぶち壊さなければならなかった。さもなければ僕は死ぬ！　だから、必死で何かと対決し爆発し、なんとかその獄門地獄を断ち切り、破り逃走しなければならなかった。そして、ある満月の深夜、脱獄に成功した。山の頂上に駆け上り、その満月に向かって自由の叫びを吼えた。対象のない必死の反抗だった。一方で、その寂しさに耐え兼ね、突発的に永遠の愛を探していた。ふと美しい女性、永遠の愛に遭遇、そのような奇跡、遭遇、変身を期待し、憧憬し夢想した。何年も無意識に。それが次のような物語を生み出し、体験したつもりだったのだ。孤独が自由に転換した。その無限な世界を謳歌する一方、その寂しさ悲しさに悶え震えたのであろう。その出会い、衝撃は異常である。僕の疾風怒濤時代だった。その瞬間、変転した絶望や消滅した希望も飛び散った。

一九七五年、偶然、僕は無謀にもローマに飛んだ。レストランやブティックを経営する日本の会社に就職したのだ。何も知らなかったが、日本を脱出できるならどこでもよかった。就職先の会社が新たに立ち上げた日本の蔬菜栽培プロジェクトに参加するために、イタリアに飛んだのだ。ローマの近郊に小作人がいる田舎の農場に着任した。その間いろいろと大変な苦労や問題があったが、一年後、密かに思いを寄せていたローマ勤務のある日本人女性と親しくなって、ふたりの付き合いが始まった。そして深い仲になった。

それは、亡き父が整理した息子の青春物語でもある。以降は、僕のローマでの青春の思い出を、亡き父へ宛てた手紙に仕立てた物語である。

分厚い封書が届いた。開封するとA四サイズの原稿用紙の束が六冊と丁寧な手紙があった。

「初めまして。Sと申します。息子さんとは学生時代とスイス留学時代に親しくお付き合いさせていただきました。同封のものは、三〇年前に息子さんからお預かりした、彼のイタリア時代の歴史です。私の部屋の書類を整理中に、偶然見つかりました。あのとき以来、息子さんにはお会いしておりませんが、どこで何をなさっておられるのでしょうか。私のところに置いておくと私の死後、誰がどうするのか分かりませんので、息子さんの歴史が浮かばれません。お父様にお返しいたします。取り急ぎ」

原稿用紙を捲ると、三〇年前に行方不明になった息子の書体だった。日付から始まっているが、彼の日記なのだろうか。いったい何を、なぜ、息子はS女史に預けたのか?

S女史とは息子が尊敬していた女性に違いない。私と同年輩なのに、学生時代の息子と一緒にドイツ語を学び、スイスに留学して心理学を勉強に行ったとかいう立派な方だと聞いたことがある。

息子がローマに発ったあの日。成田空港で妻と見送ったとき、機体が心なしか低く飛行していったのが思い浮かんだ。死んでしまったのだとすっかり諦め、記憶も風化しつつあった。その懐かしい息子が、突如、帰ってきたのだ。

本稿は、Ｓ女史を通して帰ってきた息子のイタリア時代の歴史を残したもので、私が原文に沿ってその要点をまとめたものである。亡き息子を偲ぶ追憶でもあり、息子がお世話になった方々への報告でもある。

私は貪るように読んだ。そこには、息子がイタリアで過ごした青春の足跡があった。

1．初デート　一九七六年一〇月二三～二四日。
淋しさか　電車で郊外　散歩して　彼女の甘え　夕闇の海

前面は夕凪だった。陽が落ちた古い街を出て、僕たちはまた一緒にとぼとぼ歩き始めた。僕の心は好きで好きでどうしようもない目の前にいる女性のことしか考えていなかったので、このまま帰るのは堪らなかった。僕が着任したとき、彼女はすでにローマの事務所で経理主任やブティック販売員をしていた。

「きれいだね」

僕が振り返ったら、僕の目を見据えた彼女は俯いた。波の音がしていた。僕たちは寄り添って歩いた。

「鞄、重いでしょう」

突然小さな声が僕の左肩に掛かると同時に、彼女の右手が僕の右腰に滑り込んできた。僕の身体中が熱くなった。僕は左側のショルダーバッグを右肩に移して、彼女の右腕をしっかり背中に受け止め、僕の開いた左手を彼女の左肩に乗せた。彼女は頭を僕の左肩に傾けたので、彼女の顔は見ることができなかった。彼女が身体を僕に投げ掛けていたはずなのに、僕は彼女の体重を感じた記憶が全然ない。僕の胸に火がついていたからか？

黙々と僕たちは、どのくらい、どのようにして歩いていたのか知らない。僕は彼女の中を歩んでいた。僕の感情は沸き立ち、飢え切った衝動となった。不意に僕は彼女の口に僕の口を当てた。いったいどうして自分を殺せただろうか。

「駄目よ、秋葉さん」

二度、三度、弱々しく、一層弱々しく彼女は喘ぎつつ、目を閉じて僕の両腕に身を任せた。彼女の上体——僕の生命の発露——は密かに、高くうねった。長い間、誰にも見せないで温めておいた思いが、一気にぎこちない僕の仕草を狂わせた。僕は無我夢中で、彼女を僕に、僕を彼女に重ねた。街灯が一定の間隔で大きくなったり小さくなったりしていた。僕たちは一つだった。固く身体を縛り合って、いつまでもどこまでも、僕たちは歩き続けた。この状態が壊れると永遠の孤独に陥るかのように。陽はとっぷりと暮れた。僕たちはイタリア人の中ではほとんど中肉、中背よりやや高かった。

僕たちはバスに乗るつもりで、バス停でしばらく待った。が、来ないので歩くことにした。

「そのうちに後ろから来るだろう。途中で手を振って合図すれば止まってくれるさ」

僕は笑った。駅からのバスは何台も走っていたが、しかし僕たちが乗るバスはなかなか通らなかった。

「あの船で日本へ帰ろうか」

《頑固なくせに、僕は夢想家だった》

疲れて岸壁に腰を下ろしたとき、僕は船の中から漏れる灯りを指して笑った。沖には、中型の旅客船が停泊していた。二人とも底知れぬ淋しさの中にいた。

「連れてって。日本に帰りたいわね」

《甘えん坊の彼女は、可憐な花だった》

嬉しそうに、そして夜空に懇願するように、彼女は叫んだ。彼女の弾んだ声は背後の夜の雑踏に消え、夜の雑踏は彼女の沈黙に包まれていった。すると、僕の眼にふたりのこの夜が凝縮した。彼女は僕を不思議な眼差しで見据えた。岸壁を背にした彼女の眼が潤んでいるのが僕の眼に映った。それから、時間の外に立たされた僕に、彼女は背中から身体を凭せ掛けて、僕の胸の中で小さく小さくなっていった。壊れそうで、僕は動けなかった。

いつの間にか僕たちは、手を繋いで、子供のようにはしゃぎ、歌い、明るい世界を歩いていた。生まれて初めて自由を味わっているかのように。バスなんかどうでもよかった。

駅に着くと、僕は電車の時刻を調べて切符を買った。八時を過ぎていた。そのとき僕は、急に激しい喉の渇きを覚え、待合室で三杯もジュースを飲み干した。そして、どちらからともなく、ホームに出てベンチに並んで腰掛けた。夜風が心地よかった。

「イタリアの電車は時間通りに来ないのよ」

時計を見遣ったら、彼女は拗ねて僕の几帳面さを戒めた。僕は一日の終わりを感じた。

「そうだ、忘れてた！」

自分の叫び声で元気になって、鞄からバチカン市国で買った首飾りを取り出した。

「えっ、何？」

彼女は真顔になった。

「安物だけど、僕の好きな人に贈ろうと思って、去年買ったんだ」

僕はさり気なく彼女の前に差し出した。

「広田さんにあげるんじゃなかったの？」

彼女はそっぽを向いて——わざとそうしたことくらい目に見えていた——僕を困らせた。

「いいよ、僕は井川さんにあげるから、広田さんにあげたかったら、そうしたら？」

僕は知らん顔をしてやった。すると彼女は、僕の背中を突いて、ばつが悪そうに上目遣いになり、笑顔を作って僕の顔色を解しに掛かった。向かいのホームを貨物列車が通過した。ぼんやり頬杖を突いていると、欠伸が出た。

「疲れたの？」

こっそり見上げ、彼女は澄んだ眼を僕に投げ掛け、両手で僕の二の腕を取り、頭を僕の肩にくっ付けた。とても気持ちよさそうに僕に凭れていた。彼女の髪は淡く甘い匂いがした。消え入るような声だった。

「甘えたいの、私」

電車は二〇分ばかり遅れて到着した。座席を背中に受けると、僕は軽い眠気を催した。彼女の少女のような豊かな瞳の表情に刺激され、僕は世間話をした。ふたりが一緒にいるだけでいったい、他に何が必要なんだ、と心の中で呟きながら。彼女にとっては、いまが朝なのだろう。眼がはしゃいでいた。電車は僕たちをローマに引き戻していた。話の種が尽きたとき、電車の走音が急にふたりの時間を制限してきたのを感じて、僕の頭が冴えてきた。もっと彼女に言っておきたいことはなかったか、と暗闇に心の中で助けを求めていると、今度は彼女の方が屈託なく話し掛けてきて、僕を笑わせた。

窓の景色が人工の明るさに変わって、間もなく終着駅だというときだった。

「思っていた井川さんと実際の井川さんとの印象はほとんど同じだった」

と打ち明けた。

「最高のお世辞ね」

彼女は僕の言葉を急いで打ち消したが、彼女の顔はポッと赤味を帯びた。駅の構内の人影はまばらだった。

「何で帰る?」

僕はゆっくり歩いた。

「お茶飲みましょうか?」

彼女は僕に答えずに言った。しかし、どのBarも閉まっていた。彼女は靴を鳴らして、手足をぶらんぶらんさせた。

「もう帰っておやすみなさい。明日が早いんだから」

僕は彼女の右手に握手した。

「今度は井川さんが僕を誘う番だよ」

僕は彼女の手を握り締めてから、M村行き最終バスを追い掛けた。

《相変わらず馬鹿正直な子だな。仕事はちゃんとやっているのかな。初めてのデート、うまくいったか。異国の淋しさだろうか?》

2.「あなたの前で泣いたわ」　一九七六年一二月一六日。「秋葉さんの　前で泣いたわ」　顔面が　ひび割れ崩れ　テルミ二夜

寒いっ！　外に出ると、彼女は身を震わせ、コートの襟に首を引っ込めた。そして、僕のコートの右ポケットに彼女の左手を滑り込ませ、彼女の右手を僕の右の二の腕と胴との間に挟んだ。

「M村はもっと寒いよ」

夜は冷え冷えとしていたが、冴えた夜だった。

「どこで夜を明かそうか？」

ふと、僕が立ち止まると、彼女は首を傾げた。

「（テルミ二）駅に行けば、どこかにあったかいところがあるわ」

軽い足取りだった。

「秋葉さんは信用できるの。私の周りの人はお金のことばっかり気にしている。他の人は、みんな（仕事の）成績ばかり気にしている。でも、秋葉さんは違う」

僕は、その意味が理解できなかった。

「秋葉さんは、自信があるんでしょう？」

彼女の声は、相変わらず冷静だったが、その内容が僕には不気味だった。

「何に対して？」

いったい、彼女は何が言いたいんだろう。僕にはあまりにも唐突な質問だったので、僕は全神経を耳に集中して、彼女の次の言葉を待った。

「仕事に。何にでもよ」

ないよ、と僕は拍子抜けした。

「いまだかつて、自信なんか持ったことはないよ。だから、僕の行動はいつも受け身になる。あったら、会社であんな暗い顔はしていないさ」

彼女の顔つきは信じられないという表情だったので、僕には彼女の質問が滑稽だった。

《相変わらず息子は現実に疎いんだな、超越しているのか凡愚なのか。いや、そうじゃないな。社会も会社も、生活することがどんなに大変かということも、まだ、何も知らないんだ》

「僕は人の前に出たいとも思わないし、人の後ろに下がりたいとも思わない。僕は、自分が独立して生活できる一握りの土地があればいいんだ。いまでは、相棒の方が会社の方針を激しく批判しているけど、僕は相棒側と会社側との溝を埋めるようにやってるだけさ」

我に返ったとき、僕は、いま話したことを弁明するかのように、このように付け加えた。彼女は僕を見上げていた。

《なるほどなあ、しかし社会って、そんなに甘くはないんだ。若すぎる、お前はまだひよっこだ。それって、青春の甘美な夢だ。お前の仕事内容は、農業主任を遂行していくのが、大人としての社会人のやり方なんだよ。まあ、ぼちぼちやれ。逃げ道を作って、弁解するのは、現実的な生き方じゃない！》

「テルミニ駅へは、どうやったら行けるのか？」

月はなかった。マンホール形の鉄柵――その下に車の尾根が街灯に照らされていた――に僕の革靴の足音が響いたとき、僕はふたりの居場所を知ることができた。それは、僕がM村へバスで帰るとき、いつも交通渋滞に神経を苛立たされる場所だった。

古代ローマ時代の城門まで、短い最新の舗装道路と古代の石畳とが断続的に繋がっている、駅前広場の手前。イタリア自慢の駅の輪郭が、夜陰にぼんやり、僕の記憶にくっきり浮かんできた。正面広場を横断し、駅の広い裏通りを歩いているときだった。

「きれい！　あれ、見て」

彼女は、新発見でもしたかのように、感嘆し、声を弾ませた。聖母マリアの大理石像だった。マリア像は四方から強いライトを浴び、夜景を超越していた。昼間には観光のアクセントにしか見えなかったが、このときは、美しい大理石像が僕の両眼を魅了した。

「イタリアへ来てから一年になるのか。日本も冬だな」

気持ちの上では僕の根は会社から切れつつあった。僕はこれからのことを指折り数えた。

「日本に帰ったら……明子、僕はいまとても幸せだよ。僕はねえ、書きたいんだ。こちらへ来てからは忙しくて、全然書かなかったけど、日本へ帰ったら勉強しなくちゃあ。一〇年掛かるかもしれない。誰でも自分自身の世界を持ちたいんだが、僕は自分のことをペンで表現してみたいんだ。もし、それが社会と関係を持つようになったら……」

僕は、頭を振って、自分自身の考えを打ち消しながら言った。

「誠実に対応しなければならないが、僕は自由に書きたいんだ。僕自身のために、僕の手で僕の思いをね。でも、もう必要なくなったな。明子がいるんだもの。これからは、明子という僕のキャンバスに僕自身を思い切り描くんだ」

僕は、彼女にこのことを打ち明けられることを無上に好ましく感じた。すっかり、僕は自分の夢想に陶酔していたのだろう。

ところが、僕が現在へ戻ったとき、彼女は僕の視界にいなかった。驚いて振り向くと、彼女は僕の反対側に顔を背け、うつ伏せになっていた。

「どうかしたのか?」

彼女はしかしそのままじっと動かなかった。不意にある不安――僕の話が彼女を傷つけたのではあるまいか――に襲われ、僕は彼女に手を差し伸べた。元の位置に戻してやった。

「どうしたんだい！」

僕は仰天した。彼女の両肩に手を掛けた。強情に結んだ唇の両側に、なんと涙が伝っているではないか。さらに僕が不安の度を濃くして彼女にかがみ込むと、なおも尻込みするかのように見えた彼女は、突如、僕の手を振り切って、駆け出した。

階段を疾走して、僕が彼女を捕らえたところは、誰もいない地下の一隅だった。僕は、気が動転し、犯人を逮捕する刑事のように、抵抗する彼女に覆い被さった。

「泣くのは卑怯だ」

泣きじゃくり、彼女は叫び――その涙を非難しているかのようであった――唇を噛み、僕に見られまいと自分の衝動と一生懸命戦っていた。が、僕の狂態――彼女を力任せに揺すり、彼女を壁に押さえつけ、彼女をその抵抗から強引に振り解いた――に自由を奪われると、そのときふたりの視線が合ったのだった。

「私が秋葉さんを駄目にする！」

と彼女は同時に喚き、泣き崩れてしまった。僕は、心底、頭が混乱し、何がなんだか皆目分からなかった。しかし、まず僕は自分の気持ちを落ち着かせなければならなかった。内ポケットからハンカチを取り出して彼女の手に握らせ優しい目つきで、僕は彼女を見守ってやった。

ああ、と彼女は嘆息し、最後の力を振り絞って、幾度も頷き、僕に寄り掛かった。

「きょうは会社を休むわ」

「うん、それがいい」

夜が明けた。僕は、ポンと彼女の背中軽く叩いた。タクシーに合図すると、身を隠すように彼女は乗り込んだ。その彼女が見えなくなるのを見届けてから、僕は深呼吸をし、M村行きの始発バスに向かった。

《息子の夢はやはり文学か。それにしても無邪気だな》

3. 配置転換　一九七六年一二月二三〜二八日。農場の　惨状訴え　希望なし　配置転換　社長の激怒

クリスマスパーティー——社員の慰労会——の席上でのことだった。

「生き方には二通りあると思うんです。ある時期に、突然流星の如く現れてパッと散る生き方か、それともある目標にコツコツと努力を積み重ねていく生き方か……」

僕は、頭を抱えて、小松氏の話に耳を傾けていた。小柄で少し年上の彼は、僕とほとんど同期入社で、イタリア語が堪能な現地採用者で、事務職の裏方全般を担当している、現場事務員である。だが、心は上の空だった。

「二人きりになりたい」

僕は彼女にしがみ付いて願った。

「どこかに行きましょう」

僕の額を摩って、彼女は柔和な笑顔で、優しく僕を誘った。

彼女は、僕の腕をほしいままにして、行動を開始した。

彼女は、ばつが悪そうだった。僕は身震いをした。

「社長を怒らせたのね、店長の栗山さんが心配していたわ」

会議での僕の発言のことだった。確か、謝恩大パーティー後の会議だったと思う。彼女は僕を盗み見た。そして気がついた。

「わざと遣ったの？」

彼女は奇声を上げ、立ち止まった。

「うん、半分はね。だって、（農場が）あの状態じゃあ、相棒の二人は付いて来ないし、これから来る人だって、現場を見たら、きっと失望して逃げ出すよ。でも、筋金入りだな、あの社長」

彼女は、しばらく沈黙を保ったが、不安げに呟いた。彼女の全身は鈍くなっていた。

「秋葉さんは若すぎる。私、会社を辞めるつもり。三ヵ月前になったら辞表を出すわ」

区別するかのように、一言一言を明確に話した。彼女は表情を崩さなかったが、それは僕の小心を強く焚き付け、僕の未熟な精神をぐいぐい引き込まないではおかなかった。僕の心の扉が動いた。

「もう、絶対に明子を離さないから」

「ええ、私だって、誰にも負けない魅力があるわ」

彼女の調子は自信に満ちていた。


僕は社長の指示通り、ローマに来た。先日の日曜日午後遅く、社長自ら血相を変えて来園し、次長が最近君はノイローゼ気味だと言っている、君の発言が問題になっている、このまま農園開拓を続けるか、配置転換を願うか、それとも日本に帰るか、よく考えて二八日午後三時に出勤して、君の意思を私に話しなさい。そう告げられたのだった。


社長は多忙で次長が代わりに応対した。

「(異動は)次長にお任せいたします」

「では、レストランに手が足りないからウエイターになってもらおう」

次長の言葉が柔らかくなった。

「客と接すれば、君の気分転換にもなるだろう。急だが、三〇日から仕事ができるように農園の引き継ぎを明日中に終えなさい」

はい、と答えた僕の身体が硬直した。

「それから、お願いなんですけれども、今後農園に新しい人を送る場合、僕のような素人ではなく、プロを選んで派遣してください」

と僕は付け加えた。


間もなく社長が飛んできた。

「配置転換を願ったのか！」

社長の言葉は、牙になった。僕は生きた心地がしなかった。

「君がわしより偉くなったら、土下座して見せる」

完全に激怒した社長は、唾を飛ばして怒鳴った。店長は肝を潰して青ざめ、社長の隣席で縮み上がった。社長は、この冬を地元イタリア人の中で、ひとりM村で孤独に耐えた僕の頑張りに感心し、今後の活躍をとても楽しみにしていた。それだけに、配置転換を求めた僕に失望、可愛さ余って憎さ百倍、怒り心頭に発したのである。

《期待されていたんだな、息子は。それが彼には全然分かっていない。会社を辞めることにしたってそうだ。わしらの世代じゃあ、一旦世話になったら、骨を埋めろと教えられて働いたもんだがなあ》

4．ノイローゼ　一九七七年一月四日～末日。

「泣かないわ　私は汚い」　さようなら　もう誘わずと　僕も宣言

「お茶のみに行かない？」

飛び起きた僕の目の前に、横向きで突っ立っている彼女の姿があった。僕の疲労は、どこかへ行ってしまった。

角の信号機を右折したときも、嬉しさを隠し切れない反面、彼女と並んで歩いているのを誰かに見られはしまいかと、僕は終始びくびくしていた。彼女の平静な足取りを手繰り寄せながら、僕はChampini Barに彼女を誘った。ローマ出勤の際、僕はひとりになりたいとき、いつもこのBarの二階で、考えをまとめたりイタリア語の辞書を引いたりして自分自身を回復させている。

僕たちは、窓に近い一番奥のテーブルに向かい合った。ただ嬉しくて、僕は何を喋ったのか覚えていない。僕の全身に希望の明かりが灯って、身を乗り出し、しおらしい彼女の手を取った。そして、テーブルの上に両手を投げ出して、彼女の指を僕の両手の平の中で揉みくちゃにしていた。

「帰りましょう」

と言って、彼女は一方的に立ち上がった。まるで義務は果たした、とでも言いたげだった。

僕は、彼女に連れられて、さっさと外に出た。

「どうしたんだい？」

「私はあなたを騙したのよ」

「どういう意味だ！」

仰天した僕は、引き下がれなかった。彼女はなにかをじっと我慢しているかのようだった。

「私は汚い女よ」

僕を振り切ろうと自分と戦っているかのように歩き始めた。

「どういう意味だい？」

僕はますます理解に苦しみ、彼女のまわりをぐるぐる廻った。けれども、彼女は口をつぐんで何も言わなかった。大きなサングラスが僕の推察を膨大させた。女子寮が近くなったので、ついに僕は、捨て鉢になった。

「じゃあ、僕の方からはもう声を掛けないから。済まなかった！」

「明日が早いから」

と言って、彼女は厚い扉に鍵を差し込んだ。そして、棒立ちの僕を見捨てて、目的を完遂するかのように消えた。僕は死刑を宣告されたかのような思いだった。凍結した深夜のスペイン広場は、傾いていた。おそらく野良犬のように、僕はふらふらうろつき回っていたのだろう。

会社組織の実態を熟知している現実的な彼女からみれば、農場開拓責任者からレストランウエイターへの配置転換は、明らかな左遷、格下げである。その失敗責任を認識した言葉である。

《彼女は息子の左遷に責任を感じているのだろうか。息子は社内で昇進の見込みがなくなって、他の社員のように扱き使われるようになった。日本での社会経験や社内での情報感覚から、やがて潰されると判断したのか。そして、それが自分のせいだと。社会から見れば、年上の現実的な女が年下の空想的な男をたぶらかしたということになるのだろうか。なにか暗い過去がある女性なのか？　女の計算にミスが生じたのかもしれない》

5．次長の辞任　一九七七年二月一五日。
何もかも　嫌気が差して　ビアホール　頭に爪立て　ひとり悶々

僕の方からは絶対に彼女を誘わない。これは、僕が仕事に意欲を失った自己に課した掟——堕落に対する歯止め——だった。

昼休み直前、次長の解雇がレストランの壁に掲示された。しかも次長の手による辞令によって。休憩時間であるにもかかわらず、社内はこの突発的な事件で大混乱になった。

「納得できなければ、握手はできません」

僕は次長を奥に引っ張り込んだ。しかし、肩を落とした次長と向かい合うと、僕は興奮のあまり言葉に詰まった。

「ほんとに、冗談じゃないってんのよ、あんなにみんなに期待を抱かせておいて、逃げるなんて！　卑怯よ、冗談も休み休みにしてほしいわ」

次長の行動を槍玉にあげていた。僕は、主任から外れた席に身を沈め、彼女たちの遣り取りを眺めていた。彼女が質問した。

「秋葉さんはこの会社を続けるんでしょう?」

「いいや。その理由がなくなった」

僕のきっぱりした言葉が、彼女の勢いを殺いだ。僕は次長がかつて僕に言った言葉――私の目の届くところに置いて、君を再教育する。縁の下の力持ちとして、目立たないように黙々と仕事しなさい――を思い出していた。この言葉があったからこそ、僕は自分の本音に抵抗し続けてきたのだった。

「これからどうするの?」

僕はだんまりを決めこんだ。

「日本へ帰ったら、なにかいいことがあるような気がするの」

彼女はまるで人生の敗北者のように放心した。明子……僕は息を凝らした。しっかりするんだ、負けちゃ駄目だ、と僕はなにかを胸奥から絞り出そうともがいたが、言葉にならなかった。先ほど昼間に、ひとりバーで落ち込んでいた僕は、あれこれ想像して酷く落ち込んでいた。そこで衝動的に店長に直訴したのである。

栗山店長のアパート。僕がドアを押し開けると、広い応接間の中央でソファーに寝そべった栗山氏がいた。

店長は、

「社長は、あんなに秋葉さんのことを買っていたのに、一ヵ月もするとこうも変わるものかな？」

「会社を辞めたいんですが」

僕がそう告げると彼の口からタバコが落ちた。

「次長のことか？　とにかく、焦っては事がうまく運ばないから」

夜、仕事を終えてレストランを離れると、僕はひとりでビアホールへ行った。僕はなにかにがんじがらめになっていた。しかしながら、不思議なことに、僕は、ローマに来て以来、いままで一度も自殺について考えたことがなかった。学生時代の四年間自殺にしがみついていたのに。ずっと忙しくてそのことを考える余裕がなかったのだろう。空虚なホール内は、薄赤くただれていた。それ以上に僕の中は空虚だったが。

「ここで、何してんだ？」

その後ろに彼女がいた。

「強くなる、僕は強くなるよ！」

彼女が沈黙を堅持すればするほど、僕はますます彼女に狂暴に喚き散らした。

ドアが開くと、店長が現れた。彼女は即座に僕の左腕にしがみついた。

「元気を出すのよ！」

夜空に響き渡った声は、彼女の絶叫のようであった。

「元気を出せよ」


「（社長から）話には聞いていたが、（この会社が）これほど酷いとは思わなかった」

次長が呟いた。深刻な暗示を含んだ次長の言葉――私がいつ逃げ出すか、とみんなが注目している――を、僕は思い起こした。

やっと探し当てた次長がいた場所は、行きつけのBarの地下室だった。そこでの次長の告白会話である。

「俺は社長の家に寝泊まりしていたが、俺の論理で自分の生活を律したから、トイレットペーパー一つでさえも自分で買った。栗山さん、管理職は自分に厳しくなければ駄目だ」

次長に見据えられて、店長は、そうですね、と真剣に頭を縦に振った。その表情から、僕は日本のサラリーマンの上司に対する課長の姿勢を想像した。

事実、次長は専務から次々に権利を奪っていた。

「秋葉さん、最初の会社で躓くと、人間は一生負け犬になる」

次長の眼は鋭かった。それがなぜか印象に残った。

それは、この会社での、次長の最後の足掻きであった。

ビアホールの手前、十字路で次長を見送ってから、僕は店長とレストランに続く通りを下っていった。

ローマは死地のように静まり返っていた。店長は、安心したのか——仕事から解放されて——、身震いをした。

「寒いんでしょう、栗山さん」

コートを脱いで、着せようとした。いいよ、と言って栗山氏は肩をすぼめ、背中にある種の意地っ張りを示した。大通りでタクシーを拾ったときは、午前四時半だった。

《これが、息子が最初に就職した会社の実態か。相当酷いんだな。わしには想像がつかない。まあ、いろいろあるんだろうが、元気であってほしいものだ。どうなるんだろう！》

6．休暇旅行　一九七七年二月一七～二二日。
「どこへ行ってたの?」と彼女の囁き　フィレンチェ・チューリヒ　放浪の旅

「秋葉さん、休暇を取ったら?」

店長は、ついに堪りかねたという表情で箸を置くと、生気の失せた僕に言った。確かに、あるものが僕の中を貫通して以来、僕の心にどうにもならないものがくすぶり続けていて、それを行動に移す以外に方法がなかったのだろう。

レストランに着くと、早速斉藤主任に僕は、一週間の休暇を申し込んだ。ところが、来週の月曜は団体が多いからという理由で、僕は結局、日曜も含めて三日間しか休みをもらえなかった。この会社では、このようなことは日常茶飯事だった。


「僕らは、次長に期待してはいけなかったと思うんです」

小松氏はいつに変わらぬ客観的な口調だった。

「日本の社会は、いま不況で、現実は厳しいですよ。僕がいまさら、日本へ帰って初めからやり直すには年齢的に遅すぎます。秋葉さんにとっても、同年輩の競争相手に追いつくことは大変でしょう」

翌朝、栗山店長の家に間借りしている部屋の戸を開けた。快晴だった。僕は機械的に電車に乗った。行けるだけ行ってみるさ。今日一日は職探し。それからもっと北へ。電車が走っている間は、寝ていてもどこかに進んでいるが、電車がホームに滑り込むと、無理にでも自分の足で行動しなければならない。そんな気持ちでフィレンツェに着いたのは、午後二時だった。

チューリヒ行きの夜行電車の時刻を確かめてから、僕はフィレンツェでの時間を限定した。そのとき、僕は目的地を認識した。S女史——現在スイスで心理学を研究中で、去年の夏はS女史のローマ見学をお手伝いした——に会いに行こう！　そう思っただけで、急に僕の胸が大きく起伏した。どうしても会いたい。我慢ができなくなった。

それは僕の自己に対する義務のようであった。絶望に陥ったとき、自己の殻に籠もったとき、自殺が僕の全体に覆い被さったとき、僕は、必ずS女史の全体像を描き、僕の存在を反芻する。周期的な整理運動の如く、望郷の念を抱くが如く、見えない糸を手繰り寄せる。しかし、それはまた、決して僕とは相容れない対象——偶像——、仄かな感情でもあった。現在の日常生活を踏み外すと、僕の実態は、S女史の知らないものと必然的に対面し、変幻自在となり、混沌とした平和をさ迷う。

知らない場所へ来たのは、僕には慰めだった。なにかにぶつかることで道が開けるかもしれない。そんな漠然とした期待から、古い街路を遺跡の方向に歩いた。
寒さと疲れがあっても、歩かなければどうにもならなかった。止まればその場に泣き崩れて動けなくなりそうに思われた。視界が霞み、僕の心の中に雨が降った。前進している、その偶然が僕の希望だった。だが、失業者が多く、イタリア人にさえ職がないのに、僕のような外国人に救いの手を差し伸べるものはいなかった
夜も更けて、夜行電車に急いだ。北への電車は超満員だった。通路を塞いだ乗客の群れに、僕は蛸壺に身を沈めるように座り込んだ。

《息子のノスタルジアか。S女史は、彼の偉大な魂か、彼の最後の砦か。そういえばこの息子の遺書は、S女史から送られたものだったんだ》

次の文は、遠い記憶の彼方にある息子になったつもりで、僕が想像して書いた。

降り立ったのはスイスのレマン湖だった。寒かったが、空は晴れていて気持ちが良かった。寝不足の頭を抱えて、湖の辺に寝転んだ。静かだった。
果たしてS女史に会えるだろうか。分かっているのは、Kという小さな町の住所だけだった。そこを訪ねてみるしかない。研究の邪魔になるのは承知の上だったが、拒否されないことも分

かっていた。泣きたいような気持ちだった。ただ、会いたかった。

僕はゆっくりと、身体を起こした。


訪ねた一軒家には、幸運なことに、S女史がいた。

突然の訪問でさぞ驚いたことだろうが、S女史は、嫌な顔もせずに歓迎してくれた。女史は、家主である理知的な老婦人に僕を紹介した。気後れした僕は、ドイツ語が出てこなくて口ごもったが、それでも女史は、唐突な僕の出現を、なんとか取り繕ってくれた。

女史とは去年の夏、S女史がローマに遊びに来たとき以来だった。S女史のお姉さん夫婦がヨーロッパ旅行に来たとき、ローマに一緒にやってきたのだった。アルプスの環境と孤独な研究がS女史を憂鬱にしていたので、お姉さんが気分転換を勧めたそうだ。連絡を受けた僕は、体調が悪いのも構わず、市内のホテルに会いに行った。S女史には反対に心配されてしまったが、僕は車で市内を案内し、遺跡を回った。

どこかの聖堂を歩いていたとき、S女史と僕は手を繋いだ。握り締めたその感触が、いまも手の平に残っている。厳しい研究や孤独な生活に落ち込んでいたのかもしれなかったが、S女史が楽しそうにしていたので、僕は密かに喜んだ。スイスに帰るとき、僕は農場で採れたトマトをお土産に渡した。

S女史の部屋で、僕は、僕の彼女のことや仕事のことを何もかも話した。S女史は僕の様子から僕の苦しみ、悩みを洞察していたようだった。まるで僕の突然の訪問を予想していたかのように。憔悴していた僕の心は癒やされた。なにかが通じている平和のようなものが感じられた。S女史の存在、それ自体が僕には重要だった。尊敬、憧憬、母性、理想、そのような何もかもが、僕にとってはS女史そのものだった。S女史は僕を励まし、戒め、たくさんの助言をしてくれた。

午後は約束があるからと、チューリヒまで出て別れた。S女史は研究に忙しかったのだ。

そのとき、小説『荒野の狼』（ヘルマン・ヘッセ作）が原作の映画を勧められ、僕は小さな映画館へ足を運んだ。小説で想像した大きな世界と異なり、スクリーンに見つけたのは、素朴な日常の小さな場面だった。享楽に不器用な中年の主人公の相手をしたのは、遊び上手で現実の社会を楽しむ若い魅力的な女性だった。あの世界に生きるアウトサイダーは、非日常的な生活に戯れる女を介して、この世界にやっと繋がっていた。主人公はこの社会に留まっていたが、主人公のもう一人である狼は、あの荒野に存在し、混沌として道をさ迷い歩き、走っていた。

その女性の美しかったこと！

薄ら寒い陽が落ちた。僕はローマ行きの夜行電車に乗った。

安らかだった。S女史に会えた心地よい疲れ。このまま眠っていれば、僕は確実に朝八時、ローマに着くだろう。

ふと、ある予感に駆られて目が覚め、僕はショルダーバッグを引き下ろして貴重品入れを開いた。ない！　パスポートはあるが、現金だけ、見事に抜き取られていた。
四人は、いつの間に現れたのか。何食わぬ様子であった。僕は、すっかり油断してしまっていた。真っ青になった。その中の一人の男が身を起こしたので僕は思わず噛み付いたが、どうかしたのか、どれどれ、と開きっ放しのバッグを我が物顔で調べようとするので、男からバッグを奪い返した。僕は鬼のような形相で抗議したが、僕が興奮すればするほど四人は取り合わなかった。すでに遅かったのだ。やられた。初めての体験だけに、悔しいやら自分に腹が立つやら、僕は一転して、悪夢のような夜のせいで全然眠ることができなかった。二七万リラ――約一ヵ月分の給料――とは被害甚大だった。僕のイタリア滞在中、最大の失敗だった。僕は悔やんでも悔やみ切れないジレンマに爆発寸前だった。

「どこへ行ってたの？」
思いがけないか細い声に振り返って、僕が見たのは、彼女の羊のような姿だった。レストランの奥、僕が更衣室を出た直後だった。なぜか、僕は答えずにそのまま裏口を抜けたが、その後四六時中、そのときの彼女――人目を避けて机の片隅にうずくまり、哀願しているような弱々しい印象――が僕の頭から離れなかった。

《相変わらず頑固だな。しかし馬鹿だなあ、油断大敵か。イタリアの酷い治安は日本では考え

られないな。えらい国だなあ》

7．退職願　一九七七年二月二四日〜二五日。差し出した　退職願を　店長に　一ヵ月後に　会社を去ると

僕に迷いはなかった。休憩時間——絶好の機会だった——、店長が帰宅するのを待ち構えて、僕は部屋で退職願を清書した。

「今月いっぱいまでにお願いします」

僕は、栗山氏の手続きを早めるかのように、念を押した。その頃、退社が認められる場合は、一ヵ月猶予が慣習となっていた。しかし店長の奥さんは、驚きに驚いた。

「それで、これからどうなさるんですか？」

僕は自嘲した。彼女に対する返答——僕の強情——に反して、あれこれ思案しないわけではなかった。けれども、それらはすべて抽象的な事柄で、具体的な計画は、僕の退社が決定してからでも遅くはないと思った。とにかく、この会社を去ることが先決だ。漠然と、僕はそのように腹の中に描いていた。

「どこへ行ったの？」

バーで話し込んでいた僕は、彼女の声で我に返った。上目遣いで彼女が言った。これ、あげるよ、返事をする代わりに、僕はショルダーバッグから四角い包みを取り出し、テーブルの上に置いた。

「何?」

「スイスでチョコレート買ったんだ」

「反対ね、私がプレゼントしなくてはいけないのに」

彼女は赤味を帯びた。包みを見詰めて、礼を述べた。

「電車の中で二七万リラも盗まれてしまった」

あのときの腹立たしさを語ると、僕は骨の髄までうずいた。馬鹿ねえ! 彼女は子供を諌めるような顔つきで嘆息した。僕は唇を噛んだ。

それから、素っ気なく、僕は打ち明けた。

「会社を辞めるよ」

彼女の異論を撥ね退け、僕は意地でも辞める決心を固めた。

「店長に退職願を出したから、二、三日中に専務から呼び出しがあると思う」

そう言った僕を彼女はまじまじ見詰めた。僕から視線を逸らすと、それをさらに高くした。

「一緒に帰りたいわ」

彼女の表情は本気とも冗談とも判別し難かった。口元を緩め、僕に懇願した。僕は我が眼を疑ったが、彼女がここへ僕を誘った目的を直感した。またどこかに出掛けようというのだ。

「じゃあ、行こうか。また！」

僕の唇が浮わついたので、僕は喜びに震える気持ちを悟られまいと唾を飲んだ。

「いつものようにね」

彼女は、眼を輝かせ、白い歯を見せた。僕はパッと晴れてほくそ笑んだ。

「明後日――日曜日――に」


《女というのは、一般的に言って、頼りない現実主義者なのだろう。状況に敏感で、損得勘定で判断する、孤独な生き物かもしれない。男がしっかりすれば、女は付いて来るものなのだ。日本の社会はそのように成り立っている。自分の周囲を観察し計算した年上の彼女は、改めて、自分に誠実な朴訥な年下の息子を選んだのだろうか。破滅が始まりつつあると思われる。理解しろと言ったって、その状況や息子の無知では、所詮は無理難題なのだろうが。

若気の至り。いまから想えばその退社願は若気の至りだな、社会を知らない若者の無鉄砲な暴走だ。本人は純粋だろうが、社会はそんなに甘くも単純でもないんだから。衝動的だ》

8. デート再開　一九七七年二月二七日。

「付いていく　あなたを信じ　どこまでも」　愛する女性に　責任を持て

僕は毛織りの外套のボタンを指でつまんだ。テルミニ駅だ。彼女が近づくのが待ち切れなくて、僕は彼女を呼び寄せた。

甘ったるい声で、彼女は僕に本を広げさせ、人差し指で、ある一ヵ所を押さえた。そこには、古い城跡の説明——オリヴィエート——があった。切符を買ってくる、といそいそと彼女は、小走りで駅の中央へ行った。

間もなく彼女が人込みの中から現れると同時に、僕は席を立って、構内で彼女と合流した。そして、ホームの席の方へ急いだ。僕は少しでも早く二人だけになりたかったのだ。しかし、電車が来るまでベンチで、僕たちは待たなければならなかった。空気はまだ冷たかった。

「寒くないかい？」

僕の肩に頭を乗せて寄り添った彼女に、僕は言った。

「あなたといれば寒くないの」

彼女は頭で僕の肩を揺すった。僕は彼女の髪を撫でてやった。ところが、彼女があまりにも長く静止しているので、僕は心配になった。

「どうかしたの？」

「このまま、じっとしていたいの」

彼女は無言で僕の言葉を否定するかのようだった。陽光が眩しかった。

「不思議だねえ。会社ではあんなに気が強いくせに、僕の傍にいると全然抵抗がないんだから」

僕は呆れ果てた。僕の肩を突っかえ棒にして、動かない彼女の忍耐に感心した。

「どうしてか知らないけれど、秋葉さんの前では素直になれる」

そら、来たよ、と彼女はぴょんと起きた。電車に乗り、車内で向かい合うと、彼女は二冊の本――先ほど、切符を買うついでに、近くの売店で買ったのだろう――を僕と分けた。僕に漫画の本『トムとジェリー』を渡し、彼女はもう一冊のカラーのファッションブックを開いた。こりゃあいいや、と僕は吹き出した。狐に抓まれたような彼女の顔つきを見て、僕は無邪気に高らかに笑った。

僕は、老婦人との辛いイタリア語の個人教授を笑い飛ばして、トムとジェリーと遊び始めた。それは、正義の味方怪傑ゾロことジェリーが、可愛いネズミを誘惑した悪漢トムを退治する物語であった。電車が動き出してから、僕は、彼女が仏頂面で僕を監察しているのに気がついた。

「だからきのう広田さんに、秋葉さんチョコレートありがとう、ひとりで全部食べちゃった、と言われたんだ」

「えっ、なんだって！」

我に返るや、僕は腹が立った。明子のためにプレゼントしたんだぞ、ということを強調するような顔色を見せたが、笑い転げる彼女を見ると、怒れなかった。

やがて彼女がいじらしげに僕を見詰めた。

「一緒になろうね、明子」

駅前に、旧跡行きのバスが待っていた。辺鄙な土地であったが、乗客は意外に多かった。バスの走った道はほとんどが上り坂だった。僕たちが下車すると、その反対側に塔が鋭くそそり立っていた。

「明らかに観光でこの町は持っているな」

「そうね」

Barが見えると、僕は彼女の手を引っ張った。空腹ではなかったが、寒くて喉が干涸びていたのだった。ミネラルウォーターを一気に飲んだ。

「落ち着いた？」

変な人だわねえ、と言わんばかりの彼女は、支払いが済むと、しかし、愉しげに僕を捕らえた。

「うん」

僕は、胸のつかえがおりたかのように、相槌を打つや、気分が軽くなった。悟りの境地に達しているかのように自由奔放な彼女の観光意欲とは別に、僕は、生理現象に異変が起きたのではないかと思われるほどの不安を、なぜか持っていたのだった。

僕たちの足取りは、緩慢だったので、観光客から遅れてしまった。そして、殺風景な路地に迷い込んだ。彼女が僕の肩に寄り添ったまま、なかなか口を開かないので、僕の方から話し掛けた。

僕は、腕に彼女の重みを感じた。

「……それから、スイスへ行ったんだ。意外に暖かだったな。チューリヒで心理学を勉強しているS女史、ほらいつか話したことがあるだろ？　彼女のところへ行って、井川さんのことをみんな話してきた。僕も、あの人のように書物に取り囲まれて、学問をしたいな」

僕が息をついたとき、彼女は僕の一言一言に釘付けになっているかのようであった。

「僕はあの人を尊敬している。あの人以外に、井川さんのことを打ち明けられる人はいないんだ」

僕は、自分の話に聞き惚れて、頬が熱くなった。

「私たちは一緒になるの」

彼女の態度は、なにかを一心に見詰めているかのようだった。

「うまくいくわよ！」

彼女は自分を高く評価しているかのようだった。

「いいのかい、そんなこと言って。後悔するぞ」

僕の全身の筋肉は緩みっ放しだったが、僕はかえって意地悪だった。

「後悔しないわ。私が選んだ人ですもの」

彼女は、ある一点を凝視し、首を垂れた。

広場の角へ消えていった。引き返す途中で、彼女は、一軒の土産物店兼レストランに入った。

僕は手持ち無沙汰になって、入り口に掛けてあった鏡――ロマネスク装飾の朱塗り――の中を覗いた。

「ほんとにいいんだね」

眼で、僕は彼女に問い返した――後悔するなよ、と。

「あなたに付いていく」

何よ、いまさらと言いたげな眼を僕に返して、彼女はきっぱりと言った。

僕は姿勢を正して膝に手を揃えた。頭を下げた。

「これから、よろしくお願いします」

「こちらこそ」

レストランを出ると、彼女は、広場の真ん中を、塔を見上げたまま、ゆっくり歩いていた。

陽はすでに傾いていた。彼女の後ろ姿が限りなく美しかったので、僕は感傷的になった。そうして、僕は走り、気づかれないように背後から彼女に躍りかかった。

「明子！」

僕は、彼女の項に両手を巻き付け、彼女の髪に顔を埋めた。

「どうしたの？」

僕の恋人はくくっと笑った。

「僕の明子は世界一素晴らしいんだ」

僕は駄々っ子のように頻《しき》りに恋人の匂いを貪った。

「赤ん坊みたいに甘えたりして」

彼女は、僕に頬擦りしながら、母親のように優しく僕の無邪気さを諫めた。僕の世界は、この愛する女性のためにあった。

「そうだ、明子の住所を教えてよ」

なぜいままでそんな大切なことに気づかなかったんだろう。僕がポケットからメモ帳を出すと、彼女は躊躇うことなくその上に、井川明子、住所：千葉県八千代市△△△△ Tel：0474-xx-xxxxと彼女のペンで走り書いた。僕はその男性的な文字を脳裏に刻み込んだ。

「明子の写真が欲しいんだけど」

立て続けに、僕は日記にしたためておいた願望を出した。僕の二番目の要求が聞こえなかったかのように、彼女は意味ありげに微笑んだ。僕はその意味を追求したが、彼女は答える代わりに姉のような眼差しで僕を包み込んだ。

《いい気なもんだな、この極楽とんぼめ！　そんなにうまくいくかな？　まあ、いいさ。青春

を愉しみたまえ》

ところで、僕はずっと後に、彼女のメモにあった番号に電話してみたが、人違いだった。三〇年も前の連絡先だったからなあ。

9．専務の説得　一九七七年三月一日。昼食に誘い　退職撤回を　専務の説得　僕の応戦

予想通り、専務から呼び出しがあり、昼食に誘われた。

「栗山君——店長——から聞いたのだが……」

専務の口調は穏やかだった。

「はい、会社を辞めさせていただきたいと思います」

「君は、不器用だが、素直によく気遣ってくれる。レストランの職場が向かないなら、他にもある。M村へ帰ってもよい。新しい店も開店した。会社はこれから伸びていく……」

専務は一呼吸置いたが、彼のペースに乗せられてはならなかった。

「はあ。でも次長が、僕をウエイターに任命しておきながら、あのような形で会社から逃げ出してしまいました。僕はやる気がなくなりました。それに、社長が言われた通り、僕は農場を

離れた時点で日本へ帰るべきだったと思うんです。僕には商売は向いていないと思います」

「石の上にも三年だよ。俺でも、努力に努力を積み重ねて、ここまで来たんだ。俺には経験がある……。ここに来てからどのくらいになる？」

　専務は、肉片を頬張りながら、上目遣いで言った。

「一年と……四ヵ月になります。専務にここへ連れて来ていただいたのは二度目ですね」

「ところで、会社を辞めて君はどうするんだ？」

「日本に帰って、公務員かなにかになろうと思います。親父は、僕が学生時代、お前は公務員か、せいぜい学校の先生になれれば上出来だ、と言っていました」

「秋葉君、日本の現実は厳しいよ」

が、僕も会社での思い出話や世間話を持ち出しては、粘り強く応戦した。両者の距離は保たれ続けた。昼食は終わった。

「頼むよ、秋葉君」

　レストランの裏口に近づくと専務はいかにも親しげに僕の肩をポンと叩いた。その敷居には、二人のコックが腰を下ろし、タバコを吹かしながら二人の様子をぼんやり眺めていた。

《ほんとうに辞める気だな。日頃は優柔不断なくせに、一度決めたら梃子でも動かない、わしの性格にそっくりだ。相変わらず、親不孝な奴だな。しかし、いまから公務員か、難しいだろ

うなあ。寄らば大樹の陰、初めからそうあるべきだったかも》

10．ダビデの誕生日　一九七七年三月六日。誕生日プレゼント　ダビデに会社の時計を　打ち明け　農場を頼み

昨年お世話になった僕の兄のような存在であるM村の農協の若者ダビデの家へ向かう途中だった。昼が近かった。

「Kiyoaki、どこへ行くの？」

急ぐ僕は、Janni——小作人ヴィンチェ（Vince）家の長男、小学二年生——にばったり会った。息を切らしていた。僕を見つけたJanniは、M村の教会から走ってきたらしい。Ciao！僕は、軽く目配せをして、彼を後にした。

三月五日は、ダビデの三〇歳の誕生日だった。昨日電話で彼と妻のロサンナの三人で昼食を囲む約束をしていた。Zへ続く道路の手前、小さな路地を左に上ると、こぢんまりした二人の愛の巣があった。

間もなく村人の生活は忙しくなるだろう。野山のあちこちに僕は春の兆しを感じ取った。

僕が呼び鈴を押すと、大きな番犬が吼えた。すると、どっしりした体格のダビデが現れた。前足を上げた犬を制しながら、にこやかに門を開け、僕に握手を求めた。

去年の九月、彼が農場へ農協から重い台秤をトラックで運搬してきたとき、試しに僕がその上に乗り、それから彼が乗った。身長はほとんど変わらなかったが、僕の体重は六〇数キロ、彼は九〇キロもあった。


「Kiyoaki、元気か？」

「悪くないよ、お前は？」

「元気だ」

僕は彼の厚い手を取った。

「入りなさい、Kiyoaki！」

肩まである栗色の髪のロサンナが、窓から華奢な上体を突き出して僕を呼んだ。僕がこの家を訪問したときはいつも、二人は、我が家にいるときのように振る舞ってくれと勧めたものだった。なので、僕の肩は少しも凝らなかった。僕は、二人の両親、兄弟、友だちとも幾度か食事を共にしたことがあった。二人には、まだ子供がなかった。


去年の今頃、農協へ行ったとき、僕がイタリアはなぜ三〇％も物価が上がるんだと尋ねたら、ダビデは、お前がイタリアに来たからだ、と答えて僕を笑わせた。その頃から、僕たちは、遠慮のない間柄になった。二人と僕との関係・交際については、まだたくさん語りたいことがあるが、後で述べる機会があるだろう。僕のユーモアは特に彼らから学んだ。

「これは、M村のバスタよ」

彫りの深い顔のロサンナは、子供っぽい声で母親から受け継いだという料理を説明し、僕に勧めた。ロサンナが僕の食欲を心配そうに見詰めたので、僕が褒めたら顔を赤らめて喜んだ。

「最高にうまい」

そのパスタはお世辞にも美味とは言えたものではなかったのだが、素朴な味がしたし、そのときは二人のいつも変わらぬ温かい好意が、ローマで疎外されていた僕の心をこの上なく慰めてくれたのだった。嬉しかった。二人はM村の平凡な善人だった。僕は、ダビデを慕うロサンナの姿にとても幸福を覚えた。

居間に、新しくテレビが備え付けられていた。いつ買ったんだ、と僕がダビデに尋ねると、私の出番よ、とばかりにロサンナが説明した。彼が私のためにテレビを買わなければ、父が二人を離婚させるって、脅かしたのよ、と横槍を入れて笑った。彼女の明るい冗談だった。

ロサンナがCaféを入れる準備のために、台所に籠もったとき、僕はダビデに、三月いっぱいで退社する予定だと打ち明けた。

驚いた彼は、やはりその理由を真剣に尋ねてきた。なので、僕は、M村からローマに配置転換された事情や社内の現状や僕の立場を説明した。

しかしながら、彼女のことは話さなかった。

それならM村へ来い、農協で一緒に働こう、給料は幾らもらってる……等と僕の現在の待遇を根掘り葉掘り聞き出そうとした上で、なんとか僕をイタリアに留まらせようとあれこれ提案を始めた。

そこで、僕は、昨年末に開かれた謝恩パーティーで会社からもらった記念品の水晶の腕時計を彼の誕生日プレゼントとして差し出した。そして、農場と相棒、それから新しく来るであろう日本人をよろしく頼む趣旨を述べて、僕の意志を貫いた。

彼の顔は不満の色を浮かべていた。しかし、一方では、その時計の裏に刻まれた僕のイニシャルを見詰め、眼の奥から僕の決心を理解しようと努めているかのように見えた。そして、礼を述べ、快く僕の要請を受け入れてくれた。

そこへ、ロサンナがCaféを運んできた。彼の左手首に僕からの贈り物を見るや否や、目を輝かせて夫にその説明をねだった。

「それじゃあ、一緒に日本へ行きましょう！」

一瞬で理解した妻は、無邪気に叫んだ。

去年末、僕がM村での仕事が終わったと別れの挨拶に行ったとき、二人は、僕が帰国するときは日本旅行しよう――二年先――と、僕の前で話し合ったことがあった。

しかし、二人の単純で嬉しそうな様子を見せ付けられると、それが僕の感情と複雑に矛盾して、僕は自分の貧しいイタリア語に歯軋りしてしまった。どうしようもなかった。

というのは、日本人同士の間でさえ、僕の現状を理解してもらうことは不可能に近かったが、ダビデには僕の本当の事情——真実——を知ってほしかったのだ。僕のイタリア滞在が稔り豊かなものになったのは、彼らなしには決して語れなかったからだった。彼らの親切や善良さに、僕は恩返ししたかったからだ。会社から贈られた品は、配置転換の際に、時計のなかった相棒へ残したかったのだったが、相棒はうとうとしく避けたので、僕は困却していた。

なお、僕がローマに戻ってしばらくしてからある時、M村の知り合い数人が、僕の勤務先のレストランに食事会をしに突然現れたらしい。ダビデが友人に声を掛け合い、僕と会社を冷やかしにやってきたらしかった。親しい雰囲気に一瞬は沸いたが、夜の忙しい最中の訪問で友情としてのサービスどころではなかったけれども、それなりにワイワイ盛り上がったようだった。この場に僕は不在で後からその報告を同僚から聞いたのだった。

そこへ、今回の出来事——三月いっぱいで退社し帰国——となったのだった。僕の仕事への評価は主に彼のサポートによる結果であったから、僕は、やや不自然な形とは認めつつも、僕がローマを去った後も、農場の将来に彼の援助が必要であると、勝手に結論を下したのだった。

同時に、これは僕の彼に対する友情のシンボルだとも考えたのだった。

ダビデは、それらの事情を少しは理解したかのように見えたが、慎重だった。だからこそ、彼が僕から贈られたのだということに率直な嬉しさを顔に表そうとしたので、僕の喜びは苦しみに逆転した。いや、その言動を誇らしげに見せようとして、その態度が強くなればなるほど、僕は嬉しいよりも恥ずかしくなった。

ともあれ、僕は、今日の目的を成し遂げた。ホッとすると、途端にどっと疲れが襲ってきた。するると、彼は僕の精神的な困憊を察したらしい。僕を二人の寝室へと勧めた。若いから大丈夫だと礼を述べて断ったけれども、彼は僕の頼みを聞き入れず、無理やりベッドに連行し、窓のカーテンを引いてしまった。こういうときの頑固さは個性的で、彼の腕力には歯が立たなかった。このことは、M村に着任して間もなく、畑に突然やってきたダビデが、僕の首根っこをつかんで教会に連れて行ったときと全く同じだった(彼は教会で司祭の助手もしていたらしい)。


僕が目を覚ましたとき、カーテンの外は薄暗かった。僕が寝ぼけ眼でこの居間に出てくるのを見つけると、

「気分はどうだ?」

とダビデが笑った。

「ありがとう、すっかりいいよ」

僕は頭を掻いた。

「こんばんは、Kiyoaki!」

Katiaだった。手を差し出そうとしたとき、僕は不意に、右腕を捩じ上げられた。やあ！物陰から、おどけたSilvanoが現れ、大声で呼び掛けた。Silvanoは、ダビデとロサンナの親し

い友だち夫妻で、KatiaはSilvanoの妻だった。

そこへ、ダビデがやってきて、僕の今夜の予定を尋ねた。帰って寝るだけだと答えると、思った通りだという顔つきで、彼はロサンナに合図を送った。すると、示し合わせていたかのように、ロサンナが呟き込んで僕に話し掛けた。ローマに住んでいる彼女の両親のアパートで、一緒に夕食をしようと提案したのだった。僕が眠っている間に、どうやら彼女が、夫ダヒデとこの計画を練ったらしかった。ここまでお膳立てが進んでいると、僕は二人の意のままにならざるを得なかった。ただ一つ、見知らぬ家庭を突然訪問することには躊躇いがあったが、朗らかなロサンナの親しさに直面すると、僕の抵抗は無に等しかった。

矢継ぎ早に、まるで〝時は金なり〟の格言の如く、その計画が動いた。Silvanoは、外に出るや部隊を率いる将軍のような気勢を上げ、四人を指揮して自分の車に押し込み、ハンドルを握った。僕は後部座席のロサンナとKatiaの間に座らされた。車は、彼の乱暴な運転によって、唸りを上げながら、ローマへ突っ走った。窮屈な車中、Katiaの音頭で、四人はCanzone（歌）の合唱を始め、静かな僕を盛り上げた。続いて、Silvanoが僕に日本の歌を強要した。四面楚歌の僕は、恥を忍んで童謡「赤とんぼ」を披露した。すると、終わるや否や、四人は手を打ち鳴らして騒いだので、僕は揉みくちゃになってしまった。

出迎えたロサンナの両親はとても好意的だった。僕は案ずるに及ばなかったのだ。兵役から帰郷したという反抗的な青年Lu（ciano）――ロサンナの弟二三歳――も、神経質な僕に、皮肉な笑いを取り去って、握手をした。夕食は賑やかだった。アルコールも進んで、ほろ酔い加減の主人――Rosannaの父親――は、戦時中捕虜収容所で覚えたという片言のドイツ語を喋って、僕を相手に愉快に笑った。

やがて、Silvanoが新聞をテーブルの上に広げた。今度は映画を見に行こうと言うのだった。その中から『マラソンランナー』という題名が上がると、即全員の意見が一致した。こうして僕は、限度を知らない陽気なイタリア人の一員となって、彼ら四人に連れられて、ローマの深夜を心ゆくまで堪能した。

《素晴らしい。息子がこんなにイタリア人の中に溶け込んでいたとはまさに青天の霹靂！　しかし、不自然だなあ。性急だ、危ないな。その陰に彼女ありか。この別れの挨拶、その理由の説明、無理をしているな。大きな問題とならなければいいのだが……》

11．帰国の準備　一九七七年三月一八日。
店長と　深夜自宅で　ビール飲み　会社が肴　話題に欠かず

レストランの閉店後、店長が最後の点検をするのを手伝って、一緒に帰宅することがたまにあった。そして、深夜に居間で時々、ビールを飲みながら話をすることもあった。社内の問題を持ち出せば、酒の肴には事欠かなかった。

「秋葉さんは母性本能をくすぐるようなところがあるよ」

店長は素顔になって、人生の先輩に返って、ニコニコした。

「秋葉さんは、客に無愛想で勝手な行動はするし、人付き合いも良くないのに、誰も秋葉さんを非難する人がいないんだよ。それは秋葉さんの人柄だな」

「お客を人間と思わなくなったら、仕事がよくできるようになりました」

僕の率直さに、栗山氏は苦笑いした。

「仕方ないなあ。幸か不幸か、私は女房と子供がいる。金がないから、辞めたくても辞められない。私が秋葉さんのようにひとりだったら、この会社をとっくに飛び出しているよ」

僕は次長の言葉――時々栗山氏の話し相手にもなってあげなさい――を思い出していた。

「大学の卒業論文で、私はマルクス経済学を取ったけど、この会社に来て初めて労働者階級の現実を経験したよ」

まだ知らない日本の会社を僕は想像した。

「社長と専務がパリに出張したとき、飛行機が墜落すればいいと思ったよ」

「栗山さんは人が良すぎますよ」

僕は栗山家を訪問する男子社員は後を絶たない事実を述べた。しかし、専務に頭を叩かれるという点から言えば、それは長所であり短所でもあった。

栗山氏の助言は正しかったが、僕はそれを無視してまでも僕の目標を急がなければならなかった。というのは、四～五月になると、社員のほとんどが交代する予定だった。僕の退社が難しくなることが予想されたので、僕は、その前に事を運びたかったのだった。

秘密裏に、僕は帰国の準備に取り掛かっていた。

それから数日後――僕の退社が決定的で、それまでに社長が来伊しないことが確実と感じられたとき――、日本にいる社長に手紙をしたためた。それは、誠に勝手ながら退社させていただく、直接の原因は次長に関する事件にあると。その遠因は、僕が配置転換されたときに、社長が言われたように帰国すべきであったという反省にある、社長の心を傷つけたことを深くお詫びする、という内容のものであった。僕の脳裏にはスイスに訪問したS女史の箴言――要するに、謝りなさい――が焼き付いていた。父母や次長にも書いた。

最後に別格として、僕はそのS女史へ手紙を、改めてなぜか延々と書き続けていた。それは僕の、現実の経過や存在の全部、を報告するような内容のものとなった。

《そういえば、そんなことがあったなあ。息子のボーナスも嬉しかったが、それよりも元気でやっていることが確認できたことの方がどんなに嬉しかったか！　でも、なぜなんだ？　相変わらず極端から極端に走っている。危なっかしいな。だがしかし、急ぐな！》

12.「あなたはいまのままでいいのよ」一九七七年三月二〇日。幸せは「いいのよ　あなたは　いまのまま」最低生活　覚悟し働き

テルミニ駅のBarだった。電車に乗った。

「一度、会社の車に乗せてもらって通っただけよ」

ふたりが最後の石段を上り切ったとき、そこから見たのはこの街の中央広場のようだった。正面前方には、昔の貴族の庭園らしきものが、街の象徴のように存在していた。右手のバス駐車場から、人々は絶え間なく左手の雑踏に流れていった。振り返ると、僕たちの立っている場所は、街の展望台でもあった。

「きれいだわ」

手摺りまで歩いて、彼女は僕を自分の位置に引き付けた。ほんとだ。それは、樹木が少なく、日本の禿げ山のような景観であった。

「ローマはどっちだろう?」

「あっちじゃない?」

無関心に、彼女は僕の腕を取って、周囲を見回した。そのとき僕は、樹木の陰のベンチで見詰め合う若い一組の男女に注意を喚起された。しかし、羨ましいどころか、僕の気持ちはむしろ明るくなった。

「僕には、こんなに素敵な恋人がいるんだ」

彼女の肩を抱き、僕が耳元に囁くと、彼女は顔をくしゃくしゃにして笑った。

「イタリア人、みんなに見せ付けてやるんだ」

僕の心は、広く高く舞い上がった。

「一緒になったら、最初にふたりでヨーロッパ無銭旅行をしよう」

「そうね。でも私、あなたみたいに体力がないわ」

彼女の声は、僕とは対照的だった。

「関係ないよ。明子がへたばったら、僕がおぶって歩くから……」

「行き着くところまで行ってみましょう」

彼女は、そうして僕のショルダーバッグを肩に掛けた。僕は内心笑ってしまった、彼女が僕の口癖を覚えてしまったのだから。その広場を通り抜けると、僕たちは不安定な石畳へ踏み込んだ。寂れた住居の下、不規則な路地を歩いていた。それでも彼女は、僕を盾にして、ずんずん元気よく歩いた。

するとまもなく、閑寂な場所と青い空が開け、低い煉瓦塀で行き止まりになった。僕が塀から乗り出して下を覗くと、すぐ下にぎっしり並んだ草臥れた家屋が、その向こうの車道に影をなしていた。ずっと遠方に、僕は、写真で見たドイツのケルン市にある教会のような、鋭い塔の頭を三本発見した。

「会社がちゃんと耕された土地を借りているのかと思っていたのに」

その上、女子社員と遊びに来て痩せた草地を見学して、彼女は当時の僕の絶望をさらに深めて帰っていった。なので、僕の記憶は鮮明であった。

僕は彼女に笑った。塀の表面は、陽が当たっていたので冷たくなく、内側が傾斜していたので危険でもなかった。僕は、彼女と一つである喜びを、心ゆくまで愉しみたかった。

「平気だよ。明子も座ったら？」

彼女の赤い毛糸のコートを、僕はつまんだ。すると彼女は、僕の右腕にしっかりつかまってするすると上ってきた。そして、腰の位置を安全だと確かめると、足を振って、僕より大胆に座り心地を愉しみ始めた。焦げ茶色のブーツは、彼女の膝下まであった。

やがて、僕たちが来た方向から、足が不自由な男が現れた。背の高い壮年だった。子供たちは、家の中へ逃げていったが、その家の主婦は、バルコニーの手摺りに寄り掛かっている男に見向きもしなかった。椅子をせっせと片付けていた。その家の戸口は、その男のお気に入りであったらしい。その主婦は、とっくの昔にその男が出入りするのに愛想を尽かしている風だった。

「あんな人間を見ると、私、腹が立つの。働きもしないで、ああして歩き回るなんて。まだ若いんだし、自分で働けばいいのよ。欲しい物があったら、自分で働いて買うわ！」

まるで自分の生き方を主張しているかのように、彼女は言い放った。その間僕は、身動きもしないで、哀れな男を観察した。

ふと、僕の不安――どのようにして、彼女を養っていったらいいのだろうか？――、無力な未来、を想像して、僕は黙り込んだ。同時に、僕の胸に、彼女の凄まじい言葉――生活力――が突き刺さった。どんなことがあっても彼女に惨めな生活をさせてはならないと、僕は自分自身に強く言い聞かせた。

再び彼女の表情は平和になった。赤子のようないじらしい彼女の身をこの身に感じると、苦しさと幸せとで胸が詰まった。

「僕は明子に誠実でありたいんだ。感情的な人間だよ、僕は」

彼女が僕のことを理性的な人間だと思っていることに僕は気がついた。

遅いかもしれないけど、僕は、着実にやり遂げてみせる。いままでそうして来たし、この会社では少々肉を削られたが、いまだかつて僕の核心は破れていない。僕が選んだ女性と僕自身とに、僕の自信のほど――僕の能力、いかなる困難でも克服する力があるという気概――を、僕は口に出した。それは、誰にも打ち明けずに秘めていた僕の自信であった。

「これからも……」

言い掛けて、僕の頬が引き攣った。眼前に、ふたりが危険と希望とが交差する茨の道に足を踏み入れて、ふたりの戦っている姿が浮かんできたからだった。僕はまだ、妻との生活費を稼ぐという労働、家庭を築くという世間の厳しさを知らない。その愛と喜びに燃え上がりながらも、その力に対する不安は莫大なものだった。

「日本に帰ったら、ふたりだけになれるのね」

彼女は、清純な少女のように――遠い母国を恋い焦がれているかのように――明るかった。

「うん、明子を必ず幸せにするよ。僕には何が足りないんだろう」

と不意に、僕の口から漏れた。

「あなたはいまのままでいいのよ」

僕は感動した。落ち着き払っている彼女を見た。僕は、無だが、愛する明子がいる。それから僕は、改めて知らない日本の現実社会のことを考え直した。

「明子、いつも最低の生活を覚悟していてくれ、いいか？」

「いつも最低の生活をね」

彼女は弾みを付けた。僕はふたりの生活圏を獲得するための激励を読み取った。

先刻、ふたりが立った展望台を通り過ぎたとき、僕は、樹々の緑の上にRISTORANTEと一文字一文字が独立したアルファベットの看板を見付けた。古風な館だった。あそこへ行こう、僕は彼女を促した。ところが、広幅の車道は下り坂になっていたので、僕たちはその建物をも見失ってしまった。

「秋葉さんは、何でもできるのね。Yさん――ウエイター――と並んで秋葉さんのオーダー数はトップだって、栗山さんが言っていたわ」

「どこの職場でも同じじゃないかな？」

それから二〜三日後、夕食に来た彼女は、台所で皿の整理をしていた僕に、突然言った。

「去年の夏、レストランが忙しいときにね、半日手伝ったの。そしたら足の裏がかっかかっかして、一日中やってたらバテるところだったわ。体力がないのね、私って。広田さんとレストランを手伝ったことが何度もあるけど、彼女、よくやったと思う。私には事務しかできないわ」

《日本社会の現実は、〝案ずるより産むが易し〟だ、心配するな。確かに大変だよ、生活していくのは。しかし、それが人生だ》

13. 会社の体質　一九七七年四月三月二〇日。死ぬ前に　乳房を揉い　安らかに　彼女のために　金の指輪を

夫々があちこちを見て歩きながら、独り言で自分の仕事を勝手に、弁解していた。

僕たちは左側に車を見送った。右側に住宅地があって、そのコンクリート壁に沿って平べったい並木道を下っていた。

そのとき僕が見たのは彼女の瞬きだった。

「栗山さんとはいろんな話をするの？」

「うん、会社のことばかりね」

僕は彼女がよく聞き取れる声を出した。

「外国にいるんだから、もっと知らないものに触れたいんだ。例えば、イタリア語の個人教授がそれさ。だから会社の人の話は、あまり聞かないようにしている、話せばそれに巻き込まれるからね」

「でも、人の話を聞いてあげるのは、大切なことだと思うわ。みんな淋しいのよ」

彼女の言うことは、疑う余地なく正しかった。そうだね、と僕は彼女の憂いを帯びた態度に折れた。が同時に、僕の内心は、それに反抗して、彼女の素朴な意見をそのまま素直に受け入れることができなかった。その反抗とは、僕の現在の生活状態にそんな余裕はない、自分で自分自身を護るだけで精一杯なんだ、僕はいつも僕自身でありたい、僕の独自の道を歩きたい、という思いだった。

「僕には、明子がいるからかな？　みんなの話を聞いてあげるといいよ」

僕は自問した。自分のかたくなな感情を、僕は彼女に譲った。

「私って、人に尽くすタイプね」

なにかに思い巡らし、彼女は自信ありげに胸を張った。彼女を取り囲む人間関係だろう。

僕は空に眼を逸らした。僕の視界に、緑の向こう側で線路が切れ、ふたりの頭上で鉄線が交錯しているのが映った。再び彼女の遠慮のない声が僕を彼女のペースに引き戻した。

「僕もそう思ってた。いいじゃないか……」

その分だけ、僕に優しくしてくれれば、と僕は言いたかったのだが。

満期終了社員の表彰と新入社員の紹介が盛大に行われた。会が終わったその夜、全員が裏通りのディスコへ行った。僕は積極的に舞台へ上がった。ようやくこの会社の雰囲気や人間関係が理解できるようになったとき、僕は来年もイタリアで半年、この会社で働くという精神的にも肉体的にも開放感や充実感があり、いかなる障害にも飛び込んで行こう、という意欲があった。M村の生活も安定し始めていた。

僕は、現代っ子に仲間入りしてチークダンスに溶け込んでいた。僕の身体がリズムを自由にこなし始めた。ダンスなんて、確か初めてなのに、その場の雰囲気だった。

「秋葉さんに誘われたら断れないわね……」

彼女は、満面の笑みを浮かべて立ち上がり、両手を軽く僕に預けた。

その当時、いつの間にか彼女が僕の中に忍び込み、僕の心の中にはっきりした姿ですでに存在していた。それが無意識に、突発的に僕の行動に現れたのだった。ふたりはまるで壊れ物に触っているかのようではなかっただろうか。一方を動かしてそうさせる、目に見えない動きがなかった。僕はただ、彼女の胸が異常に柔らかく、その熱い感触だけに震えていた。

「井川さんも金をいじっているんだから、適当に誤魔化せるんじゃないのか？」

「あんな汚いお金なんか手を付けたくないわよ。汚らわしい！」

自分の潔癖さを侮辱されたかの如く、彼女は激怒し僕の足を蹴飛ばした。

「何でもやらせるのね、あの社長。やくざよ！」

その意味を、目的のためなら手段を選ばない、と僕は解釈した。

「専務が出張しているときにね。店長を使って専務の部屋を全部調べさせたの。あんなに侮辱されて、専務もよく黙っているわ。専務は社長に見放されるのを待っているのよ」

彼女の鼻息は荒かった。その助けを求めるかのような視線を受けて、僕は嫌になってきた。それでも、この眼で確かめなければ何事も信じない僕であった。にもかかわらず、彼女の現実的な裏話を、不思議にも抵抗なく、僕は疑いなき事実として受け入れた。

「明子は毎日、そんな無意味な人間関係の中で、仕事や生活をしているのかい？」

僕は彼女に不信の念を抱いた。僕たちふたりの世界にまで、会社のごたごたしか話題にできない彼女の生活環境を思うと、僕は居たたまれなかった。そうよ、と彼女は即答した。単純明快だった。僕は愕然とした。

「早くこの会社と手を切ることね」

彼女は、きっぱりと僕たちの会話に結論を下し、僕の同意を勝ち取った。

けれども、そのような手段を講ずることは僕の性格が許さなかった。筋を通すべきだ。やはりスッキリした手続きを経て、僕は退社したかった。

一気に僕は喋った。まさか、突然退職するときの費用になるとは、夢にさえ考えたことがなかった。M村の銀行に預金してきたことである。

実際、この会社で働く人間にとって、頼れるのは金しかなかった。ローマに来て、具体的な金の流通経路が見えるにつけ、このことが身に沁みて感じられた。商売は、金儲けが至上目的であった。金のために生き、金のために死ぬ。その覚悟がなければ、この会社に僕は永住できないだろう。僕は失格者だった。

「それが一番賢明なやり方よ」

彼女は驚嘆した。僕はいつでも、自分の始末は自分でつけるつもりだった。

「僕は誰も信じない。いつ死んでもいいと思っている。だから、怖いものはなかったけど、他人に迷惑を掛けたくないからね。ほら、いつか言っただろう？　自分のような人間ができるなら、僕は絶対に結婚しない。生まれた子供がかわいそうだって」

思わず苦笑いせずにはいられなかった。

「あそこに上れば広場に出るだろう」

彼女を励ますつもりで、僕は元気に言った。辺鄙なジグザグ道だった。同時に歩き始めたけれども、すぐ彼女は僕より遅れた。彼女の足取りはふてぶてしかった。丸い壁を右に回ると、ふたりが遊び戯れた場所だった。すると、彼女は顔に陽が射したように歩き始めた。道が分かったからもう心配いらないわ、というように。前方に簡素な駅が見えてきた。ふたりは出発点に立ったのだった。話しすぎたのかふたりとも空腹を忘れてしまった。

「映画でも見ようよ」

僕が提案した。

「いいわ、ローマではみんなとよく映画を見に行くの」

彼女は噴水の方へ僕の腕を引っ張った。僕も現金なもので、急に活発になった。しかし、映画館がなかなか見つからなかった。

「ローマで一度見たことがあるけど……」

じゃあ、と僕が去ろうとすると、いいわ、入りましょう、と彼女は気持ちよく僕を誘った。看板に『友よ静かに死ね』とアラン・ドロンが主演のポスターがあった。二階の薄暗い館内に入った。スクリーンが明るくなったときを狙って、僕は従順な彼女を連れて狭い通路を手探りで辿った。二つの座席を確保できたのは、壁を背にした最上段であった。身体を後ろに投げ出して、僕はスクリーンを下方に眺めた。僕の右側に、彼女はできる限り僕に寄り添って――彼女の右側の客から身を護るように――座ると、眼鏡を掛けて上体を立てた。館内は暖かかった。

ストーリーを要約する。主人公は、ある銀行から金を強奪し、警察に追跡され、駅の構内――天井の通路――を逃走中だった。何度も危機を脱し、待ち受けた仲間の三人組とその現場を去ろうとしていた。そのとき主人公が、色気を出して向かいの貴金属店に押し入り、恋人のために金の指輪を略奪しようとして撃たれた。瀕死の重傷を負ったまま隠れ家に戻ったが、恋人が主人公の元に駆け付けたときには、主人公はその指輪を握り締めたまま息を引き取っていた。

僕は彼女の映画鑑賞を邪魔する声も出さず、彼女は静まり返っていた。妙に淋しくて、僕はどうしたらいいのか分からなかった。上半身を丸めて、僕は彼女の胸を求めた。彼女の両腕は力を落とした。僕は彼女のブラウスのボタンを一つ外した。そして、左乳房を僕の震える左手の平で支え、持ち上げた。僕は彼女の胸に頬擦りした。身体全体が、僕の口に凝縮して、僕はおずおず乳首を含んだ。乳房から、僕の満たされないものを、なんとしても手に入れたいと思い、その心を吸収した。

そのとき、彼女の右手の平が僕の首から上を撫で摩り、左手は、僕の首筋の奥へ滑り込んでいった。それは、僕の欲望を彼女の中に包み込む心のようであった。

彼女の上半身は、ゆっくり大きく起伏した。僕の両手が、甘美で柔軟な乳房を掬った。僕の愛しい女性は、どうしても僕だけのものでなければならなかった。

外は夜の帳が降りていた。どちらからともなく、ふらふらと、しかし迷うこともなく、駅に着いた。夜が透き通っていた。

「ごめんね……」

胸苦しさに押し潰されて、僕は謝った。映画館に入って以来、初めての会話だった。

「何を考えているの？」

甘ったるい声が、その僕を現実に立ち返らせた。

彼女の潤んだ声が僕に伝染した。

ごめんね、いいのよ、彼女の表情は晴れ晴れとしているように見えた。けれども、僕の心は重かった。禁断の園に踏み込んだのかもしれなかった。

映画館を出てから、駅のホームに着くまでの間、僕は胸の音が静まるのを聴いていた。

折り返しの電車が滑り始めた。

「ローマに帰るのかと思うと、生きた心地がしないよ」

僕は顔を歪めて見せた。大袈裟ね、彼女は僕から身を起こしてからから笑い声を立てた。電車がこの反対方向にどこまでも走ってくれればいい、と僕は本気で願った。

彼女は、僕の右肩に凭れて、僕の二の腕に巻き付けた。そして、疲れているはずなのに、あどけない笑顔を浮かべて、僕を休ませようとはしなかった。

そのとき、僕の眼に彼女の薬指が止まった。

彼女の口元に、白い歯がこぼれた。座り直すと、彼女は、僕の前で、五本の指をいっぱいに広げて新しい指輪を嵌めるような仕草をして見せた。そして、それを愛着しているかのように、顔の位置を動かして眺めた。

「へえ～、こんなもの嵌めて嬉しいの？」

「私、ほんとは、幅の広いプラチナの指輪が欲しいの。ねえ、買って？」

彼女の声は顔と同じくらい幼かった。このチャンスを逃すまいとするかのように、茶目っ気たっぷりで駄々を捏ねた。

「ねえ、買ってぇ。だめ？」

右の人差し指を口に付けて彼女は言った。

彼女の図々しさは底抜けだった。

「買ってあげるよ」

「ほんと？」

これが三一歳にもなる女なのか、と僕は、我が眼を疑った。いったい全体、彼女は、僕が彼女の願い事を何でも叶えられる王子様とでも思っているのだろうか。

電車の騒音は鮮明であった。

「寒くないか？」

物憂げに座席に沈滞している彼女を、僕は観察した。僕の心魂へ、さっきの天真爛漫な彼女が強烈に焼き付いていた。それはまた、僕の漠然たる切望と重なった。ぴったり僕に寄り添い、彼女は微動だにしなかった。僕が現在、僕の限りをそんな彼女に尽くすとすれば、その切なる願いを実現することだった。

《彼女が三一歳ということは、息子より六歳も年上なのか。理解できない、自分の人生では考えられないことだ。まだ子供だったと思っていたのに、息子は、精神的にもすっかり手の届かないところまで行ってしまったようだな。まあ、好きにしたらいいだろう》

14．イタリア語の勉強　一九七七年三月二一日。僕の趣味　こっそり勉強　イタリア語　プラチナ指輪を　教授に相談

眼が覚めると、七時半だった。誰もまだ起きていないことを確かめると、物音を立てないように広間を抜けた。栗山氏宅はまだ夜だった。外で市内バスを追った。

五〇メートル先に頑丈なコンクリート壁があり、左手に厳重な高級住宅の門があった。その右側の壁柱に、老婦人の名札――Dott.ssa M.C.が、左下方に嵌め込まれていた。僕は、中庭を右へ迂回し、園の突き当たりで右の階段を上り、エレベーターで七階に上がった。

そのドアが開くと、正面が彼女の住居だった。イタリア語のレッスンである。

通い慣れた書斎に入ると、老婦人は机上に教科書とノートを揃え、腕組みをした。平凡な挨拶をした後、老婦人は、微笑みを浮かべ、自分の椅子に着き、僕と真向かいになった。

「きのう、何をしましたか？」

さあ、今日こそはたくさん話してもらいましょう、という姿勢で、老婦人は僕の前に立ちは

だかった。講義の最初は、僕の苦手な会話、僕を惨めにする難関であった。老婦人は薄茶色の髪を整えた中背の小太りで六〇がらみだった。度数の強そうな眼鏡を掛け、笑うと出っ歯が目立った。老婦人の評価――あなたは文法はよくできるが、いつもあまり話さない――に従って僕は、前回のレッスンで多くのことを喋る約束をしていたのだった。

やがて、雌猫に追い詰められた雄ネズミのように、僕は自棄っぱちで喋った。その内容は大抵、会社に対する僕の不平不満へと落ち込んでいった。すると、老婦人は、イタリアの法律上の事例を引き出して、会社機構とその労使関係について細かく説明した。そして、人間の自由と権利を強調して、僕を叱咤激励、僕の喜怒哀楽を刺激したものだった。

しかしながら、今日は違った。明確な目的を持った僕が、いつもの老婦人を迎えた。

僕は、ライバルのレストランで働いているある女性を彼女に投影して、僕の恋人について打ち明けた。結婚したいので、そのために婚約指輪を彼女にプレゼントしたい、イタリアでは一般にどのような形式で行われるのか、これが僕の目的、今日の骨子であった。

すると会話が、二者の現実と重なり、異常な発展を見せた。老婦人は、意欲的になって、自分の小指にある太い金の指輪を示した。さらに隣の部屋から三つの高価な指輪を喜んで披露し、その贈り主や指輪の形質と値段の相違を、エピソードを交えて生き生きと説明した。そして老婦人は、僕に彼女の欲しがっている指輪について熱心に質問してきた。宝石商の名前と住所を二、三店、僕のノートに記してから、懇意にしている宝石商があるから、連れて行ってあげよう、と僕の希望を照らした。九〇分は矢のように過ぎ去った。

天気が良くてレストランが暇なとき、外の空気を吸ったり頭を冷やしたりするために、郊外に出て、Via Propaganda往来の通行人を眺めることがあった。

やがて彼女が現れた、幸運にもひとりきりで。僕に近づくと、静かに他人の顔が他人ではなくなった。

「その指輪、もらうよ」

彼女の左手をひっくり返し、薬指から素早く彼女のサイズを盗み取った。そして僕は、彼女の指輪を僕の右ポケットに滑り込ませた。

「いいのよ、そんなにしなくても……」

彼女の抵抗は、彼女の言葉とは正反対であった。

「いいから、いいから」

するりと僕が彼女を打ちやったので、彼女の歩みは妨げられなかった。

休憩時間、僕はコンドッティ通り——スペイン階段の真下に延びる外国人観光客にとって買い物のメッカ——へ走った。宝石商を物色して歩いた。それからナショナル通りへ飛んでプラチナの指輪を探した。その結果、プラチナの指輪は昔よく使われていたが、現在はどの店も金貨黄金の指輪しか扱っていないことが分かった。そして、値段は一〇万リラ前後、これが一般的ということを知った。

《息子のイタリア語の勉強が役に立ってプラチナ指輪を捉えたということか》

15．プラチナ指輪　一九七七年三月二六日～二八日。プレゼント　プラチナ指輪　嬉々となり　一緒に帰国　彼女の願い

「それで、指輪の飾りと長さと色は？」

歯を剥き出して僕を促した。装飾はいらないと前置きして、僕は、自分の薬指の第一関節を端から端まで右手の人差し指で繰り返し、彼女の希望を何度も説明した。けれども老婦人は、白色の指輪はないかもしれない、と眼鏡の奥を閉じた。そこで、あなたに任せる、郷に入れば郷に従え、だ、と僕は老婦人を苦笑させた。

約束通り、僕は昨日の個人教授を思い出しながら、やってきた。午前九時過ぎ、そのバス停留所でウロウロしている老婦人を、僕はBarから見つけた。分厚い毛皮の外套に包まれていたので、老婦人は胴体ばかりに見えた。

ナショナル通りの左歩道を一〇mほど下って左折し、繁華街の外れ、五〇m歩いた先だった。そこに古い個人商店――よく見ると壁にGALALERIAとちびた文字が彫られていた――があ

った。老婦人は早速、僕を従えて、胸を張って入った。

当時、M村農協のダビデが農場の外部渉外者の僕を従えていたように――値が張る見積もりやその他の仕事で行き詰まったとき、彼は必ずと言ってよいほど、僕の窮地を救ってくれた。この僕の現地体験から、信頼できるイタリア人を媒介として、僕の行動半径や仕事内容を開拓していくことが、もっとも迅速、安全かつ堅実であることを、僕は知っていた。

主人が先客を送り出してホッとしたような顔になると、老婦人は通り一遍の挨拶をした。二つの口は名前を連発して、互いに愛想のいい言葉を振り撒いた。おそらく、互いの縁者知人のご機嫌を伺い合ったのだろう。若い主人は隣で畏まっている外国人を訝しげに見ながら、老婦人の甥であるこの若い主人の暮らし向きを弁護する挨拶に苦笑いしていた。その主人の発言を僕はこのように理解した。そして僕の意志を込めたイタリア語を話した。

突然主人は、虚を突かれたかのように前のめりになった――この外国人は、イタリア語が分かるのか、と驚いた様子だった――主人は、僕の言葉を、顔をしかめて、もっと真面目に聞き取った。それから、ガラスケース上に図示したり作業場から類似品を数種類持参したりして、老婦人の同意を得ながら、僕の目的を進めていった。その結果、主人は、一〇日間待ってくれれば、注文の品を造ろう、と僕に頷いた。

値段の話になると、老婦人は、僕を援護射撃した。容赦のない攻撃に、少々閉口しながらも、主人が快く承知したことを観察したとき、僕は初めて笑顔を見せた。すると主人は、にこやかな表情になって僕に手を差し出し、次に老婦人と握手を交わした。

僕がスペイン広場の横にある、あのBarに入ると、彼女は、菓子やワインの棚に隠れた席で、ひとり文庫本を読んでいた。

「そうだよ。だから、僕は先手を打ったんだ」

僕に哀願する彼女を僕は見た。すると反射的に、彼女の上体がテーブルの上で飛び上がった。いまさら、驚くには当たらなかった。会社の仕事内容の推移から見て、そうなるだろうと僕は見越していたのだったから。むしろ、社内情報が豊富に飛び交う事務所にいて、そのことを計算せずに僕の言葉にびっくりした彼女の反応振りに、僕の方こそ、驚き呆れた。

たぶん彼女は、退社の際には三ヵ月前に届け出るという日本の会社の慣習に安住していたのかもしれない。いつも自分のことを大人だ、自分のことは自分でする、というような意地っ張りな主張を僕にしていた彼女からは、それは到底信じられないことだった。

「専務に話すわ、早く帰国させてほしいって。私の言うことなら何でも信じるのよ」

彼女は、顔色を変えて僕の言葉を追い駆けた。そして僕を説き伏せた。

「ねえ、一緒に帰りましょう」

うん、という僕の返事は気がなかったのか、彼女は僕の両手を彼女の両手の平で握り締めた。

再び強く念を押して、彼女は薄笑いを浮かべて言った。

僕の頭の中は、退社交渉の成り行き、指輪の完成日、レストラン勤務に対する後数日の辛抱、退社時の清算やお金の精算、M村のダビデたちに挨拶、ローマを離れるときの総清算等が目まぐるしく渦巻いていた。その日、その場を観察、その状況を洞察しながら、できるだけ、立つ鳥跡を濁さず、となるように、僕はあれこれと目論んでいた。

しかしいま、彼女とふたりだけのこの瞬間は、それ以上に貴重だった。僕はそれ以外の物事に邪魔されたくなかった。

僕はBarから一直線に専務室へ行った。人気のない扉の内から、はい、という返事を聞くや、失礼します、と僕は勢いよく入った。深刻な顔つきの専務は、僕に気づくと、出鼻を挫かれたかのように身を起こした。秋葉君か、と専務はソファーに胡坐をかくと、疲れを見せずに僕を丁寧に迎えた。これで退社交渉は四回目だった。約一週間おきに、僕は専務室のドアを叩いた。

「いま東京の事務所では、社長が新しい社員を手配してくださっている。四月一〇日から、続々と新人が来る。それまで頑張ってくれんか」

改めて僕の意志を説明する必要はなかった。専務は何もかも分かっていたのだ。

「立つ鳥跡を濁さず、という。君はちゃんと引き継ぎをして、有終の美を飾らねばならん」

「ほんとうですね」

僕はつい、口を滑らせた。というのは、専務が、本当のこともあるんだ、と言ったことが、僕に商社の実態をユーモラスに認識させたからだった。筆記体の署名を僕は確認した。

「もう少し待ってくれんか……」

僕は姿勢を整えて専務の生活信条と世間話を頂戴した。それは、話としては正論だったが、実としては虚論だった。見え透いていた。三月には新しい人が来る、いや三月末に新しい人が来るんだ……と聞かされた専務の言葉を、僕は空しく思い出していた。専務が僕の粘り強さを鈍らせる戦法だと、僕は咀嚼した。こうした例はこの会社においては珍しくなかった。僕は、M村に農場新任者が来伊するまでの経緯から、専務の言葉を解釈した。

《我がまま息子め！　猪突猛進、暴走だ。冷や汗ものだぞ。馬鹿さだな！　社会とはそういうものだと思えばいいのに》

16. 結婚の約束　一九七七年四月五～八日。イタリア語会話　彼女がテーマ　活発に　僕の真心　指輪に結晶

日本では二束三文であるガラクタでも、イタリアでは希少価値のある品物だった。

僕がそれとなく帰国を仄めかして以来、老婦人が進めるイタリア語の講義がもっと熱心になり、僕ももっと真剣になった。教科書も後半に進んでいた。僕が老婦人の大切な収入源なのか。

老婦人は僕に親しみを覚えたのか。

特に彼女のことが話題になってからというものは、老婦人と僕との関係は急速に親密になっていったかのようであった。老婦人は僕の世話を焼くことに積極的だった。

前回の如く老婦人に連れられて、僕はあの宝石商へ彼女の指輪を受け取りに行った。主人は、得意客に応対するように、新しいプラチナ色の指輪を僕の前に——ガラスケースの上に——出した。すると老婦人は、その指輪を自分の小指に嵌め、しげしげと見詰めた。主人がにこやかに僕の顔色を窺うので、僕は喜んで同意した。そこで主人は、美しい四角い小箱と毛織りのお守り袋のような可愛い袋をガラスケースの上に並べて、僕の選択を待った。老婦人は後者を僕に提案した。そして主人と談判を始めた。——僕は老婦人の駆け引きに感心——と主人の苦虫を噛み潰したような顔を見比べると、満足して僕に支払いをさせた。

老婦人と別れると、春が来たような高揚した気分で、僕はレストランに向かった。

午前九時——事務所が開く——が過ぎるのを見定めて、僕は事務所の階段を駆け上った。事務員の岩崎さんは入り口の机上に帳簿を開いて身を屈めていた。突然現れた僕を見ると、井川さんは、以前次長の席だった奥の机の傍で、身体を直立させていた。

「あの、井川さん。ちょっといいですか？　店長に言われて……」

「いいわよ」

机上の封筒を二、三枚小脇に抱えて椅子を払うと、僕に従って外に出た。

「どうしたの、そんな怖い顔をして?」

サンシルベスト通りを渡り、バス通りを横断し、僕が会社から遠ざかったと感じたときだった。

「ほんとうなのか、一三日に帰れなくなったって?」

彼女の説明――昨日突然――に、腸が煮えくり返った。建物内が広い歩行通路になり、その横にガラス張りのカフェテラスがあった。その言葉を黙殺して、僕は彼女をそこへ連れて行った。

テーブルを挟むと、

「せっかく、一緒に帰れると思っていたのに……」

彼女を穴が開くほど見詰め、僕は歯を食い縛った。僕の腹の虫は治まらなかった。だが、首を折って下を向いたまま萎れている彼女を見ると、僕はどうしようもなかった。

「やっと、出来上がったんだ」

僕が指輪を見せると彼女は眼を輝かせた。その表情は一変した。

「あなたが嵌めてよ」

自分の指輪を抜くと、彼女は、現金にも僕の視線の位置に指を広げた。僕の恋人は口元をほころばせた。僕は、心を込めて、彼女の薬指にその白い指輪をゆっくり嵌めた。そして二度と外れないように、もう一度押し込んだ。

「どうもありがとう。嬉しいわ」

彼女の顔の筋肉が緩むのを見ると、僕は嬉しさのあまり自分の存在を忘れた。新しい指輪をまじまじと見詰め、彼女はうっとりした。最高に幸福だった。天にも昇る気持ちというのだろうか。

「僕の方こそ。それから、これ、明子に読んでおいてもらいたいんだ。僕のことがもっとよく分かると思って。大切な手紙だから、必ず返してくれよ」

まとめて束にした手紙を、鞄から出した。それは、スイスにいるS女史からの手紙で、イタリアで受け取った手紙の全部だった。僕は念を押した。ええ、彼女は真面目に答えた。これで僕は、自分の正体を一つ残らず彼女に曝け出したことになる、と自分自身に納得した。そして、ローマを発つ僕の心の総清算を感じた。僕は至福の絶頂にいた。


レストランの冷蔵庫の横で、お櫃にご飯を盛っていると、岩崎さんを連れた彼女が現れた。

「一三日に帰ることに決まったのよ」

僕に近づくや早口で知らせると、顔を紅潮させ、風のように奥へ駆け抜けていった。社員の夕食時間だった。いったい、どこでどう事態が逆転したのか！　僕はさっぱり見当が付かなかった。けれども、まるで降って湧いたようなビッグニュースに、僕は感激した。そして僕の勤務態度は、急変し、地獄から天国に昇ったような活気が甦った。

その夜遅く、職場の肩書きのない同僚たちが、小さな送別会をしてくれた。

先月三一日夜にも、小松氏と僕との盛大な歓送会が、ほとんどの社員によって行われた。僕の退社事実が皆に知れ渡ったのは三月二九日、小松氏の退社ニュースが僕の耳に届いたのはその翌日だった。僕は仰天した。小松氏は、席上、公務員の挨拶のような厳粛さで、決まり文句を丁寧に述べた。

「……秋葉さんとは、偶然にも、入社するときも退社するときも同じになりました」

遠い席から、小松氏は僕を見た。続いて、

「長い間、ご迷惑をお掛けしました」

僕は、席上で最敬礼した。そのとき広田さんは、吹き出して料理をこぼしたので、全員の注目を集めた。愚直な最敬礼がよほどズッコケたのだろうか。

《呆れるほどどこまでも徹底的に純粋な奴よ。心は初々しい。一方、何でもありだな、この会社。よく潰れないもんだ!》

17. M村に別れ　一九七七年四月一一日。
永久に友　十字架・聖書　感激し　発作号泣　惜別重く

土曜日の夜、ダビデに電話を入れておいた。M村はすでに寒くはなかったが、曇ってなんとなくもやもやしていた。最後のM村訪問である。気持ちを整理し直して、呼び鈴を押すと、自動的に門が開いた。午前一〇時だった。入り口に現れた彼は、落ち着いていた。筋道を辿るかのように、僕を迎え入れた。口元を崩すと、彼も口元を緩めた。僕が居間に入ると、妻のロサンナが笑顔で追ってきた。大きな仕草でどっかり腰を下ろした彼の表情は、僕を見て重そうだったが、その眼差しはあどけなかった。僕の沈鬱な態度が、そうさせたに違いない。ふたりは、僕がソファーから身体を乗り出すと、顔を近づけて僕が話すのを待った。

帰国が一三日に決定したことを告げた。するとふたりは、まるで示し合わせたように顔を見合わせて頷いた。無邪気な妻に慕われた彼は、三人の真ん中にリボンの付いた平たい小箱を持ち出し、僕に一層親しみを込めた表情を見せた。僕が開封したのは、金の十字架だった。僕は顔が熱くなった。

「気に入った！」

妻が僕の目元を覗いた。

「ありがとう、ダビデ、ロサンナ」

早速僕は彼らの首に腕を回した――イタリア式に贈り主への感謝を表現――。鎖を解くぎこちなさを彼に手伝われて、僕は首筋から胸に冷たい十字架の感触を覚えた。

今度は、僕がふたりを驚かす番だった。鞄から分厚い赤色のイタリア語聖書を取り出し、表紙を開いて二人の署名を求めた。すると僕の期待通り、ふたりは喜んでサインを記した。ダビデは表カバーの内に、ロサンナは裏カバーの内に、各々が短い文章と共に。その聖書は、去年の今頃、彼が僕をローマの農協に連れて行く途中、僕の予てからの願いで、テルミニ駅に近い、ある修道尼の経営する本屋に立ち寄って求めたものだった。僕が赤色の聖書を探し当てると、彼は、それを僕にプレゼントすると言った。そして自分は黒い帯の聖書を選び、二冊分の代価を支払った。ところが、それぞれ個性的な筆記体だったので、全部を読み通せなかった。そこで僕は、ふたりの口から繰り返されたその文章を、僕の字体でノートに書き写し、辞書を引いた。その内容が、神の御名において僕が祝福され、三人は永遠に友人である、とすぐ解読した。感激して、聖書にそのノートを大切に挟んだ。彼は満足げに眼を輝かせた。ロサンナは白い歯を見せて目を丸くした僕を見入った。目的の第一を、僕は達成した。

ふとロサンナが、なにか忘れ物でもしたかのように台所へ飛んで行った。それを見計らって、僕はダビデにはにかんだ。彼は、巨体を僕に屈めた。そこで僕は、別れの本当の理由を、彼にだけ打ち明けた。僕には婚約者がいて、彼女と結婚する目的で帰国すると。彼には僕の本心を打ち明けさせる素朴さがあり、こうしなければ僕のダビデに対する友情、ダビデの僕に対する善良さは報われなかった。僕は嬉しかった。

「お前は、狡賢い。いつから恋人がいたんだ」

にんまりして、彼は口元を捻って僕の顔を深く見詰めた。半年前から、とだけ答えた。急いでそれに続く追求を、僕はイタリア語ができない、とはぐらかした。彼は口で怒り、眼で笑った。僕は耳元が熱かった。

ダビデが新しい行動に移ろうとしたのを見て、人差し指を口に当てた。ロサンナには僕がローマに帰ってからこのことを話してくれるようにと頼んだ。上体を上げると、彼はゆっくり頷いた。そして首を捻りつつ、口先を尖らせ、眉毛をピクピク動かした。イタリアに僕の本心を打ち明けられるイタリア人の友がいることを、僕は誇りに思った。

ダビデは、しばらく僕を見守ってから、ゆっくり寝室へ行った。そして引き返して来ると、一〇〇〇リラ銀貨――流通硬貨より大きい銀貨――を一枚僕の手の平に乗せた。そのとき僕は、彼の後ろでニヤニヤしていたロサンナに気づいた。僕の様子を観察していたらしい。

「Mammaのところへ行こう」

ダビデはそう言うと、真剣な表情で僕とロサンナを促した。農協のある下り坂のほとんど正面に車を止めた。すると彼女は、先頭に立って細い玄関から二階へ階段を上った。それはダビデの両親のアパートだった。彼のお母さんは、神経質な僕を認めると、手を広げた。そして、自らの子供たちにしたように、僕の頬にも自分の頬を当て、短い首の上にいつもの笑顔を示して、躊躇う僕を招いた。

　この家を訪問するのは初めてだった。僕が一歩進むと、お母さんは、左側の部屋の厚いダブルベッドに右手を広げた。それから、その反対側の大きなソファーを、ダビデが独身の時そこでよく眠ったものだ、と説明した。僕の足元には、居間一面にジュータンが敷かれてあった。彼に促されて、僕は窓辺の椅子に深く腰を下ろした。すると、彼はその右に、お母さんはその向かい側に座り、ロサンナはお母さんの後ろに立った。

　四人の中央に小テーブルがあった。窓には薄い白色のカーテンがかけられていた。三方の壁面には、古い水彩画――農家の収穫風景――が額縁に納まってあった。お母さんは、腹の上に両手を揃え、脚をぶらぶらさせながら、僕と息子とを交互に眺めた。シャンデリアに灯りはなかったが、室内は暖かく明るかった。僕はお母さんに別れの挨拶をした。人懐っこく僕に話し掛けるお母さんに、紋切り型の挨拶しかできなくて、口ごもった。それを見たダビデは、僕がここを訪問した理由を代弁した。それに遅れまいと、僕は、手提げの紙袋から、扇子を取り出して、お母さんに礼を述べた。

　するとお母さんは、驚くや早口で息子に食って掛かったが、それもすぐ止んだ。それから隣室へ行き、僕に毛糸で編んだ花瓶敷きを差し出した。僕の母にプレゼントすると言った。そして、その他の土産物を紙袋ごとダビデへ手渡した。それを見たロサンナは、夫の傍へ回り、イタリア語の感嘆詞をなにか吐いた。

「今晩はここに泊まりなさい」

お母さんは首を伸ばした。それを僕が日本様式で断ると、どうして？　とロサンナが叫び、お母さんと顔を見合わせた。ダビデが、素早く三人の仲を取り持った。日常会話には自信があった僕も、その好意に圧倒されてしまい、笑顔を積み重ねて謝礼を表現する以外、仕様がなかった。かつて、僕がダビデの一家が働く農協に出入りするようになったとき、お母さんは知人に向かって、僕が息子の弟みたいだ、と胸を張って紹介したことがあった。それ以来、僕がダビデやロサンナと兄姉のようにして交際することを、とても喜んでいたのだった（親しくなるまでは、行くたびに、Domani（明日）！　といつも、追い払われていたのだが）。

僕は彼に、どこかに店は開いていないか、ヴィンチェ――農場の小作人――の一家にお礼がしたいんだ、と尋ねた。少し考え込むと、彼は、黙って僕を立ち上がらせ、外に出た。三〇メートルも歩くと農協だった。彼は半開きのシャッターを開けて潜った。運良く残っていたと言ってPasqua（復活祭）用の大きな菓子箱を僕に与えた。

それから、ちょうどそこに居合わせた彼のお父さんを僕に引き合わせた。猫背の老人は、訝しげな顔つきであった。けれども温和な眼差しで、手袋のような厚く硬い手を僕に差し出し、無言で握手した。ダビデの言動は、敏速で一方的だったが、道理に適っていた。僕の支払いを引っ込めさせると、彼は、まっすぐにVinze（ヴィンチェ）家――会社の農場の寮の下――へ僕を運んだ。

ヴィンチェの一家には、ダビデの一家の次に感謝しなければならなかった。特に、僕が着任してすぐの、たったひとりこの村で生活した四ヵ月間を。右も左も分からなかった僕は、この家庭を足場にM村に少しずつ定着していったのだった。田舎のイタリア農夫の慣習を知り、夕食時に小学生の娘からイタリア語の方言を、少しずつ教えてもらった。

しかしながら、ヴィンチェ一家のドアは、閉ざされていた。雑種の番犬さえいなかった。おそらく、いつものように親戚のところへ、家族全員で出掛けたのだろう。僕の気持ちをこの家族に伝える方法に迷った。するとダビデは菓子箱に、彼の言う文句を僕に書かせた。そしてイタリア人は、このようにして感謝の意を表する、と説明し、僕にドアの取っ手へその菓子箱を吊すように示した。

車の窓から、僕は、過ぎし日々のM村を懐かしく偲んだ。彼が車を止めたところは、郵便局や百貨店、洋品店、パン屋等が軒を連ねたM村の新しい中央道路であった。そのM村の中央入口で下車すると、ダビデは、くすんだ壁の古い小屋のシャッターを押し上げて、中に入った。雑具を蹴散らして、埃にまみれた棚へ行き、その薄暗い中から裸のワイン瓶を二本持って出た。それをボロ布で拭きながら彼は、お父さんが作ったものだ、と説明して僕に与えた。僕たちの会話には、いつものように終始冗談が絶えなかった。けれども、今日の彼に僕は、普段より思慮深さを感じた。

Pasqua（復活祭）――この年は四月一〇日――に続き、一一日の今日も祝日で、田舎のイタリア人は、野外で昼食をとるという慣習を守っていた。僕は居間で寛いでいた。居間で薄曇りの空を眺めながら彼女のことを考えていた。やがてしんみりとした空気が破れた。すると、SilvanoとKatia――ダビデたちと親しい若夫婦、そしてLuciano（以下Luとする）――ロサンナの弟――の賑やかな話し声が僕の元に聞こえた。

「行こう！」

ダビデが僕を呼んだ。車二台に分乗した六人が到着した場所は、砂利で足場を固めたSilvanoの畑であった。風が丈の低い草原を滑っていた。ダビデが積極的に僕の話し相手を買って出たので、嬉しかったが気後れもした。Silvanoは畑を見回るようにして枯れ木を拾った。ダビデは、ある位置を見定めると、そこをブロックで固めた。そして炉辺にし、その上に鉄網を刺し込んだ。ロサンナとKatiaは、平らな岩とその岩間とに、持ち込んだ食料や雑具を広げ、食卓の準備をした。Luは、そのふたりに強制されて、胡散臭そうに行き来していた。僕は、車のトランクにあったパーティー道具を運び終えると石灰質の畑の中を歩いた。下方の金網の囲いから、僕を見つけた犬が吼えた。その向こうの遠い斜面から、一条の煙が立ち昇っていた。僕は四方のなだらかな丘陵に葡萄園を見た。Kiyoaki！　ロサンナの声だった。ダビデは地面に這いつくばって火を起こしていた。Silvanoは、自分の役割を果たしたんだというかのように、石に腰を据え、シャンペンを抜いてLuと味わっていた。そして僕を呼び付けると、Silvanoは、紙コップを僕に押し付け、なみなみとシャンペンを注ぎ、隙を盗んで取ったパンを千切っては僕に勧めた。

ビーフステーキが鉄網の上でジュージューと音を立て始めた。ロサンナはその見張り番だった。Katiaは、紙皿を岩の上に並べ、パンと肴を六等分した。愛すべきイタリア人の傑作な祭りだった。変化の乏しい田舎生活の遊びを愉快にした。Silvanoは炉端を囲んだ五人の仕草をカメラに収めた。その間、ダビデが時々意味深長に僕を軽く突いたので、僕は慌てた。彼女のことをみんなに話せというのだった。僕は咄嗟に視線を空の上に外して微笑んで切り抜けた。

小雨になった。灰の中で香ばしい匂いのする昼食の上に、僕は傘を広げた。

「食べなさい、Kiyoaki！　初めて？」

ロサンナが、炉端の灰を払ってCarciofoを、僕に真っ先にくれた。焦げたCarciofoの中には、ベーコンが入っていた。ドン・キホーテのような歓声を発するSilvanoの声を聞くと、イタリア人は陽気で冗談好きだ、とつくづく思った。ビーフステーキの食べ残しを犬小屋に持っていった。僕は、始まったときは上席に座らされたが、終わったときは末席にいた。

雨風に追い立てられ、六人は、ダビデの家に走った。居間で一息つくと、僕には連日の疲労がどっと出た。時計の針は、まだ四時だったが、窓の外はどんよりしていた。SilvanoとKatiaは広間で雑談中だった。僕は一日の終わりに放心していた。

そこへダビデが来て、思案顔で僕と向かい合った。

「日本に帰ったら、手紙を書くから……」

物悲しくなって、僕は彼に約束した。指を組み解きながら、彼はゆっくり息を吐いた。僕が立ち上がろうとすると、ロサンナが、淋しげな笑みを浮かべて現れた。

「ねえ。空港へ見送りに行っていい？」

ロサンナは、ダビデの大きな肩に手を乗せ、床に膝をついた。優しく僕を見詰めるロサンナと、身動きしないで言葉少なく僕の返事を待ち構えるダビデの深い沈黙とに、僕は、緊張気味に笑って、否定した。しかしその瞬間——ロサンナは不信な色を示した——、僕の身体中に発作が起こり、突然泣き出してしまった。僕にはこうなることが分かっていたのだが、どうしようもなかった。顔を両腕に伏せた僕は、涙を殺そうとすればするほど、発作が自然に流れ出た。その理由を説明できない苦しさが僕の脳裏をよぎったのか、二度と彼らに会えないと感じたのか、ふたりがあまりにも僕に温かすぎたのか……僕の衝動は僕の意志を突き破ってしまった。

ふたりがどのようにして僕の気持ちを静めたのか知らない。胸の鼓動を耳底に聞いたとき、口で喘ぎつつ僕は、歯を食い縛って顔を上げた。が、心配するふたりの眼差しに合うと、僕はまた顔を隠してしゃくりあげてしまった。

彼らの友人夫妻に気づかれなかったことがせめてもの救いだった。僕は、彼女との幸福のために、ふたりの友情を裏切ったのかもしれなかった。彼女への希望がそれを上回って初めて、僕は自分の感情に打ち勝つ——彼らに歯を見せて笑った——ことができた。

僕が詫びると、ダビデは、驚倒して、それを両手で打ち消した。僕が立ち上がる――別れを告げなければならない――と、彼も無言で立った。ロサンナは、僕の右頬に唇を付けてから、彼らの友人夫妻を呼びに行った。Silvanoはたっぷりユーモアを込めて僕と握手した。Katiaは、また会いましょう、と言って僕の頬に触れた。

「ローマまで送ろうか？」

大きな彼が小さく見えた。

「バスで帰るから……」

僕はショルダーバッグを肩にした。ダビデは、外に出た僕についてきて、僕を車に乗せ、何も言わずにバス停留所まで送った。車道は湿っていた。

バスは、すぐ来たので、僕は救われたような気持ちだった。僕は、手を上げ、開いた後ろ扉へいさぎよく――重苦しい別れを終えるために――、駆け上がった。そのとき、寒い路上に立ち尽くした彼が僕の動作に釣られて手を上げるのを見た。ダビデのその姿を最後までは見たくなかった。無関心なバスは、僕の乗車と同時に発車した。前方の座席まで歩き、ワイシャツの襟を立てた。心の中で大泣きした。

《複雑に交錯した思いの数々、辛かったのか。苦しい深い、心からの別れだな。息子の心情は分かるけれども、自業自得かも。でも、息子は本当にいい友人に恵まれて幸運だったな》

18. さらばローマよ　一九七七年四月一三日。会社と　手が切れ　ふたりだけの生活　〝もう帰って来ないのにね〟

店長栗山氏の電話——一三日午後二時発の切符が二枚取れた——を僕が受けたのは、正午前だった。店長の子供たちは不思議そうに僕の荷造りを見ていた。僕の梱包を見兼ねたらしく、「よく思い切って、日本へ帰る決心をしたのね」

チークダンスを教えてくれた同僚の及川さんの溜め息に、僕は笑ってしまった。日本の親類縁者への土産——テーブルクロス六組——を買い集め、間借りの部屋に戻ったときは夕方だった。

再びバスに飛び乗り、老婦人の元で最後のイタリア語勉強をした。授業料に謝礼を付け加えた意味で、一〇〇〇円札を二〇枚払った。円をリラに換える時間がなかったのだ。

夜は、大広間で栗山氏と奥さんとの最後のひと時を惜しんだ。栗山氏は、明日正午までにレストランに来るように、専務が井川さんと僕とを車で空港まで送るから、と話した。

「二、三年もしたら、秋葉さんは、きっと外国に出てくると思うな」

栗山氏は余裕のある皮肉な笑みを浮かべた。そうかもしれませんね、と答えた僕はしかし、内心で二度とイタリアへ来ない決心を固めた。僕は社長へ手紙を書いたことを打ち明けた。確かにこの会社は酷いけれども、きちんと礼儀を尽くす、これが大人だと思うんです、と僕は、スイスにいるS女史の戒めを思い出しながら言った。それから僕は、栗山氏と奥さんとがなにかを待ち受けているような気配を感じたので、立って広間を歩いた。

「逃げるのか！」

僕はなぜか、部屋中に響く声を出した。そのとき脳裏を掠めたのは、S女史だった。S女史は女神か？　男神は誰だ？　父⁇

中途退社という会社との清算、社員関係の放棄という清算、それらに僕はベストを尽くしたのだろうか？　最初の会社との契約解消に、僕の人生に対してある挫折を確実に予感した。次長の言葉もなぜか思い出された。

「最初の会社で躓くと、人間は一生負け犬になる」

次長は男神か？　女神は誰だ？

しかし、僕は彼女に僕の人生全体を賭けた。男神を捨て、女神にすがった。その決心に、後悔はなかった。


「僕のスーツ姿は初めてですね」

帰国の嬉しさを抑えて、大広間の鏡の前で、ネクタイの位置を確かめた。

「秋葉さん、どこ行くの？」

真紀ちゃんは怪訝な顔をした。彼女は店長の娘である。

「秋葉さんはね、日本へ帰るのよ」

店長の奥さんが説明した。ふう〜ん、と答えたが、幼い子供が、その意味をまだ理解できるはずはなかった。重い旅行ケースを出入り口に揃え、出発の身支度を終えた。すると、待ち構えていたように
「さあさあ、秋葉さんと一緒に写真を撮りましょう」

奥さんは、子供たちの手を引いて外に出た。快晴だった。それから、帰りに角のBarでアイスクリームを買って来て、四人で食べた。噴水を背に、太陽光線を浴びると、僕の気持ちが明るくなった。子供たちがアイスクリームをぺろぺろ舐めているのを、とても愛らしく思った。やがて、一郎君が鼻の頭から足元にかけてアイスクリームと奮闘しているのを見るにつけ、僕は、彼が本当に美味しいと思って食べているのか、なんとなく三人を真似ているのか、見当が付かなくなった。彼は店長の息子である。奥さんは一郎君の鼻の頭についたアイスクリームの始末に忙しかった。

タクシーがレストランに着くと、すぐ専務室に呼ばれた。

「これは俺からだ」

専務は僕にネクタイを一本与えた。そのとき事務所で、彼女が若い事務員の岩崎さんと机上で頭を付き合わせているのを見た。裏口からレストランの奥へ行くと、かつての同僚——僕の

心はすでに日本にあった――が僕に声を掛けた。その親しげな表情に、僕の後ろめたさと彼らの白々しさの両方を覚えた。レストランは暇だった。料理長が、ふたりのために一日分の幕の内弁当を用意してくれた。営業の中川氏が僕の頭の天辺から爪先まで見ると、得意客用の笑みを浮かべて僕に話し掛けた。

「長い間、ご迷惑をお掛けしました」

僕は笑いながら頭を下げた。

「秋葉さん、それは殺し文句だよ」

中川氏は苦笑いして椅子を勧めた。


空港で僕はトイレへ追い立てられた。ズボンのポケットとワイシャツの内側に千円の札束を六つ――六〇万円――を隠すと、急いで戻った。機械的に検閲を受け、無事に通過した。ついにやった！　前方に彼女を認めると、心を躍り上がらせて彼女に近づいた。待合室に正座した彼女の様子は、しかしながら、難しかった。僕は、目的達成の喜悦を隠し切れず、彼女とそれを分け合うかのように腰を下ろした。

「平松さんにお世話になったから、一言お礼が言いたかったの」

彼女は諦め切れぬようだった。平松氏は、根性のある料理人で二度目の赴任だった。社員全員の面倒見が良くてみんなに慕われていた。僕のＭ村時代もサポートしてくれた、兄貴のような存在だった。

「仕方がないわね」

彼女は、僕を見詰め、初めて他人でなくなった。

「お金はどうしたの？」

ここ、と僕はスーツの上から腰を叩いた。

「私のストッキング、貸してあげようか？」

生返事の僕に、彼女はストッキングを差し出した。僕はまた、トイレに急ぎ、札束をストッキングに入れソーセージのようにして腹に巻き付けた。

そのとき初めて彼女の身体サイズを意識した。姿勢が伸びて細見のスタイル、胸は大きくなかったが、僕の下顎に彼女の頭のてっぺんが収まった。


僕は最高の気分でタラップを上がった。パキスタン航空の機体の尾部から入って、僕たちは、通路のほぼ真ん中で左側の空席に座れた。乗客はまばらだった。

「とうとうやったね」

「中身だけにすれば小さくなるのよ」

紙切れに包装された小箱類を手際よく開封し、整理を始めた。

「これ、みんなが贈ってくれたの」

次々と贈り主と贈り物を一致させ、彼女は僕の同調を求めるように嬉しい悲鳴を上げた。

「……これ、Gucciの石鹸ね」

仕事のように店開きする彼女に見惚れて、僕は、足元にゴミ袋を構え、空箱類の始末を手伝った。

座席に背を凭れさせて彼女は呟いた。彼女の顔色に心残り――贈り主に対するお礼ができなかったこと――を読み取った。

「いいね。みんなからたくさん贈り物をもらって」

白い首に二重三重に回した首飾りをいじっている彼女に言った。

「僕のも見せてあげようか?」

シャツの胸元を開き、僕はダビデ夫妻からもらった金の十字架を見せびらかせた。

「まあ、素敵ね!」

彼女は僕の首根っこに顔を寄せた。

「素晴らしいだろう」

M村の友人たちについてエピソードを加えながら説明できるのが嬉しかった。

「私も、あなたにそれを買おうと思っていたので、ちょうどよかったわ」

忙しくてその暇がなかったと言わんばかりの表情だった。

「これ、あなたと弟さんに」

彼女は黒い皮ベルトを二本渡した。短いな、と腰に回して穴の位置が遠すぎるのを示した。しかし高級品は、僕にとっては豚に真珠だった。彼女の注意に苦笑した。ショルダーバッグを開けて、そのベルトを重量ばかりの安物の中に押し込んだ。ということは、僕の貴重品は全部彼女のバッグに移動したことになった。

「邪魔だな、これ」

腹を捻って、僕はストッキングを解いた。

「明子のはどこ?」

黙って背中の下に手を当てると、彼女は俯いた。

「少し換えてあげる」

「いいよ。それは明子のものなんだから」

ほとんど膨らみのない彼女の腰を見て、我を張った。

彼女は顔を窓に向けた。

「もう帰って来ないのにね」

咄嗟に振り返った彼女は、笑顔を僕に見せた。

彼女は立て続けに喋った。

「昨日の夜ね、事務所の人たちが、私の歓送会をしてくれたの。事務所の人が言ってたわ、井川さんはもう帰って来ないんでしょう。万一帰って来るとしたら、給料を五倍か六倍にもしてもらったときだね、って」

　彼女は興奮して言った。

「私、秋葉さんと結婚するって、言ってやったわ」

　僕は唖然とした。彼女の上気した上体に、僕が付け入る隙は皆無だった。

「誰も信用しないのよ、私が秋葉さんと結婚するんだ、って言っても」

　それで営業の中川氏が僕の顔をニヤニヤ眺め回していたのか、と思い当たった。

「もう帰って来ないのにね」

　彼女の熱心な口調と真剣な表情とに、僕は肝を潰した。彼女の眼の中に不思議な憂鬱を見た。いったいどういうつもりなんだろう？　僕が彼女の立場になって彼女の職場での人間関係を推察すると、到底納得がいかなかった。きちんと清算していなければ、後で困らないのだろうか？　あれほど大人の生き方について僕に影響を与えたこの彼女に、僕は何もお節介を焼く必要はないと思った。

　突然、彼女は意気消沈した。彼女の懸命な説得に同調するのを忘れ、僕は自分の内なる自己を凝視していた。そのばつの悪さを知って、彼女に笑顔を作った。ううん、と首を振り、彼女は眼で笑った。つまらないことを考えて彼女を苦しめたことを、僕は心の中で反省した。どうでもいいじゃないか、ふたりの目標を達成したいま、なぜ、僕は過去のことを憂慮しなければならないのか？

「これで、完全に会社と縁が切れたね」

明るく振る舞って、僕は彼女の白い歯を見た。

「ふたりだけの生活が始まったのね」

機体が振動し始めた。客室乗務員が乗客に離陸と安全ベルトの着用とを告げた。窓の景色が滑り始めた。

彼女の肩を抱いて、僕は機内アナウンスの声へ叫んだ。前方の壁の安全ベルト着用のランプが消えると、彼女の上に身体を乗り出して窓の外を見た。ローマではなく、海があった。彼女が楽しげに僕の顔に頭をくっ付けたので、視界が雲で遮られるまで、僕はそのままの状態を保った。

「新婚旅行みたいだね」

彼女の胸に顔を埋めて甘えた。しかし、彼女は疲れ気味だったので、僕は座席に身体を倒して目を閉じた。彼女に腕を抱かれ、肩に彼女の重みを受け入れ、限りなく幸福だった。僕はふと、鞄に置いた自分の手に気づいた。

《光と影、理想と現実、見通せない闇、が連想される。希望と絶望、幸福と不幸も》

19．過去を振り返らない　一九七七年四月一三日（続）。一滴の　彼女の涙　Ｓ女史を脱皮　過去捨て　将来を目指せ

帰国の飛行機内の会話である。

「あの手紙、どうした？」

泰然自若として、僕はＳ女史のことを話し始めた。

「鞄に入っているわよ」

彼女の声には、ある種の棘があった。そのとき僕は、彼女の頬に一滴の涙が伝ったのを見た。僕を上目遣いで見詰め、それから彼女は、突然僕から顔を背けた。彼女が泣いたのは二度目だった。その変貌があまりにも大きかった——僕に寄り添い、身動き一つしなかった——ので、驚愕した。

「どうしたんだ！」

僕は慌てて彼女の方に向き直った。彼女は子供のように反抗した。

「そんなに、あの人のことが大切なの？」

彼女は怒っていた。いま僕は、Ｓ女史から脱皮し、新しい道を歩んでいた。

「何を言うんだ。僕を信用していないのか！　僕は、いままで誰も信用したことがない。しかし、お前にだけは、自信がある。信じているからだ。こうして話しているのは、お前と新しい

生活を始めるためなんだ。僕は何でも、お前に打ち明けてきたじゃないか！」

彼女の顎をつかみ、僕は彼女の顔を引き寄せた。

「もう一度、そんなこと言ったら、ぶん殴るぞ」

しばらくして彼女は、ゆっくり僕の腕に寄り添った。ごめんなさい、小声で謝ると、彼女は僕の胸に顔を深く埋めた。

「ごめんよ、明子。僕だって間違いはする。これから何度するか分からない。だから、こうして、どんなことでも話し合うんじゃないか」

僕は彼女を強く抱擁した。僕の言葉がどのように響くのか、僕は全く意識していなかったに違いなかった。彼女を傷つけたことが、胸が張り裂けるほど耐え難かった。僕はそれほどまでに彼女が僕の中に安住していることに全然気がつかなかったのだ。そのことを激しく恥じた。決して過去を振り返ってはならない、と僕は自分に誓った。彼女は声を殺して泣いた。ふたりの生活を築くために、僕の独自の道が始まった。僕は明子との将来のことのみを考えた。漠然たる茨道。途方もない道なき道に踏み込んだのだろうか。

なにがなんでも、僕は彼女を幸せにするしかなかった。どんな犠牲も厭わないと決心して。

《息子は、S女史を乗り越えて、新しい生活を開拓する。なのに、生産と破壊の予感がある。息子の心の明るさと彼女の暗さは対照的だな、大丈夫だろうか。逃げるとは、息子の人生そのものを暗示していないか。いったい何を考えているんだろう、ふたりとも。帰国後の生活設計はどうなるのだろう？　最初の会社で躓くと人間は一生負け犬になる、か。息子は破滅するかもしれない、逃避行だな》

無謀な帰国、猪突猛進。いまから思えばこの逃避（脱走）行が挫折に終わることは明白だった。けれども、当時は一途に突き進んだのだ。やはり若気の至りだったのだ。M村における農場開拓は、僕ら入植者の努力や奮闘も、見当違いで間違ったのだろうが、会社も計画もとんでもない思い付きだった。幾ら壮大な業務命令とはいえ、農業素人のロマン、社長の遊びだったのではないのか?!

この痩せて粘土質の貧しい農場の現実、後になって、それは客観的に見てムリ・ムラ・ムラだったことが判明した、しかし当時はそれが会社の方針だったので、僕らは邁進せざるを得なかった。アムステルダム等にここから日本の野菜を輸出するなどという空想話や社長の構想に絶望！　もうすっかりついて行けなくなったのである。

Ⅲ『まさか、ローマに行った』一九七七年秋～一九九〇年夏

帰国と挫折

1　真実愛か生活力か

まさか、ローマに行った?!

そう気づいたのは、一九七七年九月も末になってからだった。東京都文京区本郷五丁目の三畳一間の安アパートだった。ようやく涼しくなり、勉強に集中できるようになったときだった。帰国後間もなく半年になる。神田青果市場の早朝アルバイトをして、生活のペースも徐々に軌道に乗ってきた。そのときになって！　いままで一度も振り返らなかったこと、全然考えもしなかったことだ。だが、そう考えると辻褄が合う。旅に出るとのメモ書きと、僕の三〇万円が入っている預金通帳を同封して、彼女（明子）が突然郵送してきたのだ。

「どういうこと？」

勉強しながら、何度も考えてみた。しばらくぼんやりそれ反芻していて、ハッと突然気づいたのだった。そのまま明子は音信不通、消えたのだ。

ローマから帰国してからは公務員を目指して、僕は単身、幕張から東京に引っ越し、受験勉強に集中した。その間、彼女がどこで何をどうしていたのかほとんど知らない。たまに幕張のアパートに帰ってはいたが、僕は受験勉強に集中していたので、あまり彼女に構ってはいられなかった。不安になった彼女はその空白を突いて、中途半端に縁を切ったままのローマに戻らざるを得なかったのだろうか。僕にはそんなことが起こるなんて夢にも思わなかった。

なぜ、なぜなぜなぜ？

「理由なし連絡なし、手紙も何もくれずに沈黙なんて酷い」

やはり本当に裏切ったのだろうか⁇　信じられない。しかももっとも忌み嫌ったローマへの旅、まるで当て付け！　いったい、何のために公務員試験の受験勉強をしているのか、何のために帰国したのか、何のために彼女を愛してここまできたのか。すべてが無意味になった！二人の永遠の関係がガラガラと音を立てて崩れ落ちたのだ。絶対に振り向かないといって一緒に帰国したのに、そのローマに戻ったなんて⁈　二人の愛は砂上の楼閣だったのか。嘘だ、そんなはずはない！　でもこの事実。この嘘は本当だったのだろう。彼女は、ローマの会社や専務を騙し、あらゆる手段を講じ無理し嘘を重ねて、僕との帰国を選択したのに。それほど彼女は僕と一緒の帰国を熱望してめちゃくちゃな決行をしたかったらしいのだ。今度は同様なことを僕に対してやったのだろう。僕は動転し、天地がひっくり返った。結果として、もっとも効果的にダメージを与える方法で、僕を裏切ったのだ！　そういう女だったのだ。そういう女を僕は本気で愛してしまったのだ。胸が張り裂けそうだった。それとも、僕の一方的な思い込み、独り相撲?! 僕こそ本当の馬鹿だったのだ！

「八つ裂きにしてやる、憎っくき奴め！」

愛すればこそ憎さ百倍だ。

「ありえない。二度とイタリアに戻らないとあれほど誓い合ったのではなかったか！ なんてことだ、信じられない。親を裏切ってまで、何のために上京したのか。彼女と一緒になるためではなかったのか。なぜだ、なぜだ、なぜだ？」

その彼女が突然消えただけでなく、一番嫌っていたローマに戻るなんて、絶対にあってはならないことなのに！ もう故郷にも帰れない。僕には、どこにも行くところがないのだ。四面楚歌、絶望の奈落……。

彼女がローマに戻ったという事実は確かめてないけれども、彼女の不自然な音信不通や理不尽な沈黙などを考えると、追い詰められた僕はそれ以外のことはどうしても思い浮かばなかった。


《かつての僕は死んだ。奈落の底に転落していったのだった。深い深い眠りの懐に沈んでいったのだろうか。きっと地獄の世界を彷徨い続けていたのだろう。

どのくらい眠ったのか知らない。永遠の眠りのようだった。『息子の遺稿』を読んだ父は、

息子が死んだものと諦めていた》

純粋な突進の絶望と破滅、まるで絵に描いたような失恋体験だった。

2 幻想の真実

一九七七年四月に帰国。岡山県に帰郷するや、まっすぐ千葉県を目指した。明子がいる幕張に、故郷を捨てて逃走してきた。彼女との約束を守るためだった。一緒になるために、生活の安定、公務員になることが最優先と考え、彼女に説明し、実行に移したのだった。彼女は子供を欲しがったが、それは公務員試験に合格してからだった。彼女を信じていたからだ。無謀にも、彼女の住む公団住宅に転がり込み、密かに準備を始めた。地道にやるんだ、と僕は彼女にそう話して行動に移った。早朝に青果市場でアルバイト、午後から勉強、一年後に結婚するという計画を。そのように説得したのに、彼女は信じていなかったのだろうか。僕の乏しい経験から安易に決定してしまったのかもしれなかった。彼女の反対もなかったのだ。待てなかったのか？　とことん切羽詰まっていた彼女にとっては、僕の正統的な説得は悠長な慰めでしかなかったか！　ローマの会社から現金が送られてきたと言って一万円札を何枚も見せたが、僕はいつも無視した。

「ローマは終わったのだ。そういったじゃないか。二度とそんな話はするな！」

僕は叱った（最後に激怒）。彼女を思う一心だった。僕は手順を踏み、ローマの会社をきちんと退職していた。彼女も帰国したが、その理由や過程は不可解だった。彼女は間もなく日本で仕事を探して応募していた。

彼女は、子供を作れば僕がなんとでもし（面倒を見）てくれる、と密かに、思い込んで帰国したのだろうか（それほど僕が逞しく見えた？）。僕を頼りにしたのだろうか？）。ところが、帰国後に元気のない（小さくなった・急に萎縮している）僕を発見した。違うわ！　公務員試験に取り組む僕を見て（すぐに子供を作ってくれない僕に失望して）！　考えが間違っていた?!　彼女は非常に孤独・孤立して絶望、自滅（恐怖）を感じた。騙した会社に魂を売って、元の会社に戻ったのだ。いったいどういう神経なのだろうか、この女！　思わず反転、大失敗！　突然ローマに戻った（復帰した）、気が変わった?!　彼女はそういう女（筋を通さず・無茶苦茶エゴ）だったのか！　女とはそんな生き物なのか。これが僕の愛した女性だったのか！　始めから噛み合わず、僕は一方的な大楽天家、狂信的なフェミニストのドン・キホーテ？　嘘だ、僕は気が狂いそうだった！

絶望だ！　僕の人生は破滅した、奈落の底に堕ちた。何もかもが無駄になったのだ。怒り狂った、内心で苦しみ足掻いた。しかも誰にも話せない。まるで自業自得。自暴自棄になって飲み食い、酔い吐いた。僕は帰国に先立ってローマを完全にシャットアウトしていた。彼女も同じ気持ちではなかったのか！　そのように僕らふたりは誓い合ったのだった。それなのに、なんてことだ。移り住んだ狭い三畳間でひとり暴れた（アルコールを呷った）。眼球が出血（破裂）して医者に行った。青果市場のアルバイトは即刻、辞めた。部屋に籠もった。近所中を夜中、うろつき回った。所詮無理だったのか？　ムリやムダやムラ、砂上の楼閣、自滅。彼女は足元（現実）を、僕は理想（空想）を、互いにのたうち回っていたのだろう。

けれども気がついたら、僕は夜中にずっと本を読んでいた、なぜか知らない。漱石の『吾輩は猫である』だった。癒やされた。分厚い文庫本だったのに、あっという間に完読した。時間は永遠にあったが、この世もあの世もなかった。そのユーモアに暗い心がわずかに和んだ。昼夜が逆転……要するに、僕は元来、いつも生活力より空想力に傾いていた。現実の足元を見失っていた。自己満足の愛情だったのか。

ふと堪らず、無謀にもまだスイスでユング心理学臨床士資格取得の勉強をしているS女史に手紙を書いた。ほぼ一〇ヵ月前、会社を辞めるかどうか等の問題を、チューリヒ近くに訪ねて行って、会社を辞職する等を打ち明けて相談したのだった。今度は女史に彼女の裏切りを嘆き訴えていた。僕は自殺を仄めかした。いまこうして書いている感覚は、当時の死のにおいがする。それと同じだった。

「自殺しないで！　私が帰国するのを待って！」

S女史の返信だった。それが最後の命綱だった。待って待って、待ち焦がれた。そして女史が日本に帰国するや、やっと一一月に都内の東京駅かどこかで会った。女史はネクタイをお土産にくれた。だが、失望のどん底にあった僕は女史に会うや、即そのまま、逃げ出した。なぜか。一瞬で、救われないことを直感したからだ（不可能と感じたからだ）、彼女の裏切りはどうしようもなく解決しなかったのだ。僕はS女史をも裏切ったのだろうか。

再び無味乾燥な下宿に閉じ籠もった。夜出歩いて、野良犬のようにさ迷った。自殺が頭を掠めた?! どうにもならなくなって、思わず（本能的に）書き始めたらしい、原稿用紙に、少しずつ書いていったようだ。こつこつと、遺書のようなものだった。どのくらいの量か、どのくらいの時だったのか？ 一ヵ月間、三ヵ月間？ それとも永遠の時間??? 僕はあの世の、書く世界にいた！ 恨み辛みを書き連ねた。死に物狂いで引っ掻いた、必死で書き殴った。書かなければ本当に気が狂っていただろう！ それが第一部のイタリア青春物語である。だから、その頃、書くことに集中して、何をしていたのか全く記憶にない。三畳の部屋だったはずだが、それは氷結した死界の空間だったと思う。書いているときはなんとか生きていたのだろう。周囲は何も見えない。無我夢中、命懸けで。己の存在証明。必死の弁明だった。他に発散の方法を知らなかったのだ。その書き散らした手書き原稿をなぜか、大切に保存していた。遺書として女史に預けた。潜在意識で、僕の生死だったに違いない。

最近それを想い出し、推敲に推敲を重ね、後に、四〇年後の六五歳頃に『息子の書き残したもの—詩想と真実一九七六年一〇月〜一九七七年四月—』（約一二万字、省略）になったのだ。生きた証しにまとめ上げ、最近ずっとお世話になっていた編集者に相談・許可を得て、N文芸誌に発表したのだった。

その間は、東大赤門前を自棄で飲み歩き、裏町の屋台ラーメンや蕎麦屋の丼物を食い漁り、吐き続けた。近くや菊坂下をも上がり下りし、自己滅却、さ迷い歩いた。一二〇%、彼女はローマに戻ったとますます確信した。考えれば考えるほど、彼女が裏切ったことは確実だった。ただしローマに問い合わせようとは絶対に考えなかった。頭では分かっていても僕の心が許さなかったのだ、それは僕という存在の証し、掟だからだった。僕には彼女のような選択肢はなかった。惨い。愛しながらも憎まねばならないなんて、胸が張り裂け、このまま自滅してしまえば敗北だ。畜生！　女狐め。見返してやる、絶対見返してやる。どうやって？　と内心で自分を罵りながら、未練がましく彼女のアパート、公団住宅に何度も足を運んだ。もういないことは分かっているのに……。恋しかったのだ！　幕張駅前でバスに乗り住宅前で下車、踏切を渡って、何棟も並ぶ公団住宅の一室、もちろん鍵が掛かっていて無人、郵便受けは空。沈黙とは分かっていても、何度も何度も彼女を求めて、その無人のアパートに吸い付けられて通った。負け犬の如く。当時の記録・日記は紛失、詳細は失念。僕は狂気の世界をぐるぐる空回り⁇⁉

当初、彼女が僕を心から愛していたことに、決して嘘はない！　彼女にとっては、犠牲を払って、命懸けで一緒に帰国したのだった。幕張の公団住宅に一緒に住んでいたのに、彼女は僕がだんだん小さくなっているように感じたのか。イタリア時代の逞しさや大らかさに期待したのに。僕は少しずつ、元気がなくなった。離れていくようで、だんだんと不安になってきたのか。一方、僕の直感や想像であるけれども、ローマの会社から彼女の口座に振込されていたのに違いなかった。

彼女は焦ったようだ。僕と一緒に生きるためには、どんな嘘だって付いた、妊娠と断絶を天秤に掛けた。誰だって騙せた、不可能なことはなかった。帰国時は、それほど身も心も僕に預けたのだった。それなのに、そのメッキが徐々に剥がれてきた。帰国して、状況が次第に変わってきた。萎縮して小者になった僕に、彼女はもはや希望が持てなくなった。僕は無力だった。この状況の変化を見詰め、現実的な女としての、見極め・判断だったのだろう。ローマのしがらみが日本の僕よりも強くなってきて、心変わりしたのだ。だが、それが僕には理解できなかった。確約した以上は、絶対に守り通す、というのが僕の当然の考えだったが。

「好きなローマで我慢しよう。一年くらいすぐ経つわ……だから、堪忍して！　もう時間がないの」

とその忍耐、断腸の思いで決心し、止むを得ずローマに、黙って戻ったに違いないのだ。そういう女だったのかもしれない。若くて女性経験のほとんどない初な僕には理解不能だった。だが、男を知っていて？　三〇歳を過ぎた彼女は社会経験もあって、目覚めたのだ。現実を見据えての選択、大人の社会人となって、僕を見捨てたんだ。抽象的な愛情を信じ続けた僕、現実的な足元を見詰めた彼女！

「許して、心から愛してる、本当よ！」

と彼女は一人、心の中で泣いて詫びたのだろう。彼女の声が聞きたい、電話でも手紙でも。なのに全然ない！　その悲しみが通じないのかもしれないと思った。だから知らせず逃走した。明子は帰国前にプラチナの指輪を僕からプレゼントされて、僕の真心に感動し、心底から愛していた。僕にローマも会社も過去の全部も拒絶されて、宙ぶらりん？　ひたすら待て?!　彼女はこの状況の変化（矛盾）に引き裂かれ、絶望したのか。突如、希望が絶望に変身。状況の変化に心変わりしたのだ。そして、旅に出るとメモ書きを残し、僕の預金通帳を郵送して、こっそり消えたのだった。一年後は未定のまま。会社との契約？　の方が僕の愛情よりも、そのときは重要・強力だった、頸木《くびき》だったのだ。これが彼女の現実的な決断、最終の選択（対応）だったのだろうか。理想より現実！　本当に彼女は僕を（僕は彼女を）失ったのだろうか？

以来、音信不通、なぜ？　別れを前提としているから。こんな自分を彼女は許すはずがないと知っている（自分の方が悪いのだ）から？　しかしながら、彼女の決心行動は、僕のすべて

（彼女への愛を決断したこと、イタリア人ダビデ夫妻との友情よりも彼女の方を選択、日本で安定した生活、肉親への裏切り等）が見事に破壊し、瓦解してしまったのだ！　若さゆえの純粋、老いゆえの清濁……僕の決断ミス?!　無謀な暴走。無残にも、純粋が現実に踏み潰されたのだ。彼女という魔女を愛憎し、僕は本当に狂い死にしてしまったのだろうか。

《あのとき、俺だったら、間違いなく、即刻自殺、投身自滅だ！
あの女なら、きっと、闇の中、嘘のウソ（トコトン嘘の闇）だろうか！
自分のことは言えるけれども、彼女のことは分からない》

これが四〇年燻り続けた僕の結論だった。彼女の弁明を聞きたいものだが、永遠に沈黙している。これが弱い女の処世術というものなのだろうか。それともあのとき、僕たちは寂しさの霧の中をさ迷っていて、この世での客観的な僕たち自身を見失ってしまっていたのだろうか。その上に、現在もまだ、世界中でコロナ禍の問題で、皆が巣籠もりを強いられて動けないという障害もある。互いに高齢なのでイタリア人夫妻と最後の再会をしておきたいのだった。

決定的な断裂！　僕も意地になった。いまさらローマに連絡を取るなんて、絶対ありえなかった。怒りで悶絶を承知ではあったが、女々しい自分をこき下ろした。

要するに、純粋に僕が彼女をひたすら愛すればこそ、その破局は、激烈に憎しみに変容した。彼女も僕を心から愛すればこそ、その不可能な現実は、徹底的な自己破壊に陥ったのだろう。僕が彼女だったらローマで即刻自殺したに違いないのだが、彼女はいったいどうしたのだろうか、どうなったのだろうか。もう死んだのか、まだ生きているのか！ 謎だらけのまま⁇?

記憶喪失。誰にも相談しなかった（相談する人がいなかった）！ 自暴自棄、檻の狼、痩せこけた飢餓、僕は絶望の暗黒を徘徊していた。自殺彷徨?! そんなとき、

「若い者が何もしていないのは良くない」

と突如、どこかで（誰か？に）声を掛けられたらしい。裏社会？ それとも警察？ その結果、なぜか、突如、豊島区目白のDレストランを紹介され、勤めることになった。職安（職業安定所、現在のハローワーク）?! 彼女との別れが始まった？ 見えざる手が僕を捕らえた？ 縁（運）なのか、動かざるを得なかったのだ。さもなければ僕自身が自滅するだろうから。厳寒の一月のことである、その関係で本郷の下宿から赤羽にある会社の寮に引っ越した。闇夜の底から新しい世界への変化、第一歩がスタートした。

一一時出勤前に、JR目白駅改札口の左手にあるレストラン近くの地下喫茶で一休みしたものだ。僕はイタリアのM村（ローマから山際の方向に二〇㎞余りの田舎町、会社命令で農場開拓の仕事でお世話になった）のダビデとロサンナ夫妻に手紙を、突然思いついて、稚拙なイタ

リア語で書き始めた。どうしようもなかった。僕の世界はますます狭くなっていた。他に打ち明けられる相談相手がいなかったのだ。そして彼女の裏切りを訴えた。同時に彼らの友情に感謝し、謝罪もした。僕は彼らとの友情を踏みにじって、彼女を選択して、帰国を強行し、最悪の結果になったのだから。僕こそ大バカ者だったのだ！　それを書き続けた。泣き言、恨みつらみを延々と。他に愚痴る友人、知人を知らなかったのだ。そんな狂った僕をダビデ（とロサンナ）はよくぞ受け入れてくれた。彼らとの繋がりこそ真実、愛情だった。僕は一層孤独だった。S女史の大切な手紙もM村の思い出の写真も僕の全財産、特に精神的な全宝物をも、木っ端みじんだった。すべてを失った、汚らわしい、僕の全財産（預金通帳）も返送した。彼女に全部預けたのだから。その証拠も、信じて渡したものすべてが消えたのだった。大失敗だった、結果として。僕自身はめちゃくちゃの、史上最低の、極悪人のようになった。完璧に見捨てられてしまった。真実愛か生活力かが問題だった。これがブラックユーモアだったのだろうか。

《結局、僕は真実愛に拘り続けた。だけれども、彼女の方は生活力を、選び貫いたということなのだろう》

その真実愛を信じているからこそ、その真実愛に生きたいからこそ、こうして書き続けている。たとえ、幻想の真実であっても、この現実社会では無意味であっても、僕が生きる世界を弁明するために！

この何倍いや何十倍も、僕は書き散らし書き殴り続けたに違いない。その徘徊物語は、しかし、すべて失われ消えた（丁寧で乱暴な手書きもワープロデータも何もかもなくなってしまったのだ。だけれども、その一部をここに、記憶の底から書き起こしてみたのだが）。

Ⅳ　放浪遍歴

1　絶望と挑戦

イタリアの仕事に挫折した。帰国し上京すると、転職に失敗し、日本社会からドロップアウトした。現実からはみ出し、転落の連続だった。文京区本郷の下宿に閉じ籠もり、なぜか漱石の、分厚い文庫本『吾輩は猫である』を読み、いくらか慰められた。

イタリア時代を思いのまま吐き出し、書き綴っていた。小生＝僕は絶望の暗黒を徘徊していた。夜中彷徨⁈

突如、あるとき、どこかで、なにかの、誰かの、声を聞いた。知人？　ひょっとしたら先輩？　それとも泥棒？　だが、悪い感じではなかった！

その結果、突如、目白の某小レストランを紹介され、勤めることになった。縁（運）なのか、動かざるを得なかったのか。厳寒の一月のことである、その関係で、赤羽の会社寮に引っ越した。そのときの僕には、選択の余地も心の余裕も何もかも全くなかった。闇夜の底から新しい世界の出口、第一歩がスタートしたのだが、しかしこのままの惰性環境では、自分がダメになってしまうと足掻く。

「強くなりたい。なにがなんでも強くなりたい」

と不意に、火山のマグマのような衝動が突き上げた。胸の底から湧き上がってきた。闇に向かって、その怪物にめったやたら、拳を振り上げる。

突如、武道を思い付いた。全力でどん底から脱出を。必死で探し回った。その結果、講談社の剣道朝稽古に辿り着く。野間道場に、電話で問い合わせ懇願すると、

「来てみなさい」

と柔らかい声。後で分かったのだが、あの声は道場主の望月先生だった。夜勤務のため、道場に通える時間は朝しかなかったのだ。一九七七年四月の年度替わり前だった。

一時、剣道朝稽古に飛び込んだのも、絶望から復活のため、生存競争に参入、強者が生き残る、弱肉強食に絶対に勝利するのだ！　消えた彼女から立ち直るために、なにがなんでも不可欠だった、そう信じたのだ！

2　講談社野間道場の朝剣道猛稽古　一九七八年～数年間

我武者羅の剣道稽古

野間道場に入門した。道場の床拭きと猛稽古。その内容、道場仲間との対決。殺す、打ち倒す、という目的を秘めて。先生や先輩方との稽古、相討ち精神力で激闘……諸先生諸先輩に基

本稽古や掛かり稽古、等。それから、この絶望的な小生が死に物狂い、我武者羅の剣道稽古が始まったのだ！　もちろん死んでもいい、破滅や死と隣り合わせが猛稽古の原動力だった。特に、お世話になった諸先生諸先輩氏、印象的なことを思い出すに任せて記す。

二〇代後半のまだ青春時代だった。結果として、少なくとも数年間は道場にお世話になった。挫折から立ち直るのだ。迷い込んだ野間道場で、主に四年間の早朝モップ掛けと猛稽古が狂気のピークだったか。相手を打ち負かす（殺す）こと、さもなくば相討ち（ともに地獄落ち）。無暗に、無我夢中、全身全霊で打ち込んだ、猛烈な自虐だった。闇の怪物との闘い、とにかく強くなることだった。強い者がこの現実を征服（解決）できるのだ。世界一の強者になるのが、秘めた目標……。

朝稽古（七～八時）に、東京の赤羽から護国寺に通った。昼夜業務（一一～一八時）、目白のレストランに勤務しながら。ホールで接客中にハンバーグがうまいという慶應大学某教授やいつもハヤシライスを注文する俳優田中邦衛氏等にも出会った。イタリアで農場開拓、神田の青果市場で配達、レストラン勤務、となんだか繋がっていた。約半年間、黙々と悶々と続けた。

そんなとき、世話役S・H先生との出会い、その剣道の手解きに救われた。初めは道場奥の隙間で稽古。裏部屋で着替え、道着と竹刀を持って道場に出て（下りて）、皆に倣って神前に立礼。大鏡の前で素振り。周囲の雰囲気や先生先輩方の所作を観察しながら、道場の規則に従順、慣れ親しんでいった。先生に竹刀の握りや構えや姿勢や足運びの指導を受け、鏡の前で反復練習。道場に引き出され、面、面、面と声を出して全身運動、その繰り返し。やがて先生と面打ちの稽古、切り返し、一呼吸でめ～んと打ち込み、面々面々と後退しながら切り返し、最後にまため～んと全身全霊で。諸先生諸先輩の激しい稽古の雰囲気に圧倒されながらも、鏡の前で負けずに（この野郎、こん畜生と！）、何度も猛然と稽古！　連日力いっぱい。

「遅いぞ！」

あるとき、寝坊して道場に出たら、S・H先生に叱咤された。その先生に、相手の構え、間合い、相手の中心に剣先（いつでも打突の体勢精神）、茶巾絞りと剣道の生き本を、竹刀を握ることを教え込まれた。特に左手の握りや内に絞り、下腹に力、その下腹を中心に打突の気持ちで素振りと。必死で繰り返した。鏡の前で自分に向かって稽古した、本人は切腹を覚悟で！敵は鬼、悪魔だと。先生の声掛けでM・M先輩から防具一式（小手面胴垂れ）の調達、確か五万円だった。防具は、手拭いを頭に巻き、その上に面を被る。その窮屈なこと、呼吸が苦しい。当初は吐きそうになった。

「とてもじゃないけど、これで面打ちなんて！　しかも小手の中で竹刀がゆるゆる、打てるのかな」

だが、問答無用！　防具をつけて道場に立ち、面打ち切り替えし、右に左に足捌き。しばらく続けていると防具に慣れた。その小手打ち、面打ち、胴打ちの繰り返し。何も考えず続ける。強くなりたい一心！　誰にでも立ち向かっていった。どんなに苦しくとも止めようとは全然思わなかった。後に、山内範士先生の下っ腹に左手絞りを軸とした稽古が剣道の極意、下腹で打突、と理解した。

「続くねえ」

あるとき、稽古後に風呂場で望月範士先生と二人、向き合ったときの言葉を思い出した、励まし！　そのうち何人かの先生方から、時々声を掛けられ、切り返し・面打ちの基本稽古が繰り返された。懇親会にも参加した、先生方にお酌をして回り、お話を伺い、酔っ払った……。

ちなみに、稽古後や時間があるとき、池袋の建武堂に出掛け、竹刀を選択・調達、できるだけ重くて丈夫そうなのを選んだ。アパートの部屋で竹刀の手入れ、割れると他の壊れた竹刀を組み合わせて、もう一本作り上げる、等々。

夏頃だったろうか。S・H先生からN・T先生を紹介された。中学校で剣道を指導しているという。正しい剣道、シンプルな打突、等との説明。ずんぐり小太り小柄。分かりやすい、この先生の指導で強くなれる、と直感。即決、盲目的にその先生の言動を信じた。S・H先生の勧めもあり、一生懸命にその先生に指導をお願いした。現れたときは、必ず立ち向かっていった。少しずつ話すようになり、小生の生活状況を聞くと、先生はかつて一時仮住まいしたという文京区白山のアパートを紹介してくださった。引っ越しを即断した。

某運輸会社の寮、その隣室に韓国人のおばあさんが在住。白山通りの柳町で週末の買い出し、貧乏ゆえ自炊が基本。八月にレストランを辞め、練馬区F駅近くの図書館資料某センターに転職して、九時出勤、一八時退社になった。激烈な稽古のせいか、あるとき仕事中、急に全身が激痛で呼吸困難、呼吸できるようになるまで、必死で耐えたこともある。剣道稽古が中心の生活。業務命令で同センターから虎ノ門ジェトロに勤務先が変更になり、図書室で資料整理を半年、昼休みに屋上でひとり、素手で面打ちや足運び反復練習をした。職場からは直行直帰して道場で稽古。

当時いつも朝一に道場に来た年配の先生が、バケツで水撒きをしていたのだが、

「それはダメだ、ちゃんとモップで道場の床拭きをするように。掃除すれば強くなれる」

とN・T先生の言葉。それを無条件に信じた。翌早朝から、白山のアパートから茗荷谷駅を通って護国寺まで駆け急いだ。改めて広い道場と認識。三〇分。六時半頃着くや廊下の戸を全部開け、七時前までモップで全部床拭き、道場を端から端まで走り回った、毎朝毎朝。それから、稽古始めの前に、一番末席に、防具に手拭い、竹刀を揃えて正座する。全員で正面の神前に、

「御意！」

とK・T先生の気合い（号令）で全員が礼。緊張と清気が湧く。正面に野間清治講談社社長や持田盛二名人（野間恒範士も）の大きな額縁写真。一斉に稽古開始……先生先輩方に倣う。奥の隅で、素振りや面打ちの一人稽古。七時から掛かり稽古などの基本稽古、来る日も来る日も。真面目に懸命に。素直にやっていると、いろいろな先生方からあれこれと指導の声が掛か

る。床掃除が感心と噂になったのか？　どんなに激しい稽古も苦しいと思ったことはなかった。全身全霊で打ち込む、何度も何度も、黙々と、立ち向かっていった。猛稽古ほど望むところだった。道場で身体全体がばらばらに解体されたら本望だった。

「若いときは防具をつけていても、夏でも暑いと思ったことはない」

とN・T先生に励まされたのか、小生も酷暑を吹き飛ばし頑張る！

猛稽古で絶望ストレスを発散！　だが、身体が固い、不器用で上達が見込めない、とやがて思い知り、そう判断。ならば、勝つためには相討ち・決着の修行、敵を地獄に引き込むのだ。それが目標！　一途に通った。それが本人の根底にあったから、どんなに激しい稽古にも耐えられた！　床を転げ回った。その記憶はいまも、四〇年前のまま。

一方、食わねばならない。図書館資料某センターは丸一年勤めたが、つまらなくて辞めた。七月で退社し、また新聞求人、麻布のS大使館メッセンジャーに応募したら、採用された。後でその理由を聞いたら、剣道をやっているから忍耐強いだろうと。日比谷線H駅。九時半出勤のため、七時半には急いで道場を出なければならなかった。三〇分だけの集中稽古！　S大使館の仕事は麻布郵便局通いが週二日、他に外務省に資料収集・皇居に挨拶状届け等、治外法権で交通違反なし、皇居内も。車で外出し、都内を走り回る。昼休みを利用して食堂等で辞書を片手に、時々二時間も英字新聞の独習……日比谷界隈でこっそり暇を作って息抜き……週末や休日は丸一時間、みっちりと稽古、午後は休養。

道場に通って三年目の頃、剣友との地稽古で撃退されるのがほとんどだが、まぐれだろうが、たまに打ち込めることもある。

その例。

i　闘志満々で、鬼のS・S先生と対決！　今日こそは絶対に首を取ると……。蹲踞、構え・立ち会い、相正眼で向き合う、睨み合い、先生の剣先が揺れている。剣先の小競り合い、小生は剣を身体の中心から外さず、再び相正眼で睨み合い。静止（生死）、間合いをはかる、一瞬の突きと渾身の気合い。小生が遠間より飛ぶ、その勢いのまま左片手突き、先生は届かない間合いと見切っていたのに、喉に剣先が伸びてびっくり仰天〝うぬ〟！　それが先生の喉元［心臓］に触れた（入った）。先生は大慌て、猛然と反撃。〝うおー〟と襲い掛かる?!　だが、小生は（冷静に、相手の動きをかわしつつ）、右前に右足を運びつつ、素早く（左胴か真横に）胴を真っ二つ、バシッ！　一本、参った、と先生と夢の中……相正座挨拶。初めて一本取った。

＊そのS・S先生とN・T先生との対決は見ごたえがあった。相正眼の構え。睨み合い、数分動かず……心の中で激闘か！　無意識に踏み込み。気づくとN・T先生の小手がS・S先生の右小手にポンと一本！

ii　NT先生と対決、一本も取れず敗退。面を打とうとすると後からなのに面！　何度やっても失敗、面振り被りが大きすぎる？　思うに、起こり頭をすかさず、小手または面に攻める。
＊「懸待一致」とは心を待つに、身（太刀）を懸にして敵の起こりを待ち攻め勝つなり。
（新陰流兵法家伝書）

iii　S・T先輩に、小手面の連続技が決まる！　蹲踞、構え・立ち会い、相正眼で向き合う。睨み合い静止。と思いきや、すっと前進、なぜか（虚を突き）、小手面がすーと見事に決まる。気持ちよかった。先輩が礼。

iv　U・Y先生と対決。蹲踞、構え・立ち会い、相正眼で向き合う、睨み合い。突然小生の捨て身攻撃、左片手突き、一本！

「参った、先生方のは型があるが、若者のはどこからどんな技が来るか見当がつかず」と、びっくり不覚としながらも、にこにこと蹲踞！

v　K・M先生白袴と対決。先生の左上段に斜め小手を構え。睨み合い、猛然と小生の正面打ちや掛かり稽古、全力が途切れると、かわされて先生の左面打ちを必ず浴びる。三段の実力があると評。

vi　S・S先生と対決。蹲踞、構え・立ち会い、相正眼で向き合う、睨み合い。すうーと先生の打突前進に、無意識の小手、一本。

「最高の出小手！」

と称賛。T・H先輩とも、打ち合い揉み合い、先輩が面打ちに前進しようとしたとき、流れ勢いで、出小手が決まる。
vii　M・M先輩。構え・立ち会い、相正眼で向き合う、睨み合い、剣先がふっと上がったとき、面打ちと見せかけて、右に踏み込み左胴の一本！　そこだとの評。
viii　大きく打ち、面、面、面、面！　と基本中の基本の切り返し、両腕がしっかり伸び絞れている、理想的、とM・Y先生の絶賛。
ix　体格のいいT・S先生と対峙。相対する構え、絶対に負けないと意欲満々。その姿が堂々として凄い！　と激励。
x　S・H先生との形の三本稽古、特に二本目の突きに対する反り返し、いつも上手と評。
xi　K・T先生の切り替えし、朝一で何度もお願い。ある日できた！　と先生の叫び、中山博道師範（神道無念流）流派?!　僕は夢中で分からない?!
xii　道場近くのアパート在の院生Y・K先輩、打ち込み後は必ず体当たりで、最後は道場の羽目板にぶつけられる荒稽古。
xiii　もう一人のS・H先輩の寝技抑え込みは本気！　気絶しそうだった。等々。

邪まな剣道から正しい剣道へ

ところが、である。やがて、闇の怪物が、ある日突然、希薄になった。不思議なことに、魂がすっかり抜けていたのだろうか。猛進の急速な消滅。

そのせいか、稽古中にふと、面具の中で目を閉じる癖がついた。地稽古で、相正眼のとき、ふと剣先が上がってしまうようになった。それがきっかけとなったのかもしれない！　破滅や死と隣り合わせになり、稽古をするという原動力が色褪せてきた。堕落稽古の始まり！　あっという間だった。道場掃除も形式的、まるで入浴するかのように道場に通うようになってしまった。

そんなときだった。U・K先生が、山岡鉄舟の例を挙げて説教！

「剣道もいいが、商売をやったらどうだ」

と。それがきっかけとなった。大使館のジャパンタイムズで見つけたのがサウジアラビアに出稼ぎ、月給は五〇～六〇万円だった。もう死んでもいいと、自暴自棄で応募したら合格！なにか、心にスキができたのか、、邪気が忍び込んだのだろうか。悪魔の侵入、破滅地獄か。

もう一つの理由があった。弟の結婚に慌てたのか父母が準備した見合いがあったが、相手側母親の強い反対で結婚にも敗れた。もう死んでしまえと。従ってサウジアラビアに出稼ぎで、丸二年間、日本を離れ、剣道（稽古）も離れてしまったのだ。

「君のように大きく打つ者はおらんぞ！」

とU・K先生の穏やかな指摘だった。面打ちの振り被りが大きすぎる、と。大きく打て、大きく打て、とずっと指導を受けてきたので大きく大きくと心掛けたのだったが……。

抜け殻のような惰性の稽古。相変わらず心・技・体はバラバラがはっきりした。特に足・腰・

腕がぎくしゃくしていた。アンバランスだった。正しい剣道を目指したのに、心中は暗闇。南極と北極のように遠かった。形だけの道場通いが続いた。元来、邪悪な心で出発の剣道、いつも破滅的な心が足を引っ張った。そのブレーキに逆らって、〝正しい剣道〟を習得しようと必死だったのだが。所詮無理だったたのかもしれない！

「正しい心体に、正しい剣道」

なのである。心体バラバラ。心意気だけは誰にも負けなかったのだが。

そこで思い出されることは、山内範士先生との稽古、先生の面を打ち損じたことだった。まさか、突如だった！　範士先生が面を打ちやすいように正面を開けたのに、小生は度肝を抜かれ、仰天した。心身の萎縮、絶好の面取り機会を逃したのだった。範士先生から面取りで小生に自信をつけさせようという思いやりではなかったのかといつも思い出すのである。範士にお願いするときは、礼・蹲踞・一心一刀足で正眼の構え・正面打ち・切り替えし・基本打ち込み！　息上がり・再び一心一刀足から再び正面打ち・走り抜け・残心・再び蹲踞・再び礼、と終わるのである。だが、あのときは例外だったのかもしれないのである。惜しい機会、飛躍のチャンスを逃した、と永遠に悔やまれるのだ。範士も初心者も同じ敵なのだ！

なお、気力が充実していたとき、高段者に地稽古をお願いしたとき、たまに面が入って、驚いたのは小生自身だった。また、M・Y先生の助言で、稽古前後に、範士の防具を道場に準備片付けるとき、小手に手を突っ込み、その感触を確かめたものだ。

しかしサウジアラビアでは、商売どころではなかった、全くの異環境だった。砂漠や土漠でサバイバルの連続だった。土漠や太陽やイスラム教の別世界だった。地球を一周した。

帰国後、また道場に復帰した。保証人になってもらったT・H先輩夫妻をお礼に六本木でご馳走したこと以外の記憶が小生に全くない。だが、身辺が多忙。

その後、東京で日本語教育への道を決意した。帰国途上のエーゲ海の真っ青な空を見て、不意に気づいたのだ。かつての希望、教職を目指したこと。そして伴侶に出会い・横浜市港北区に引っ越し……。さらに結婚……息子を保育園に、家族生活の責任と、日本語教師の仕事に追われて、道場から物理的にも心理的にも、次第に遠退いてしまった。最後の二、三年は、魂が抜けて、意欲減退。なお八四年春に三段を取得したが、八七年春に不十分な稽古のまま四段審査に不合格、一層遠ざかる。

それ以後は、頭と心の中で稽古を続けたが頓挫……N・H先生から足捌きの稽古を、と指摘。両足を平行に前進、それが最後に残った道場稽古の痕跡だった！　それは、『図説剣道事典』（監修　持田盛二範士一〇段）、講談社P七六〜七七、「第二章剣道の技能と理論」の足捌きを続けて研究。いまも日常生活で、その痕跡・習慣を大切にしている。白黒写真の解体図説が分かりやすい。

ちなみに、一九九二年夏、東京コースのドイツ人小グループを引率して道場を訪問、ドイツ人は稽古を見学して強い印象を受けたようだった。

また、何年も道場で稽古し使い古した小生の防具一式は、ウルグァイ（二〇〇四年～ＪＩＣＡシニア海外ボランティア日本語教育の技術移転業務で南米ウルグァイ大学に二年半派遣）での教え子、ＥＫ氏に譲った。なぜか慕われた。彼は日本語よりも剣道に熱心だったのだ。

野間道場先達の教訓

以下は横道に逸れた長い蛇足のようであるが、この誠心誠意の生き方こそ我が理想とする根拠となったのである。

（持田盛二先生のご遺訓）

・参考として、当時（一九八四年頃）いただいたコピーから引用（一部を微調整）する。

私は剣道の基礎を体で覚えるのに五〇年掛かった。私の剣道は五〇歳を過ぎてから本当の修行に入った。心で剣道をしようとしたからである。

・驚愕、名人にしてこのご認識！

七〇歳になると身体全体が弱くなる。今度は心を動かさない修行をした。心が動かなくなれば、相手の心がこちらの鏡に映ってくる。心を静かに動かされないように努めた。

・古希になって、小生も「心を動かさない修行」を心掛けたい。坐禅・瞑想！　天地がひっくり返っても、持田先生にはとても及ばないけれども、その遺訓をわずかでも偲びたいものである。すでに鬼籍に入られていて、一度も稽古させていただけず。小生には伝説の名人である。

講談社野間道場について

・不特定多数読者のためには、一般的な説明や丁寧な導入が必要かと考えている。《野間道場のしおり》の『野間道場小史』（望月正房師範、野間道場同好会、一九七九年一〇月）より抜粋（一部を微調整）する。

大正末期、初代社長野間清治氏の熱意によって創立された。

その武道館として社長は、剣道は人間道である、と言う。三尺の剣を持って立ち向かうそこに宗教があり、道徳があり、社会がある、智もあり勇もあり仁もある、社会のあらゆる姿がここに存するのである。

・剣道絶対主義である、戦前の国家建設に。

その武道館として、「剣道即人生」を標榜に、社員の人づくりに剣の持つ理合いをあてはめ推し進めたことに、野間道場は始まる。

毎朝の稽古には持田範士を筆頭に、そうそうたる各専任の先生をはじめ、教士の諸先生は四、五〇名に達し、稽古も外来剣道家をはじめ、少年剣士、女性剣士を加えると百名を越える盛況となった。

昭和九年五月、野間恒氏が二六歳にして東京府代表選士として二日間にわたる試合の末に見事優勝を勝ち得た。

さらに、昭和一五年六月、紀元二千六百年奉祝天覧試合が行われ、講談社野間道場Ｍ・Ｓ氏、と望月正房氏が出場、師弟揃って優勝の栄誉を担い、野間道場の名声を天下にとどろかせた。

・野間道場には「混然一体」の額がある。この理念の下で、全国の剣道家、あらゆる流派が集まって、自由に稽古する（特定の流派に拘らない）。まさに「混然一体」となって、各剣道家が切磋琢磨する、全国に開かれた道場である。剣道指導者が多い。各自が、礼儀を重んじ、活発に交流して、互いに己を高める。特に戦前は、日本で最大最高の交流道場であった、といわれた。

・鬼籍に入られていて、一度もお目に掛かれず。望月先生には何度か掛かり稽古を、突撃、お願いした。縦横無尽で俊敏な捌きに眼が眩む……。

後に、野間道場のことが少しずつ分かり、とんでもないところに迷い込んだと後悔や冷や汗。気がついたときは、遅すぎて後には引けず。そのしおり等を再読し、認識。

青年の当時、身体鍛錬に大いに役立ったけれども、精神修養にまでは至らなかった。具体的には、床拭きや掛かり稽古を毎日継続したので、健康で体力が向上した。忍耐強く、声が大きく、明るく、礼儀を重んじ、姿勢が正しく、なった。戦闘意欲が増し、根性が養われた。ただし、殺意を秘めたのは邪道だったと反省している。酒量が増えたのも。

古希の現在、身体鍛錬は手遅れだが、精神修養はこれからも死ぬまで続けられる。無念無想の心境は、坐禅瞑想を通して、その一端に触れているが、まだまだ修養しなければならない。死ぬまで修養である。……仏教の五戒、即ち不殺生戒（ふせっしょうかい）・不偸盗戒（ふちゅうとうかい）・不邪淫戒（ふじゃいんかい）・不妄語戒（ふもうごかい）・不飲酒戒（ふおんじゅかい）を少しはコントロールできるようになった気がする。いわゆる社会の恐れ（殺・性・盗・酒・嘘）である。社会と自分のバランスを考えるようになった。未来ある子供や後輩たちに、公共道徳・人間倫理も指導すべきであるとも。ただし、日本剣道形の稽古は、いまからでも間に合うのではないか、始めたいとも願う。

なお、日本語教育において、外国人に剣道のさわり、及び日本人の礼儀作法を教えることができるようになった。

「剣禅（幕末の山岡鉄舟が求めた武士道の境地）」について

剣道の究極の境地は禅の無念無想の境地と同一であるという意。剣禅一如。剣禅一致ともいう。沢庵和尚（たくあんおしょう）の「不動智神妙録」の教え。剣の道と禅は、生死ぎりぎりの場を見つめて修行するという意味で、究極のところは一致する。つまり、なにかを極めるには「心の修行が必要」で、「それは」剣でも、禅でも同じだということ。

以上はインターネットより引用（一部は微調整）する。

小生は、学生紛争後の放浪・混迷時代に、京都の花園大学を通して、府境の円福僧堂〔臨済宗〕に、冬休みの三週間、頭を丸めて入った。そこで〔去る者は追わず来る者は拒まず〕〔和敬清寂〕の一端を研修・修行・体感したことが原点になったようである。あらゆる宗教に触れてみたつもりだが、禅が最後に残った。坐禅・瞑想である。京都市〔臨済寺〕の大徳寺やその末寺や源光庵、横浜市曹洞宗東照寺やさいたま市臨済宗真言宗寺等、での坐禅体験である。その心は若い時代に剣道稽古で修行した成果の延長であることが、現在は理解できる。動、呼吸法。無念無想。剣道場を離れ、年を取っても禅寺に通い瞑想する。静、寂傾聴。心頭滅却。……具体例、禅＝心で稽古・剣道、自然体！　剣禅一致を少しは修行できた気がする。


『昭和四三年より講談社野間道場でお世話になりご指導を受け体得見聞した事柄』

（Ｓ・Ｈ先生の手記　一九八四年一二月）に寄せて

一部を省略・整理し抜粋する。

佐藤卯吉範士先生に師事されたＳＨ先生の手記を読み返し、当時の剣道修業等を偲びたい。

その手記を熟読し、座右の銘として、記述独慎の糧として終生の縁（よすが）としたい。以下の通りである。

ご指導ご教導をお願いした先生、多数だが、特にお二人に絞るならば、

範士一〇段　持田盛二　昭和四九年二月九日没　享年八九歳。

範士九段　佐藤卯吉　　昭和五〇年六月一四日没　享年八〇歳。

剣道は我が民族の創作した芸術であり宗教である。

真剣をもって、生死を賭けた、対敵必勝の術より発し、その場に対峙する二人の剣士の姿を想像すれば、凡そ厳粛なる光景に、思わず固唾を呑んで、成行きを見守ることになろう。

しかし、現在の剣道は真剣をもって、生死を賭けることはない。幾多の変遷を経て、真剣を竹刀に代えて、人間形成のための剣道となった。

講談社創立者野間清治社長は「武の目的は平和にある。人と和し、天と和す。この大調和がすなわち武の徳である。剣道は剣道の身にとどまらず、万法一法、世上百般の教えに通じる。剣の妙味を悟るならば、剣道のすべてが真の人間完成につながる。それゆえ、道場には哲学あり倫理ある」と説かれている。

野間道場の先覚者は、剣道に何を求め、諭されたのか！　持田先生をはじめ、諸先生方のご指導をいただき、お話を賜り、追憶・施行するに、浅学の及びもつかない高度な剣道

技術を通して、心体両面を鍛錬し、人間形成を極め、三昧の境地に達せられたことは、晩年の持田・佐藤先生の日常生活を一端に、偲ばれた。

持田先生が五〇歳の頃「この道は天地自然の理法に貫通する至高の大道であることを悟って、修行の上にも理想を持って、進むことが肝要である」「竹刀打ちと考えている中は、本物はつかめない」「願わくは強さと、気品の慮社を合わせ得たい」と。

晩年には、心の持ち方は宮本武蔵の五輪書より、『広く直ぐにしてとして、長い剣道経験から「心は広く、体は豊かに」ということが心を整えるのに一番良い方法だと思っている』と。

剣道が修養とあり一日一日の生活が剣道の勉強であると「剣道と生活」の中で結んでおられる。

「理念が分かってくれれば稽古は楽しくなりますよ」

と話され、理業の研究、工夫、理業一致の勉強をするように諭された。

佐藤先生は「究竟の剣道に達するには、宗教の研究が生じる神や仏に奉仕する態度として剣道を業ずるというのが現在の心境であり、自己を無にして神と一つになりえた剣道。自然と一体になりえた剣道に到達したいと祈って修行に精進している」「激突された対手が感謝して伏し拝み斬られて成仏するような活人剣を身に付けたい」と、理想の境地を書き残されておる。

スポーツ的剣道と区別して、剣道を通じて真理を追究、道を探求し、剣道の奥義の把握を目的とした、修行であると断言し、あらゆる道といわれるものは終極において一つに帰す。「万法帰一」と結び剣道は、宗教と一致すると述べられ、「剣道とは如何に」と問うならば「我を見よ、我は剣道なり」と自信をもって、答え得る境地に立って、とを切に祈り求めてやまない。

我々初心の者は猿真似でもよいから暗中模索、試行錯誤をくりかえし、煩悩と戦い、真剣に精進するならば、一〇年、二〇年、いや五〇年、己の生命の尽きるまで行として励むならば、それなりの成果は上がり、立派なことであり、それでよいのではないかと考えておる。

調気法を研究することは剣禅一如（鉄舟）にもつながり、あらゆる道とつくものは呼吸法を無視して存在しない。

懸待一致の理が判ってくれれば、懸りは打込みかかり稽古で百練自得することが理業一致なり。

打ち合わす、剣の下に迷いなく身を捨ててこそ生きる道あり（鉄舟）。

懸待一致の理が判ってくれれば懸りは打込みかかり稽古で百練自得する……（中略）有難いと思う。

……（中略）私自身「井の中の蛙」となり、ここに改めて、これらの教訓を実践し、記述することにより、深く脳裏に刻み究竟の剣道を求める絆としたい。

　僭越ながら佐藤先生のご意志に沿うべく、高邁なる先生方の教えを記述し、ご検討願う次第なり。


　小生はS・H先生の手記内容（境地）に感嘆する。このような御心で、迷い込んだ初心者をお導きくださっていたのだ。邪心を心底、恥じ入る。

「武の目的は平和にある。人と和し、天と和す。この大調和がすなわち武の徳である。剣道は剣道の身にとどまらず、万法一法、世上百般の教えに通じる。剣の妙味を悟るならば、剣道のすべてが真の人間完成につながる。それゆえ、道場には哲学あり倫理ある」とは、凄い！　剣道はさように社会で重要だった。これらの教訓を実践し、記述することにより深く脳裏に刻み、究竟の剣道を求める絆としたい。S・H先生の言葉はそのまま小生の意図でもある。誠に、剣道＝人生、である。

　しかしながら、佐藤範士先生とS・H先生とは、なんと高邁な師弟関係であろうか。羨ましい限りである。小生も理解・推察したS・H先生の心を、少しでも読みやすく整理してみたのだけれども、汲み尽くすことは永遠にできないだろう。

　こうして、サウジアラビアでのサバイバル体験も手伝って、悪魔のような澱が少しずつ溶けてきた。そうして、やっと失恋体験から徐々に復活することができるようになった。月日の経過に知らず知らずのうちに癒されていたのだろう。さもなくば、闇の世界に飛び込むか、刑事事件を起こして、本当に破滅していただろう。やはり野間道場の猛稽古を重ね続けて、いつの間にか救われたのだった。

3　ここまでの遍歴

僕がイタリアで探し求めた、実感した、獲得した愛は、日本では砂上の楼閣だったのだ。それを帰国して二人はようやく気がついたのだ。興隆どころか破滅だった。夢を見ていたようなものだった。僕はなんという愚鈍・間抜けだったのだろう！

だが、死の淵に何年も眠り続けた後、不思議なことに、その古い僕は死んで、新しい人に脱皮したのだ。僕は生まれ変わったのだ。剣道稽古やサウジアラビア出稼ぎやドイツ赴任を通して、また、様々な環境や人々や長い長い時間を経て、僕は少しずつ変わってきたのだった。僕が信じた真実愛は夢、幻だったのかもしれない。いや、きっとそうだ。新しい僕は、今度こそ本物と現実を見詰めて、その現実を生きなければならない。それが新しく生きるということだ、大地に手足を踏ん張り満月に吼え叫ぶ狼のように。

二〇歳頃、京都の円福僧堂という禅寺で体験した坐禅の手解きを思い出し、六〇代から本格的に続けている現在の朝坐禅がある。一方佛教大学通信教育の大学院で、六〇代半ば「芭蕉の研究」で芭蕉の〝不易流行〟、及び「芭蕉と仏教」で仏陀の〝中庸（現地訪問を含）〟を学んだ。そして四〇年前の剣道稽古を回想していると、次のことに気づいた。剣禅一如も加わって、いままでの瞑想や修行や稽古から、それらが不易流行に連なる同一のものであると。

これまでの修行（徘徊）遍歴で、大きな出会いや学びがあったが、それらの要点を「笈の小文」の抜粋を軸にして、書き出してみる。

松尾芭蕉の「笈いの小文　序」によると、次のようになる。

……かれ［＝芭蕉］狂句［ここでは俳諧連歌のこと］を好（このむ）こと久し。終（つひ）に生涯のはかりごとゝなす……つひに無能無芸にして、只（ただ）此一筋に繋（つなが）る。西行の和歌における、宗祇の連歌における、雪舟の絵における、利休が茶における、論語にあるように、其（その）貫道（くわんだう）する物は一（いつ）なり……

（後半の現代語訳）

……俳諧のために破られ、ついに無能無芸のまま、ただこの一筋をつらぬくこととなった。西行の和歌における、宗祇の連歌における、雪舟の絵における、利休が茶における、その道をつらぬく物は一つである。

不易流行とは

「不易」は時代の新古を超越して不変なるもの、「流行」はそのときどきに応じて変化してゆくものを意味するが、両者は本質的に対立するものではなく、真に「流行」を得れば自ずから「不易」を生じ、また真に「不易」に徹すればそのまま「流行」を生ずるものだと考えられている。俳諧の本質的な性格を静的（不易）・動的（流行）の二つの面から把握しようとしたものであるが、新しみを生命とする俳諧においては、その動的な性格、新しみを求めて変化を重ねてゆく流行性こそが、そのまま蕉風不易の本質を意味することになる。結局、「不易」と「流行」の根本は一つのものなのであり、芭蕉はそれを「風雅の誠（まこと）」と呼んでいるのである。

（［堀切　實］　出典　小学館日本大百科全書（ニッポニカ）」より抜粋）

芭蕉がいう不易流行というのは、時代を超えて人の心を打つ芸術の永遠性＝不易と、変化流行するもの＝流行のことを言います。これは互いに相反するようですが、不易が固定して変化しなければ、溌剌たる詩心の躍動を妨げ、作品は陳腐化する、と芭蕉は言っています。この流行という考え方から芭蕉が晩年に到達した境地が軽みです。軽みというのは、浅薄安価な美意識で言葉を飾ったり、観念的な作意を弄したりしないで、詩的真実を素直に表現することです。「秋深き隣は何をする人ぞ」というのは、軽みの代表句です。難しい言葉は使っていませんが、晩秋の寂しさと、互いに隣り合わせに住みながら、関わりあうことがない人生の孤独感がよく表現されています。

仏陀と中庸

……極端に肉体をよろこばせる生活の中にも、極端に肉体を痛めつける生活の中にも、人間としての幸福、心のやすらぎはなく、これら両極端を捨て、人間としてバランスのとれた生活をすることが、精神的な向上、悟りへ繋がると、釈迦は悟ったのです。「琵琶の弦は、強く締めすぎれば切れてしまう、弱く締めれば音色が悪い、弦は中ほどに締めるのが良い」という、村娘の歌う歌から、中道を悟ったそうです。

剣禅一如
〔名〕沢庵和尚（たくあんおしょう）が「不動智神妙録」で説いた剣の境地。剣道の究極の境地は禅の無念無想の境地と同一であるという意（「日本国語大辞典」より）。

このような過程を経て即ち、不易流行も仏教中庸も剣禅一如も、小生は、野間道場稽古の体験や追憶を契機として、その貫通するものは一であることに気づいた（認識した）。

今後の課題とこれから生きる道

過去（四〇年前）の剣道修行は、近年（現在）、坐禅の瞑想となって継続進化している。これがその果実の一つである。自分の原点を求めて追憶していたら、野間道場時代が思い浮かんできた。それは一九七六〜一九八七年（一九八〇年から二年間は中近東）、特に一九七八年から三、四年間が床拭きや掛かり稽古や地稽古がピークだったたか、二〇代後半と三〇代前半?!一方で日本語教育や家族生活に翻弄され、仕事に忙殺されて、三〇代後半から五〇代が過ぎていった。還暦を機に佛教大学で院生研究に入り、青春時代の文学（「芭蕉の研究」）から仏教文化（「芭蕉と仏教」）に郷愁し発展していった。それが縁なのか、ある院生友人に文芸誌投稿を紹介され、現在は執筆に発展し、その後は「生きた証し」を書き続けている現在の数年である。

……同時に学生時代、禅寺修行に出合い、五〇年の半生を通して坐禅や瞑想を折に触れ行ってきた。還暦後の佛教大学時代に、京都清凉寺の授戒会やインドのブッダガヤ訪問を通して、悟りの境地を体感（錯覚）しつつある。生死と向き合い……。

当時の道場猛稽古は全力闘魂、血と汗と涙による脱皮、「心頭滅却すれば火もまた涼し」のアウフヘーベン（止揚）！　と推察・認識している。

＊止揚は、「あるものをそのものとしては否定するが、契機として保存し、より高い段階で生かすこと」「矛盾する諸要素を、対立と闘争の過程を通じて発展的に統一すること」という意味であると理解する。

当時（戦前）は剣道絶対主義であったが、世の移り変わりや価値観の多様化もあり、現代は剣道相対主義として客観的に把握している。だが、その真髄は不変で、芭蕉の不易流行でもある。

今後は、野間道場稽古の体験や先達の教訓を踏まえ、普段の生活の中で、邪まな剣道ではなく正しい剣道へ、心の修行を目指していきたい。

従ってこのように、野間道場稽古を偲んできた結果、それは自己回復、我がルーツの解明であることが分かった。明日への飛躍、希望の追求、理想の実践をこれからも、《己が生きた証し》として、書き続けていきたい。

#余談

（1）特にS・H先生のご指導　本当にお世話になった、帰国後ご挨拶できないうちに鬼籍に入られたらしい。心からご冥福を祈る！

（2）野間道場のお陰で、健康的に社会復帰ができた。だから、諸先生や諸先輩との道場稽古には、非常に感謝している。鬱積した暗い衝動を発散し生産的に建設、人間形成へ。さもなければ、暗い道に進み、社会問題（刑事事件等）を起こして、その頃は刑務所かどこかにお世話になっていたかもしれない。一歩間違えば、闇世界を渡り歩き暗黒の道をのたうち回っていたのかもしれなかった。殺人鬼と化していただろうか。そうではなく、恨みつらみの否定的印象ではなく、さらに簡潔にまとめて、もっと健全な文章表現を多くしなければならない。そして、明るく書き換えていく努力を続けたい。決心・計画・継続！

（3）ところが、いろいろな先生にいろいろと指導され（吸収しようとし）過ぎて、小生自身の剣道型が定まらず！　中途半端のまま……残念無念!!!　先生方のご教授はありがたいのだが、いろんなことを言われて、頭では分かっているけど、あれもこれもはできない。私の主体性が欠如、やるほどに余計に訳が分からなくなって、パニックになってしまったのでは?!　特に得意技もないが、あえて言えば抜き胴が我が必殺技になっていた。

（4）毎朝、一途に剣道稽古、いつもU・K先生が範士室でお茶、風呂焚き。基本稽古の繰り返し、血の小便、たまには休めとS・H先生、稽古後の風呂場で、範士先生の背中流し……。

（5）あるとき、N・H先生から声が掛かり、埼玉県のご自宅に招待していただいた。馳走攻め酔っ払い、剣道談話やご体験、剣道一筋の人生が興味津々、『宮本武蔵』（吉川英治著）の勧め。ご著書の拝受。歓談の夜更け……そのまま二階に寝泊まり……夢の中で日本一の剣道稽古を見た。

帰国後実感した。僕がイタリアで探し求めた、アバンチュールで獲得した愛は、日本では砂上の楼閣だったのだ。それを帰国してから、ようやく気がついたのだ。興隆どころか破滅だった。夢を見ていたようなものだった。

MEMORIES M村を訪問

①サウジアラビア出稼ぎ後の立ち寄り休暇　一九八二年一〇月

海外赴任前の当時、東京麻布の某大使館で雑用の仕事をしていた。あるとき、偶然ジャパンタイムズのサウジアラビア出稼ぎの募集を見つけ、自暴自棄で応募したらなぜか合格した。横浜のCエンジニアリング社の国際プロジェクト―サウジアラビア半島の紅海沿岸に国内製油所建設業務―の出向二年間契約だった。すべてが未知の世界だった。死んでもいいと覚悟して出掛けたのに、なんと不思議と生き残って、それを落ちこぼれが遂行し完了した。四〇年ほど前、サウジアラビア出稼ぎ後の立ち寄り旅行の時だった。

思い出すことは、なぜか、旅行地の各都市から挨拶の絵はがきをダビデ（とロサンナ）に送付したことだった。ざっと以下のようであった。

アテネ：ジェッダからフライト着、ホテルに数泊、エーゲ海の素晴らしい観光があった。不思議なことに、日本語教育を突然思い付いたのもあの真っ青な海の上だった。ローマ：アテネからフライト着、あの思い出のM村を訪問、なんと大歓迎された！　こんな愚か者・裏切り者を温かく受け入れてくれたのだ。懐かしいダビデとロサンナに再会。懇親に歓喜した。二人の

Valen（tini）家に宿泊、農場跡や近所を散歩、約六年前とほぼ同じ、この場所に自分の原点回帰を確信し認識した。

ミュンヘン～ローマからフライト着、Octoberfest・ミュンヘンのビール祭等を観光した。N子後の妻との出会い、ジェットコースターやコンサートを楽しんだ三泊、この乱暴なコースターの地獄突っ込みに肝を潰した。なんて奴だ、この女！　コペンハーゲン～ミュンヘンからフライト、人魚姫やヒッピー村、ジェトロを訪問。ロンドン～コペンハーゲンからフライト着、ハムレット劇鑑賞・二階建てバスで市内観光、ジェトロ訪問等、駅裏のB&B簡易宿泊所に三泊。それからニューヨーク～ロンドンからフライト着午後、空港内でホテル探し、不気味な市内？　裏に三泊。遭遇した牧師と待ち合わせ?!　自由の女神や世界一の高層ビル群を観光。ワシントン～ニューヨークからフライト着、リンカーン像・ホワイトハウスを見学。ラスベガス～ワシントンからフライト、夜中着、スロットル／観劇・歓楽劇場・砂漠の楽園。ロサンゼルス～ラスベガスからフライト着、グラッド渓谷をセスナ機で観光・サウジアラビア時代のセキュリティ友人を訪問、日系人社会や日本語教育資料を収集、等。そしてホノルル～ロサンゼルスからフライト着、安ホテル泊、ワイキキで海水浴、パイナップル畑を観光、日本語教師情報～東京に帰国した。フライト中から、ハワイに忘れ物を思い出しそのホテルに連絡すると、なんと無事に郵送で戻り感激！

なお、ダビデの案内で、ロサンゼルスで仕事をしていたロサンナの弟Lu（ciano）に会った。

M村に立ち寄ったとき、ロサンナの母親がその話を聞き、僕をLuと間違えて涙を流し恋しがった。僕がびっくりしたのをロサンナが慰めていた。母の子を思う気持ちは僕の母と同じだと後で理解する。

M村のダビデとロサンナの家に泊めてもらったとき、ダヒデの息子Eman（uelle）当時二歳にクマのぬいぐるみ人形をプレゼントした、それを抱いた幼児の笑顔がまるで天使のよう。それはいのちいっぱいの自分を発見。僕が生き直す希望だった！

また帰国途次、都市ごとにエアメール絵はがきを送付した。M村で懐かしき我がValen（tini）家で再会し、ダビデとロサンナを僕は心の兄妹だと感じ信じた。ダビデの信頼に満ちた見送り、ロサンナの胸で咽び泣き、Termini（ローマ）夜汽車で涙のお別れ。数年（六年）前と同じ家、農場跡地もほとんど同じ、小作人家族も寄宿舎もそのままだった。要は、ほんの立ち寄り一時休暇だったが、決して忘れられぬ。Valen家は僕の家だと言われ、嬉しかった。

《僕は、ダビデ夫妻の愛情が身に沁みた。いままで膜で覆われていて見えなかったのだ。涙の国ですっかり溶けて、ようやく本当の愛情が見えるようになったのだ。ダビデ夫妻の愛情が本物だったのだ。もう一度、新しく生き直す決心をしたのだ》

②ドイツから家族でM村を訪問した夏休暇　一九九〇年夏

やはりダビデとロサンナのM村、彼らの家が僕の本当の故郷であった。三〇年前に、ドイツから家族三人でイタリアを訪問した夏季休暇でダビデに家族を紹介。一九九〇年六月一三日に計画した。

縁あってドイツの日本語教育に従事することになった一九九〇年四月。一段落するや、親友ダビデ（＝ローマ近郊のM村）に電話し手紙書きイタリア旅行。七月にドイツのBochumから車で家族と出掛けた。

ローマ旅へ一直線に下る、車でアルプス越え、スイスのユースホステルに一泊、長いトンネルに息子の歓喜、イタリア平原を見渡し、ドイツ〜イタリア間を丸二日間かけて、夜中にM村着、Valen（tini）家（ダビデ・ロサンナ・息子・娘）の歓迎、再会挨拶・握手や抱擁。八年ぶり、息子Emaの成長、幼い娘Anに初めて会った。

ご挨拶、家族の顔見せ、ダビデ親切、妻の笑み、M村や遺跡の案内（お墓のミイラ）フルコース。

コロッセオ案内、ダビデのローマ史を解説に、妻嬉し。

友人Silvano家に招待されたとき、その庭で子供たちが乗り回していた車の玩具を、息子に貸してもらって、嬉しそうだったこと、運転に嬉々として走り回っていた。

ティレニア海辺（地中海）でイタリア料理の昼食、家族で楽しみ休暇。Silvanoの魚の酷い焼き方に、妻Katiaが怒り狂い夫婦喧嘩が地中海に飛ぶ。

九日。うまいけど一〇時は寒い、ビアガーデン真夏の（スイス）Luzernユースホステルに一泊。

七月一〇日。二日間Autobahnを突っ走りやったぜローマBochumから発ち。

一一日。伸び伸びと自由を楽しむUrlaub（休暇）。

一二日。若き日見しは乙女のみに魅入られて、歳取りて初めて分かりし偉大なローマ。当会社を売却したらしい。そのとき専務に再会し挨拶した。僕を覚えていた、いつも辞書を持ち歩いていた、農場は海岸近くの耕地に移転し、野菜栽培は成功した、M村の畑地（山泥）は失敗、と。

一三日。Cupola（ドーム）にくるくる登って家族と遊びローマを見下ろし陽光受けて。

一四日。一五年前に行ったスペイン広場を訪問、妻に紹介した。勤務していたレストランはSOGOに身売りし、引き継ぎの途だった、等を聞いた。当時、俺たち経営陣に見る目がなかったと反省?!

一五日。〝父さんと母さんがぼくを愛してる〟真実の口に息子は手を入れ。

一六日。カラカラ浴場の中まで見てから満足し、ブンブクブンブン愛妻の破顔。（ぶんぶく茶釜、愛妻の歓喜だ！）

一七日。一目見て、僕の仕事場（村の痩せた野原で農場開拓）を信じられぬと妻の驚き！

一八日。地中海、妻子が波と鬼ごっこ。

一九日。妻は酔い、夫はふてくされたローマの夜。

二〇日。イタリアで我が家のように夏過ごし。

妻はイタリア語が分からず、居直って笑顔で伸び伸び、度胸満点、僕が仰天し、冷や汗たら たら。

二一日。金じゃない、友の和こそ永遠の道、約束果たせ、笑み深呼吸。M村休暇を満喫！

二二日。ローマからアルプスをまた越える。言葉や金や陽射しに応じ（イタリア語、イタリア語方言、スイスドイツ語、ドイツ語方言、ドイツ語と言葉が変わっていくのが面白い）、ここまではドイツの生活やヤポニクム（日本語研修所）の仕事に溶け込むために、ひたすら前進。ずっと新しい経験ばかり、それらを一つ一つ乗り越え・楽しんできた。大胆な夢の世界、大冒険旅行。無茶苦茶な行動力だった。あっという間だった！　無謀な遅い青春時代。


なお、ミュンヘンでドラマチックに出会った妻とは転職、引っ越し、結婚、家庭ととても忙しくて、新婚旅行をしていなかった。なので、このドイツ赴任を伴うヨーロッパ各国旅行が新婚旅行のようなものだった。その最大イベントがイタリアのダビデ家族訪問だった。その後はしばらく横浜に落ち着いて家族生活を送ったが、その間、クリスマスや新年に毎年、ダビデ家族との挨拶交換が続いた。クリスマスのあるとき、メンターナからダビデが息子の声をカセットテープに録音してプレゼントしてくれた。お返しに正月に松江（妻の里）から雪が積もった神社に初詣での息子の写真を送った。互いに子育て期間、こうして毎年の交友は続いたものだった。

ちなみに、ウルグァイ帰国後のパソコン買い替え等により、それ以前のデータは紛失してしまった。一九九〇年代の初期パソコンや伝統的な手書きのデータだったせいか、残念なことにそのほとんどを散逸してしまった。印刷術と同様に、データ記録も、少年・青年時代の手書きワープロ打ち、壮年時代からのパソコン全盛時代、そして現在はスマートフォン新時代と、どんどん進化していき、記録の保存が難しくなったものだ。記憶の底以外はぼんやりとして、何も残っていなかった。

《生存競争を生き抜いていくのである、アフリカの大自然の中で、雄々しく闘って生き残っていくように。これが本当に生きるということで、かの真実愛は実は幻想だったのだ。お前はいままで空想の中に生きていたのだ。この活動に燃え、いま生きている僕こそ本当の僕だ。内に籠もっちゃだめだ、外に向かう活動が生命なのだ！

僕はダビデと再会して、ダビデとの友情が揺るぎないことを感じて涙が出た。ダビデ夫妻の愛情が身に沁みた。僕はいままで膜で覆われていて何も見えなかったのだ。涙の国ですっかり溶けて、ようやく本当の愛情が見えるようになったのだ。憧憬恋も真実愛も幻想夢だった。ダビデ夫妻の変わらぬ愛情こそ本物だったのだ。最大の障害、トラウマの壁を乗り越えられそう。立ち上がろう。そうだ、もう一度、新しく生き直すのだ！　またロサンナの助言が忘れられない。どこへ行こうと家族がいつも一緒であれば絶対大丈夫なのよ！》

ようやく復活の入り口に立ち戻ったのだ。ダビデとロサンナへの道が僕の目標となった。

4　日本語教育の道

サウジアラビアから帰国簿、エーゲ海で思い付いて日本語教育を目指し、縁あって、東京日本語センター（横浜アカデミー日本語科も）で一九八三年から一〇年間、従事した（教育活動の詳細は略）。その教育は文型積上げの教授学習法であった。

四月から一九八九年六月まで、日本語教育全般（日本語教育学会活動を含む）の活動をした。その後、横浜のアカデミー日本語科や東京のベルリッツ日本語センターやフランクフルトの日本語普及センターでも日本語教育を行った。

・ドイツのヤポニクムで日本語教育の活動　一九九〇年～一九九三年

大学を卒業して、曲がりなりにも独語学出身者として、いつかはゲルマン文化圏で日本語教育をやりたいという目標を立てた。そして現地で就活をして、その甲斐があって、一九九〇～九三年は。ドイツ（デュッセルドルフがあるノルトライン＝ヴェストファーレン州）の某大学付属の日本語研修所で日本語教育に従事していた。

・ＪＩＣＡシニア海外ボランティア日本語教師の活動　一九九九年～二〇〇三年

　また、ＪＩＣＡシニア海外ボランティア日本語教師として、マレーシアのＪＭＴＩ（日本マレーシア技術学院）とＣＩＡＳＴ（上級技能訓練センター）で一九九九年から三年間、僕は日本語の技術移転、日本語コース設立の活動をした。学習者が日本語学習の努力をするのと同じように、僕は現地語を学習した。教育活動だけでなく、マレーシア生活を理解するためにも大切だと考えた。また二〇〇三年からウルグァイの大学でも同じように、日本語コース設立の活動に尽力して、現地語だけでなく現地の人々や文化を体感的に理解しようと試みた。

イタリア中年物語　第三部　いのちいっぱい自分探し

V　ダビデ家族を訪問　二〇〇八年　ホームステイ一週間　1〜11

残春をM村　夢紀行　執筆生活　第二の人生

なぜM村か。その回答を探しに出掛けたのが、今回のイタリア旅行である。

黄昏の後半生に入って、旅行による前半生を辿り、三〇年以上前に我が青春時代の一時期を過ごした首都ローマから山際に、二三kmのM村。人口二万人足らずのM村。そこに、やっと行って来た。そこで僕は、いったい何をしていたのか。それは何だったのか。当時一九七五年一一月頃〜一九七六年一二月頃を思い起こしてみると、次のようになる。

いつも自殺と背中合わせの学生時代、日本で窒息していた僕は、当時脱藩するかのように母国から逃亡した。現実の社会には馴染めず、空想の世界にも生きられず、日常の生活にも溶け込めなかった。日本以外の遠くだったら就職先はどこでも良かった。縁あって、渡り鳥のように降り立ったところが、イタリアのローマ、そしてM村の牧草地。そこが僕の初めての勤務地だった。外国語大学出身だったのに農業に従事することになったのは、我が家が兼業農家で田舎育ちだったからだ。任務は農場開拓。最初はたったひとりの入植者だった。会社の目的は日本野菜の生産、一年目は日本蔬菜の栽培試行であった。何もかもが新しい世界。全くの新人、なぜか僕は自由人だった！　夢に溢れた異国に立ったのだ。思う存分、僕の青春を謳歌した。毎日が一生懸命の生活と仕事だった。苦しくも楽しかったが、やりがいがあった。

結果として、一年余りをイタリアの田舎のM村で生活し仕事した。農場の中にある建物の二階入り口の角部室が僕の宿舎だった。当初は一階で地主に雇われていた小作人Vince一家の世話になった。そこの奥さんが作るイタリア料理を昼夕一緒に食べさせてもらった。冬の農閑期、土地は凍っていた。村の人々や習慣の環境に適応する、そのまさにサバイバル生活が僕の最初の課題だった。カトリック国のクリスマスシーズンでもあった。月に一度はローマにある会社に出掛けた。徐々に村のコミュニティに慣れ親しみながら、現地の言葉も覚えつつ、春の農繁期に備えていった。

農業大学出身の専門家N氏が春に到着し、日本の蔬菜栽培が本格的にスタートした。もう一人専門家K氏が赴任して、若い三人が自炊しながらの宿舎生活、蔬菜を栽培し生産することが僕らの任務だった。M村農場においては、会社の指示で、僕が渉外等全般の主任、N氏が栽培生産のリーダー、一番若いK氏が白菜栽培に専念した。夏には日本のいろいろな野菜が収穫できて日本蔬菜の栽培可能が実証されたが、日本のレストランが期待する規格には程遠かった。会社の指示で、秋にはビニールハウス栽培の準備に取り掛かったが、寒さの方がビニールハウス建設より早くやってきて成功しなかった。しかも、将来はローマだけでなくミラノにも日本蔬菜を供給するという社長の遠大な計画。その構想とは反対に、現実の悲惨な環境や労働の実態とその場限りの雑多な生産との事実に、僕は絶望した。だんだんと意欲がなくなってきた。結局、会社の方針に従えなくて、年末に僕はローマのレストランに配置転換となった。落ち着いてから、僕はダビデとロサンナをかつて勤務していたレストランの日本食に招待したら、ダビデは友だちも連れてきて僕を驚かし、大いに盛り上がったものだ。嬉しかったなあ。ふと、M村着任の冬、右も左も分からなかった僕は、レストランでもらった巻き寿司をVinceに紹介したらご主人は、のりを剥いて食べようとしたときは内心で笑ってしまった。同様の滑稽なことを僕はいっぱいやらかしてM村の人々の話題になっていたに違いなかった。そのことが偲ばれた。

赴任当初、農場開拓の一方で、僕は小作人Vince一家と周辺の人々や現地の習慣や農業にも順応していった。その中で、やがて最大の指導者・教育者となったのが地元農協の若いイタリア人ダビデだった。特に彼を通して、現地の、自然環境、農村生活、風俗習慣、イタリア気質、カトリック宗教、等を学んだ。そして、この地や人との付き合い、信頼関係を築いていった。イタリア式ユーモアも、主に彼と妻ロサンナから習得した。彼との付き合いはこの現地生活を乗り切る、同時にエンジョイする最良の手段だった。気が小さくて神経質、朴訥で馬鹿正直な僕の性質をかわいそうに思ったのか、だんだん彼の性格を柔軟にしていったのか。要は、響き合う素地が互いにあったのだろう。僕も彼を頼ったので、いつの間にか彼の妻と共に、まるで僕の兄姉のように心を開き、僕の個人生活の面倒も見てくれた。そして、家族の一員のように、彼らは僕を受け入れてくれたので、M村がますます本当の故郷のようになった。ダビデはローマ大卒・専門は薬学だったか。教会の司祭代行でもあった、教養がないと思われる小作人一家とは人生哲学が違っていた。最後には、僕の精神的な居場所になった。このことが僕を背後で三〇年間支え続け、現在に繋がっていると思われる。僕が不自然なアバンチュールで自他共に大失敗、大混乱問題を起こしてしまったのに、それをも耐え忍んで現在があるのが、信じられない！　やはり僕たちは永遠に結びついているのだ、そういう運命にあるのだと、ここに来て僕は心底、悟った！

　会社や個人の問題で、結局一九七七年四月に退職し帰国せざるを得なかった。いまから思えば、若かったのだ。世間知らず、衝動的な行動、をしてしまった。最初の躓きが尾を引き、日本社会では、どこまでも落ち零れていった社会人でもあった。にもかかわらず、それ以後あちこち放浪人生をさ迷いながら、ダビデとの関係はずっと続いた。僕が密かにダビデを必要としていたのかもしれなかった。彼は頑固一徹だったが、その絆は微動だにしなかった。僕は気が小さくて神経質なくせに、一方では盲目に猪突猛進するタイプだった。僕は生まれて初めて、自分の手足で行動した、自分の頭で活動した。なにかが繋がっていたのか、ダビデにとって、僕はうってつけの弟だったのかもしれない。しばらく農協に行き来していると、やがて直感で気が合ったのだろう。僕は懸命に彼を通じてイタリアの村に溶け込んでいったし、彼は熱心に僕を指導した、不器用な僕の面倒を懇切丁寧に見てくれた。二人は不思議なことに、なんと見事に合致したのだろう！

出会いから三〇年以上、あれこれ紆余屈折があっても、その絆は絶対だった、ついに僕は認識したのだった。僕が目覚めるのに、元来こんなに長い時間が掛かるものなのか。これほどのいろいろなハードルを、世界中を放浪し、動き回りながら挫折を繰り返さなければならなかったのか。そうして、やっと気がつくほど、僕は愚鈍だったのか！

彼にとって、僕の何が魅力だったのか。イタリア語会話能力？　素朴で素直な性格、同じ田舎出身？　自然人だからか？　内気で小心？　初めての日本人？　奥手の平凡な青年?!　おそらく、真っ白な柔軟性だろう。僕は社会人として、しかも外国での開拓、様々なイタリアの人々との出会い、現地コミュニティの中に溶け込み、何事にも喜怒哀楽。しかも健康だった、それが僕の前半生。日本で自滅寸前の僕が、イタリアで大変身。僕にとってダビデは絶対だった。ダビデにとっても僕との出会いはきっと新しい世界だったのであろう。驚愕だが、僕は日本の伸び伸び生活した中学時代よりもっと自由人に生まれ変わったのだった。M村はそれほど強烈な人生の研修現場だったに違いない。

二〇〇八年の僕は、体力に限界を感じ始めた五七歳。横浜の大手Cエンジニアリング社で外国人ケアに従事しているサラリーマンだった。派遣会社の社則で、還暦以後は毎年サラリーの五%がカットになると、突然知る。僕は危機感を抱いた。経済的よりも精神的に、ここまで歩んできた道に、僕は満足していなかった。僕は本当に何がしたかったのか?

内面界に自分の宇宙を構築し実現したゲーテに、僕は遥か彼方に、この上なく希望を見出していた。よし、日本脱出、行くならドイツだ、ドイツ社会で生活、ゲルマン文化の中で僕の人生を生きたいと。夢想していたのだろう……。

それが以下で紹介するパソコンで現地で打ち込みをした日記の中にいろいろな形で見出せるのではないかと思う。ただし自己流である。子育ても一段落していた。サラリーマン生活も惰性になって窒息しかかっていて、新しい空気に飢えていた。するとM村が懐かしく思い浮かんできたのだった。

1. 出発前。二〇〇八年一〇月中頃から一一月一四日。

残春を　イタリア紀行　懐かしき　真面目に　誠実　書く意思継続

日本を出る前にダビデと何度かメール交換した。できるだけ迷惑を掛けないようにあれこれ配慮はしてみた。だが、それが無駄だということも僕は初めから知っていた。彼と僕との間には他人としての垣根が全然ないのだから。けれども、何もかも世話になるのはやはり心苦しかったので、幾らかでも独立行動するように周到に計画していった。ところが、彼は一二〇%心を開いていて、僕の気遣いを少しも受け付けようとしなかった。僕の無駄な抵抗メールに対して、彼の頑固メールは、早く来い、待っている、お前が何よりの土産だ、の繰り返し。行ってみなければ分からないが、内心ではしかしながら、なんとかして彼との関係に僕自身なりのバランスを保とうと決めていた。

出発前夜。国際電話をして、ダビデの声を聞いたとき、一挙に彼らの中に飛び込んだような気持ちだった。到着直前まで、数日間イタリア語の復習に集中した。そして、現地の空港出口で再会してから、一二〇%現実味を帯びた。

なお、一年前にM村再訪をメールで約束していたのに、仕事の都合で果たせなかった。数年前に、ダビデが心臓病かなにかで入院したことをメールで知らせてきた。弱気な内容だったのでひょっとしたら、とずっと気にはなっていたのだ。近いうちに彼に会っておかなければと。

2. 二〇〇八年一一月一五日（土）。曇時々晴。郷に入れば郷に従え
約束だ　ダビデよ来たぞ　イタリアへ　痩せた笑顔に　母の面影

空港の出口に来たときだった。突然、

「Kiyoaki！」

という声で我に返った。ダビデがいた。聞き慣れた懐かしい声だった。「Kiyoaki」と呼ばれたことによって、僕は一瞬で昔に引き戻された。彼が駆け寄ってきた。抱擁で迎える彼に、思わず僕もそのように応じた。一瞬にしてかつてのM村生活に戻った。イタリアに着いた、ダビデに会った、という大きな安堵。僕が一九七五年秋に赴任した農場開拓の村、ダビデが働いていた現地農協の事務所が甦った。不思議な気持ちだった。彼のお母さんを思い出したからだ。お母さんは二年前に亡くなったとメールで教えてくれた。彼はお母さんによく似ている。小さくなった、痩せたなあ。何年か前、病気になったとメールで知らせてきたことがあったが。

「お前がいうように電車で来た」

とダビデはニコニコ。僕のスーツケースを横取りするやせっせと歩く。笑顔が止まらない。ホームに来るや電車が出るところだった。切符は自分が買うからと、彼に押されて電車に駆け込むや、重そうな車体がホームを滑った。座席で向き合ってから、やっと落ち着いた。渋いズボンにセーター、ヤッケを被ったさっぱりした感じで、元気そうだった。ジーパンや冬のコー

トに身を包んだ僕は、時差ぼけ、ぼんやりしていたに違いなかった。いまの時刻は一八時一五分だというから、フライトは一七時三〇分頃着陸だろうか。外は暗かったな。スイスイとパスポートチェックを抜け、通過税関は無チェック。時差八時間、従って日本は翌日真夜中の二時過ぎか。

「Paese che vai, usanza che trovi.（郷に入れば郷に従え）」

と言わんばかりに、やはり彼は普通にイタリア語で話し掛けてきた。まず確かめたことは僕が五七歳、彼が六二歳、奥さんロサンナが五九歳になったばかり、彼女のお父さん、ノンノ八七歳が同居していること。ダビデは変わらぬ中・高等学校勤め、週五日四〜五時間。ロサンナはM村の隣町モンテロトンド（Monterotondo、人口三万人足らず）で肉屋の店員。息子のEma、二七歳、は新妻とローマ郊外在、ローマでＩＴ関連の会社で仕事だと。かつてなにかのついでに、アペニン山脈の懐でValen（Valentiniの略）一族の、夏休暇中に呼び出されたことを思い出した。涼しい山際で、ダビデのお母さんが僕の日本料理をとても楽しみにしていたのが印象的だった。

嬉しそうに話し掛けてくるのだが、スーツケースに置いた彼の指が震えているのが気になった、中風の症状の一種か。僕が眼鏡を掛けた姿は、彼にどう映ったか。互いに歳を取ったなと思う。二人の間にあるスーツケースで脚が窮屈だったので、僕は、反対側の窓際に座り直した。間を取って、彼の嬉しい悲鳴に対抗しなければ、気が抜けなかった。深呼吸して体勢を整えた。

妻は元気か、息子はどこか、と矢継ぎ早に僕の家族について聞いてきたので、うんうんと応じた。

電車の到着駅モンテロトンドはM村より大きな隣町。昔の面影を微かに感じた。緩い坂になっている地下通路を抜けて向こう側のホームに上がった。無人駅だ。道端に止めてあった車のトランクを開けて、重い荷物を二つ押し込んだ。暗くてはっきりしないが、ずいぶん田舎に思えた。土曜日なのにやけに殺風景だなあ。下っていくカーブでM村に向かっているのを思い出した、三〇年前そのままだった。スーツケースが重い。電車や車から出し入れするとき、気をつけないと腰を痛める恐れがあった。ずっと疲れてもいたし、自宅を出た昨夜から今朝までにかなり疲労していた、若くはないんだなあ。ダビデの家も昔のままだった。自動ガレージが新しい、裏口から入った。ロサンナの声がする。眼鏡を掛けた彼女は初めてだった。声は昔のままだが、老けたなあ。そういえば、僕が眼鏡を常用するようになったというのは、彼女にそう言われてから改めて知った。僕も歳を取ったんだ。後ろに彼女のお父さんがちょこんといた。背中が丸いがニコニコ、僕をちゃんと覚えていた。フィウミチーノ空港でダビデと抱き合って再会を果たし、M村でロサンナと抱き合って歓迎を受け、初めから全部イタリア式だった。そして、彼女のお父さんとも軽く抱き合う挨拶をした。髪がほとんどなかったのが、年月を語っている。

台所、居間共、一昔前のままだった。僕にとっては、嵐のような大歓迎や多情報、それらについていくのがやっとだった。が、主張や反撃をしなければならない。彼らにとっては、普通の、いやむしろゆっくりとした田舎ムードに違いなかったが、僕は思い出したり適応したりするのに忙しかった。ダビデは慎重に僕を観察しながら、昔のような思慮深さを示していた。しかし、それでも時々、彼らは普段の自分のペースで喋るので全部理解するのは不可能だった。電車内で荷物を挟んで話し合っていたとき、荷物の名札をいじくっている彼の指が少し震えているのがまた思い出された。来伊に備えて、フライトの中でも、伊語会話の復讐に懸命だった。

案内されたのが二階、娘An（gela Maria）の部屋だった。彼女はいま、ローマ大学に在学中、南米ウルグァイ大学に研修旅行に出掛けて行っているとか。持っていこうとする荷物を押さえて、彼ら三人の前に、僕は居間で荷物を二つとも開封した。持参した写真や掛け軸と、和菓子や日本の食料品を二〇kgばかり、テーブルの上に全部広げたのだ。初めて彼らのペースを僕が奪い取り、精神的にホッとした。次から次にと出したので、彼らはビックリ。してやったり！僕はちょっぴり息を吹き返した。

二階の部屋に入るやダビデが僕に持参したノートパソコンをセットさせて、立ち上げた。Anの小さな机の上のパソコンに、彼はあるソフトをインストール、無線キーを差し込み、インターネットのセットアップにあれこれと熱心。疲れていた僕は少々うんざりしていたのに、ダビデの懸命な格闘が五〇～六〇分。結局駄目だったが、明日ＩＴ関係に勤める息子Emaがやってくれるという。やれやれ終了。疲れ切っていた僕は早く休みたかったが、彼の真剣さがそれを上回っていたので、なりゆきに任せた。僕の日本語打ち込み・インターネット検索に気遣ってくれたのだろう。来伊直前から、メールで日本語が打ち込める環境があるかどうかと、彼とずっと遣り取りが続いていたのだった。けれども、直前になって、ある種の複雑さにぶつかって、僕は自分のノートパソコンを持っていくことにした。ところが、ダビデはインターネットも可能にとさらにレベルアップを目論んだようだった。

夕食が出来上がったとロサンナ。その合図で、台所の食堂テーブルに集合。荷物を解くのもそこそこに辞書だけは持って階下に下りたとき、彼らが真っ先にこの辞書を見つけた。そして、

「三〇年前と同じだ、お前は農協にいつもこの辞書を持ってやってきたものだ」

とダビデは感嘆の声を上げた。

「Aa, Kiyoaki, uguale come 30 anni fa!（あっ、三〇年前と同じだわ）」

とロサンナがはしゃいだ。少々手垢は付いているが、ほとんど破損はなかった。それはNUOVO DIZIONARIO ITALIANO-GIAPPONESEという、手の平よりやや大きいサイズの中型イタリア語日本語辞書で、一九七五年当時はこれが日本で見つけた最新で唯一のイタリア語日本語辞書だった。もちろん当時電子辞書はなかった。その瞬間、僕の緊張が解けた。二階の部屋は幾らだと冗談のつもりで聞いたら、高いわよとロサンナが冗談で応じた。なので、割引きがあるのかと聞き返したら、笑うばかりだった。素顔丸出しのロサンナに冷静なダビデが、肩に手を置いてブレーキを掛けた。とはいうものの、やっぱり彼らのペースだった。ノンノ（ロ

サンナのお父さん）と四人の夕食が始まった。

「Ben venuto!（歓迎）　Buona petito!（召し上がれ）」

「Grazie!（ありがとう）」

「Cincin!（乾杯）」

　完璧にイタリア式挨拶でイタリア料理だった。ステーキ・蒸しパン・野菜煮・ナス炒め・Mozzarella（モッツァレラ）、Prosciutto（ハム）、Vino（ワイン）等。ご馳走だ。彼女、頑張ったたな。日本語にすると、その雰囲気が伝わらないのが残念だ。フライトはどうだったとか、何時間掛かったとか、あれこれと挨拶代わりに聞かれたようだったが、ほとんど覚えていない。僕の神経は彼らの大歓迎を追い掛けていくのが精一杯だったのだろう。もちろんナイフとフォークだ、箸から恐る恐る切り替えた。うまい！　何もかもうまかった。僕が本物のイタリア料理が大好きになったのはM村生活の体験だった。お陰でイタリアのパスタ（焼きそばのようで日本のスパゲッティではない）、地元ワイン（日本の甘い赤ワインではない）に初めから馴染んだ。しかしながら、その誘惑と戦って、少しずつ全部味わった。さもないと、このペースで歓待され続けると、胃袋が肥大・破裂してしまう。彼女は自分が好きなものを作ったとか。空港でダビデを見つけたとき、

「彼のお母さんを思い浮かべた」

　と言ったら、

「みんなそういうのよ」

とロサンナが笑顔で身を乗り出した。ノンノはニコニコしていた。そして、こちょこちょと皿の中を突いていた。僕は大満足だった。

さらにデザート、チョコとExpresso（エスプレッソ）にお付き合い。もう十分だったが。うまいVino（ワイン）、やっぱりイタリアのワインはうまい。機内食で飲んだ中国ワインと比べていたのだ。たった一杯で酔いが回り急激な困憊に襲われた。間もなく夜の九時と聞き、妻に電話したかったが、現在日本は朝の六時、まだ夢の中だろうからと控えた。不意にロサンナが僕を台所に呼び寄せて、Cucina a gas（台所ガスレンジ）の壁の《寝る前にガスの元栓を閉めるように》と綴られた小さな札を見せた。前回（一九九五？年頃）僕が貼り付けていたものだ。指差して、これを見るたびにKiyoakiを思い出すのよ、と笑った。そんなことがあったっけなあ！

やっと解放されてから、シャワー。Valen家到着に違和感も驚きも心配も何もなかった。盆と正月が一緒にやってきたような忙しさだったが、結果として、横浜で、電車で移動してきたような感覚だった。彼ら一家も家の中も挨拶も夕食も、すでに知っていた。すんなり入っていけた。安堵と疲労の奇妙なアンバランス。やはりペンションは彼らの家の一室だった。今回の訪問を日本からメールで知らせて、僕が宿泊するペンション予約や費用の調査を依頼したが、彼らは初めから自分のうちに泊めるつもりだったのだ。それも十分予想できてそれに甘えざるを得ないことも理解していた。郷に入れば郷に従えというか現地では僕は囚人みたいなものだった。が、それでも僕は何もかもお世話になることは心苦しかった。この弁明が無駄だということも知っていた。来てみて、弁明が弁解に変わったことを認識せざるを得なかった。なんとかしなければ。こうして、僕は予定通り無事にM村に到着し、Valen家の一員になったのだった。

けれども、明日からの滞在生活がどうなるのかは何も見えなかった。

なお、機内でその中型辞書のGrammatica Italiana（文法概要）を読み終えた。一週間前からだらだらと始めたのだったが、当日になっても最後までできなかった。出発前から一通りは復習したかったから、ホッとした。気持ちの準備として必須だったのだ。これでイタリア入国はOKと。北京からローマまでの機内、隣は運良く若いイタリア人だった。そこでイタリア語でお喋り、いい練習。気さくなビジネスマン、機内食のたびに僕に、

「Buona petito!（召し上がれ）」

と笑顔がいい。中国人客室乗務員に中国語で二言三言。北京の学校で中国語を勉強してきたと。難しいと言いながら、結構通じている彼のコミュニケーションを見て、僕の中にも普段はないはずの負けん気が起こった。彼は中国語のテキストを出して自習、僕は続けてイタリア語の文法概要を復習していた。

3. 二〇〇八年一一月一六日。晴後曇。オリーブ畑の収穫手伝いやValen一家の歓迎お手伝い　オリーブ収穫　ネット敷き　家族総出だ　畑で落とし

「Kiyoaki, andiamo!（行こう）」

二回目を呼ばれ、急いで下りると、なんと出掛けるところだった。オリーブ収穫！　昨夜この誘いに快諾したのだったが、こんな始まりは予想外だった。息子のEmaがいた。すっかり大人だ。Maria（彼の新妻、この四月に結婚したという）を紹介されてビックリ。

「Piacere, Kiyoaki!（初めまして）」

と言われ、

「Piacere!」

と反応するのが精一杯。

「Ema, tu sei furbo.（どこでこんな可愛い奥さんを見つけたんだ）」

と言ったつもりだったが、僕のイタリア語が通じたかどうか。その後ろからMRと続いた。MRはダビデの友人で子供がダビデの生徒だという女性、ルーマニアから出稼ぎに来ているとか。小柄で痩せぎすでせかせかとした性格の、近所のおばさんのよう。打ち込み中のパソコンを仕方なく中断して駆け下りた。大急ぎで、一旦財布や電子辞書を取りに部屋に戻り、バタバ

タと彼らに従っていった。薄い長袖カーディガンの僕の姿を見て、ロサンナが彼女の赤いチャンチャンコのような厚着を貸してくれた。彼女は、籠や袋に水やサンドイッチや果物を持っていた。

「畑で昼食よ」

と僕に説明した。

目が覚めたのは、六時三〇分頃のようだった。パソコンを立ち上げ、時差を計算して分かった。シャワー、下着の洗濯、ベランダに出ると快晴。壁に立て掛けてある干し台にぶら下げた。ロサンナが、洗濯物は出すようにと言ってくれたが、下着は毎朝自分で手洗いした。下が濡れているのは、早朝に雨が少し降ったのだろう。台所に下り、espresso機器（家庭用コーヒー入れ器）でコーヒーを入れる。昨晩寝る前にロサンナに教えてもらった通りに、パックを機器に挟んでスイッチを入れるとカップにコーヒーが落ちてくる仕組みだ。食堂テーブルのミネラルウォーターを一杯飲む。冷蔵庫の牛乳パックからミルクをグラスに注ぎ、それとアメリカンにしたコーヒーを持って部屋に戻る。そして、やっとパソコンで我が世界が始まった。これがこの旅行休暇の最大の目的の一つだった。

快晴。昨晩は暗くて分からなかったが、庭に前回（三〇年前？）、見た木がない。隣の家に柿の実がたくさん生（な）っていた。ガレージは車の中から自動コントロールで開閉。ドアの鍵を二回転も閉める。それから、鍵は絶対に掛け忘れないように、とダビデが僕に注意。

「ずいぶん厳重だな」

というようなことを言うと、

「先日も近所に泥棒が入ったんだ」

と右上の家の方向を見上げた。バス通りに出ると右折、僕を乗せたダビデとロサンナはオリーブ畑を目指していた。右手に見覚えのある場所にBar（雑貨を含む村の喫茶店）、三つ又にガソリンスタンド、左右に店々、内装し再開されたという右手の教会、とお馴染みのM村中心部のVia Nomentana（M村通り）。下りつつ左にカーブ、そして左折し上り、右折して少し行くと信号があった。以前はなかったぞ。街の外は、遠くに懐かしい風景、木や緑の少ない丘に村。城壁の塊は三〇年前と同じだった。確か一五～六世紀に建設された砦で、当時はあちこちで戦争がしょっちゅうあってその生活防衛のために、丘の上に籠もった、と。三〇年前の五月だったか、festa di ciliegia（サクランボ祭り）にN氏（七六年春に着任した農業専門家）と車で出掛けたな。田舎の素朴な食堂で食った、濃いチーズ和えpasta（パスタ）のうまかったこと、いまだに忘れられない。この機会に行けたらと願った。かつて見た、典型的なイタリアの農村風景だ。と思う間もなく、車が二手に分かれた。Emaの運転する車がMRと下道へ、ダビデの運転する車がロサンナと僕と上道へ。と思いきや、ロサンナがダビデと言い合い、夫婦喧嘩だ。

「どうして、別れたのか分からない」

というような彼女の表情。彼は頑として撥ね付けた。典型的なカトリック信者の亭主関白を思い出した。当時もそうだったな。早すぎて意味がよく聞き取れなかったが。

　オリーブ畑に着くや、木の下枝をMRが鋸で刈る。少し傾斜のある草地。やや肌寒いが、天気はいいので、気持ちがいい。僕も真似る。オリーブの木の下にロサンナがネットを広げる。それを僕が手伝う。彼女が手を伸ばしてむしり落とすのを見て、僕も続いた。薄いナイロン手袋をしていた彼女は、僕にも嵌めるかと聞いたが、即座に僕は断った。言葉より身体での遣り取りの方が気楽だったし、面白かった。観察や言語や緊張で、僕の頭は一二〇%回転していた。ダビデは落とし機、高い枝を切り落とす剪定鋏のようなもの、で高い枝から揺すり落とす。木からほとんど落とし終わるや、ネットを手繰って集め、プラスチックコンテナに入れる。やがて、仕事の要領が飲み込めた。僕は木に上ってオリーブの実をむしり落とした。熟している黒いのやまだ熟さず青いのや柔らかいのや小さいのや、いろいろなのを一緒くたに落とす。実は木の枝先に多い。滑り落ちないように、足元を確かめながら、遠くの野や山、村や丘、が眼に沁みた。ふ〜む、確かに見たことがある風景だ。

　陽気な声が飛び交う。近くでオリーブを収穫している同じような農業一家だった。ダビデが大声で応じる。そこへ馬に乗った一団が現れた。家族で散歩らしい。今日は日曜日だ。畑の中を一列になってくると、ロサンナが抗議。困惑気味に見下ろしている騎手に、見上げている彼女は逞しかった。要するに、

「私有地を歩くな」

と。空を見上げると、雲が出ていた。雨にはならないのかと僕の心配。が、彼らは平気だ。MRはよく働く。お喋りが僕のイタリア語練習になる。まず聞こえてくる、それに慣れる。時々、質問する。Emaと話す。彼は結婚してから働き始めたとか。まだ学生の身分である。アパートは奥さんの家。彼女もまだ学生だとか。週末も家で仕事や勉強、日曜はこうしてM村にも手伝いに駆り出されるとか。九時～一八時が仕事。僕は日本で仕事のために夜や土日でも突然、時間外・超過勤務が時々あると言うと、自分はまだ新米だから決まった仕事だけだと。

もう一つ質問した。

「ロサンナの父親を皆がノンノ（お爺さん）というのはどうしてか？」

一瞬口ごもったが、

「それは我がValen家での愛称だ」と。

僕はMRの熱心さに目を見張った、手の鋸で木の下枝刈り。使用人のようだなと観察したら、後で彼女がEma家の掃除婦をしていることを知り、納得。彼女はダビデをProfesore（教授）と呼んでいた。最初Profesoreが誰かと思っていたがダビデのことだった。彼女の子供がダビデの教え子だとか。一応、立てているのだろう。僕は彼をMaestro（先生）だと思っていたのだが。

疲れたら休む。喉が渇けば水を飲む。腹が減れば果物やサンドイッチを食べる。今日の予定をロサンナに聞くと、疲れたら休む、雨が降ったら止める、お腹が空いたら食べる、と笑い飛ばされた。

「私たちはイタリア人なんだ」

と。彼女はすっかり中年おばさんだ、眼鏡を外すと近くしか見えない、太っても気にしない、と堂々と。ダビデに連れられて農場で初めて会った三〇年前、彼女は美しかった。ダビデと僕との遣り取りに、

「Ah, tu sei furbo!（あっ、あなたはずるいわ）」

と頓狂なソプラノで笑い転げていた。僕が編み出したユーモアに最初に気づいたのはロサンナだったかもしれない。当時彼らはまだ新婚だった、後で知ったのだが。気がつけば、流石に僕も疲れてきた。Mandarino（ミカン）を一個とPrugna（スモモ）を二個食べ、水を飲んだ。うまい、果汁が舌に心地よい。犬か動物の糞があちこちにある。ＭＲが長靴を貸してくれたが、彼女が遠慮しているのかもと考えて、すぐ返した。それにしても、この靴もやがて泥だらけになるかもしれなかった。出掛ける前に、赤いヤッケをロサンナが貸してくれたのは助かったな。一本の木に長方形のネットを二枚広げ、むしり落としたのを集め、それを使い古したコンテナに詰め込む。後で聞くと、今日で二二箱だった、毎年三五箱くらいになる、残りは来週末にやるらしい。

途中でＭＲの夫だというＤＲが手伝いに加わった。Giardereriaというから庭師か。中肉・

中背の職人、時々タバコを吸っていた。日本の車だと言って、中古の日産乗用車Mircaを僕に見せ、

「いま一八歳の息子が運転免許取得中だ」

と。学校での勉強と、自分が教えるのと並行して、この二五日に試験を受けるんだとか。ダビデがリーダーだ。その位置を誰もが認めている、特に女たちはそうだ。オリーブ刈り取り機は彼が疲れて、息子にちょっとやらせるか、DRに後半やってもらっていたくらいで、

「僕がやろうか」

と言うと、はっきり、

「No!」

と寄せ付けなかった。僕は彼女たちと同じように、むしりとり専門で時々ネットの外に出たのを拾って歩いた。下方にブドウの木々が、間を置いて少ししかなかった。ふと、その下方の上がり口、道に見覚えがあった。三〇年前M村を去る前に、ダビデに父親が管理しているというブドウ畑を案内されたのだった。確かに若い僕がここにいた。出掛けに、デジカメを忘れたことを悔やんだ。が、自分の意思で見歩くときだけ、はっきり目的意識があるときだけ、撮ることにして、この場合はなるがままに任せた。

不意に頭がフラフラして意識が朦朧。緊張が限界を超えたらしい。ダビデが言う、

「Emaが車でオリーブの実でいっぱいのコンテナを運ぶとき、一緒に乗っていって、家で休め」

と。

それでも、僕はネットの外に落ちた実を拾ってネットに投げ入れた、一息入れては仕事、また一息入れて仕事、としばらく繰り返した。気持ちはこれくらいでは負けないが、身体がついていけそうになかった。そこで、マラソンだからと自分を慰め、彼の忠告・好意に従った。このダビデと僕の関係も三〇年前と同じだなあ、と改めて認識した。五歳年上の兄という感じだ。絶対君主的な兄貴面にはたまに閉口するが。そこで車の運転席に入り、座席に横になった。空腹も感じ、銀紙で包んであったサンドイッチを彼らがやっていたように齧った。意外にうまかった！　Prosciutto（ハム）とMozzarella（モッツァレラ）を挟んだ細長い薄茶色パンだった。もう一切れ食った。ヤッケを被り直して、そのまま少し横になると、自然にウトウト。うつらうつら、一瞬意識を失ったらしい。それとも眠ったのか。

八箱ばかりトランクと後ろ座席に積んでから、彼らに挨拶してEmaの運転で貯蔵庫に向かった。箱を崩さないよう、タイヤが窪地に落ち込まないよう、彼は慎重にバランスを取りながらゆっくり発進した。田舎道をくねくね走る。若者が何人もいる場所を通過した。

「Pattinareという、八月以外は年中スケートができるところがあるんだ」

と説明してくれた。畑はM村の郊外で、戻るところはM村の中心だと。見慣れた街路、パン屋や靴屋やTrattoria（簡易食堂）があった。道路に沿って右にしばらく行くと、これまた見慣れたM村中央道。その途中で車を右側に彼が駐車、来たことがあった。彼がガレージを開けた上階の窓から、黒人系の小さな子供がパン屑を落とした。僕に気づくと、窓を閉めて消えた。二人でCantina（貯蔵庫）にコンテナを運んだ、薄汚れたくすんだワイン樽や使わなくなったらしい農機具。シャッターを下ろすとき、彼は僕を呼んだ。周囲の風景の骨格は昔のままだった。

坂を下り掛けた右手にConsorzio agrario（農協）があった。シャッターが閉まったままであった。三〇年前に、行き慣れた僕の居場所でもあった。M村にやってきた当初、右も左も知らない僕は、ここに通ったものだ。

最初は、忙しそうな若いダビデの仕事の邪魔をしていたらしい。

「Domani, domani!」

明日、明日と僕はあまり相手にされなかった。それでも辞書を片手に毎日出掛けていると、やがて気の毒に思ったのか、僕の愚直さが通じたのか、同じような田舎者に親しみを感じたのか、少しずつ耳を傾けてくれた。仕事はもちろんのこと、やがて生活面についてもいろいろと教えてくれるようになった。こうして、そこで一緒に働いていた彼のお母さん、そして時々手伝いに来る若妻ロサンナとも親しくなっていった。下って右折すると、元来た道。バス通りを左に上がって我が家に到着。Emaが鍵で門扉を開けた。時間を聞くと四時だと。その庭にはブランコも三本の木もなかった。一九九〇年に妻と当時八歳の息子と訪ねたときは、ブランコがあって幼い息子Emaと娘Anが遊んでいたのが目に浮かんだ。いまAnが我が息子と同い年の二四歳だということを忘れていた、昨晩ロサンナに言われて気がついたのだが。

家に入ろうとして、靴に土がべったりついているのを発見。外に下りて、階段のへりで靴底についた土を削り落とした。MRは従兄の家にいる、ノンノはイタリア語でお爺さんの意だけだとか。

「Ciao, civediamo dopo.（じゃあ、また後で）」

靴を脱いで靴下の足で部屋に上がった。部屋で靴底を見て驚いた。家に入る前に、土を落としたのだが、糞がべっとり付いている。ベランダの壁に立て掛けて乾かし落とすことにした。オリーブ畑に、見た目以上に動物・犬の糞があちこちにあって、気づかず踏んづけたらしい。懸命に働く僕は、無防備だった。パジャマに着替えて仮眠。階下からはノンノお爺さんが見ているテレビの音が聞こえた。

「Kiyoaki, cena!（晩御飯）」

という声で目が覚めた。ウトウト、二～三時間は寝たらしい。ぐっすりとは眠れなかったが、気分は悪くはない。四人で夕食。ダビデに聞くと、収穫は四時に終わり、後片付けをして自分が帰宅したのは五時だとか。教会のミサに夫婦で出掛けたからと。ということは、僕が畑を離れてから間もなく終わったということらしい。彼らが敬虔なカトリック教徒だということを思い出した。MR夫妻はモンテロトンドの、Emaはローマ郊外の自宅に帰った。彼がこの

Mercoledi（水曜日）に夕食に僕を招待したいと言っているとロサンナが僕にニコニコしながら告げた。

今晩はもう出掛けないと言うのでワインを所望した。肉入りトマトソースのとうもろこしパスタ、ソースがなくて冷たければうまくはなかったかもしれないが、温かくて木の皿に乗っていて美味しそうだし空腹だったのでモリモリ食べた。粉チーズを掛けるともっとうまかった。Anから挨拶、会えなくてdispiacere（残念）、電話のメッセージをダビデが僕に伝えた。食事中も彼女のfidanzato（婚約者）からや友人たちと電話での挨拶が飛び交っていた。

Fernadoという名のノンノお爺さん、Valen家ではこう呼ぶ習慣だとEmaが説明したことを思い出した。彼が居間の大テーブルに並べてあった日本の食料品の中からそうめんを持ってきて、僕に聞く。

「何だ。日本のスパゲッティか?」

汁を見せて、そのようなものだと説明。彼のその好奇心に感激。時々彼は英語で僕に話し掛ける。第二次大戦後アメリカのKentucky州に三年間、囚人とし収容されていた、その間に鉄工技術等を覚えた、八ヵ月は自由だった、とか。僕にとっては、アメリカはMcd/Coca cola/Kentucky fried chickenだと言うと彼は笑った。食後のデザートに丹波伝統の羊羹を開けてナイフで切って彼らに紹介した。恐々と口に入れたが、うまいと言った。思った通りだった。小豆とZucchero（砂糖）を独特の製法で練り上げたもの、と説明するが、分かったような分からなかったような反応だった。ロサンナの提案を受け、明日の夕食は僕が作ると。できれば明日の昼食もと。彼女は欠伸が頻り。いつも忙しそうだった。ダビデは僕への気配りを背後でこっそり見せていた、ロサンナの無邪気さを抑えて手綱を引いて。昨晩、彼女が帰国前二三日の昼食後にconto（勘定）を請求すると嬉しそうに言うのに対して、

「ああ、prego（どうぞ）に」

と応える僕に、ダビデは冗談だという彼女を牽制する。僕は、

「Hai il sconto（割り引きは）？」

と言い返した。この遣り取りは、当時から農協でも繰り返された、遊び、冗談、挨拶だった。

ダビデがインターネットに拘って僕のノートパソコンに、僕の部屋でEmaに教わったCDを入れて試す。繰り返して試すがうまくいかず最後は諦めた。僕はWordに打ち込めれば差し当たり問題なかったが、彼は拘り続けた。そういえばパソコンを使っている彼の姿を初めて見たな、ずいぶん熱心だった。思い出して、許可を得て妻に電話。現地は二二時四〇分、日本は翌朝六時四〇分だった。二晩目だったが、妻は全然心配していないと。それよりもダビデの家に厄介になりっ放しでは、と僕の図々しさに呆れていた。Formaggio（チーズ）が妻の土産のリクエストだと確認した。靴下で歩き回る僕を観察して、彼は大きなスリッパを貸してくれた。Universal（あらゆる）使い方が可能と。靴下では階段を下りるときに、

「滑って転ぶ危険があるんだ、気をつけるんだぞ」

と付け加えて。それは僕も感じていた。疲れて寝たのが二三時過ぎだったろう。寒くはなかったが、夜はriscaldamento（暖房）が入っていた。朝夕は日本より冷える、空気が乾燥しているためだろう。髭を剃るのは止めた、日本を出発する前からどうしようかと考えていたのだが。ありのままで行こう、自然に振る舞おう、普段の素顔で、と。ここは僕の家なんだからね（と自分に弁解）。

その寝床で考えた。今日は彼らの仲間入り、明日一七日月曜は自分自身の手足でM村を歩いて見たい、昼食はなにか作ろう、夕食も。明後日一八日火曜は、モンテロトンドまで車に同乗し、ひとりでローマに出掛けようか。明々後日一九日水曜はM村を自転車で走るか歩き回るか。夜はEma & Maria宅を訪問。二〇日に可能なら、ナポリ&ポンペイ遺跡を観光したいものだと。

4．二〇〇八年一一月一七日。快晴。農場の変化やM村の回想、互いの家族の紹介や懇親三〇年　宿舎が事務所となり　農地が宅地に　建設ラッシュ

パソコンを立ち上げて、当地が朝の四時三〇分だと確認する。目が冴えて眠れないので起きることにしたのだ。Latte（ミルク）& Cafeでパソコンに向かう。食器棚のクッキーを二枚、失敬する。日誌メモを打ち込んでいると、だんだん気分が乗ってきた。トイレを終えて気分も

上々。これで胃袋も身体もイタリア環境に切り替わったようだ。六時頃に夜が明けることを知った。

M村を訪ねたところ、なんと三〇年前の宿舎や農地がすっかり変わっていた！　建物は住宅建設会社の事務所に改装されていた。舗装されたセキュリティ完備の門を潜った。近代的な門構えだった。中に足を踏み入れて、確かに骨格は当時の中庭・建物だと雰囲気で直感した。当時は茂みと砂利の入り口で素朴な農家だった。あの上の入り口の中の右手前が僕自身の部屋だった。眼前のあの階段は週末に水で掃除、見上げたあれは毎日出入りしていたドアだった。階段を上りながら当時の感覚を噛み締めた、ドアの前に立ってしみじみ見詰めた。それから僕は、毎週末に掃除した階段を上がって扉の前に立った。

「Kiyoaki, pronto!（用意できた）」

と、外からRota（階下に住んでいたVinceの長女、当時一〇歳）が僕を呼びに来たものだった。昼食だという彼女の声が甦る。

「Chi e la?（そこにいるのは誰）」

と中から僕が叫ぶ。階上から見下ろせば松の木が数本さらに高く伸びていた。中庭に立った。階下の中央が小作人Vince家の台所・居間・寝室だった。右手が納屋兼車庫で、会社の小型乗用車Fiat 127も入れてあった、左手が農機具・鶏家畜等の広い納屋だった。羊飼いが納屋の隅でSpagetti（スパゲッティ）を山盛り作って食っていたっけ。中庭のあの木に一小作人の妻がウサギを叩き付け、殺して皮を剥ぎ、料理していたっけ。あれには度肝を抜かれたな、イタリア女の獰猛さに。中庭の左手にあるブドウ畑の間をVinceが小トラクターで耕していたなあ。ザッザッザッザッザと一休みするたびに地ワインで喉の渇きを癒やしながら。松の木が数本天に突き伸びていた。その方向に進むと、農地へと続く道だった。なのにいまは土塀で遮断されて行けなかった。仕方なく建物を右折・迂回すると、豚が飼われていた跡があった。ここで豚の屠殺を手伝った。Vinceに言われるまま、暴れる豚の脚を懸命に押さえていたっけ！　鶏もあちこち歩き回っていたな。何もかもが初体験のイタリア（人）生活、不器用な僕は、恐れながらも喜びつつ、ドンドン溶け込み現地化していったのだろう。元来、現実離れした日本人であった僕は、その空白をこのイタリア体験で埋めていったのではなかったか。そういえば、ほとんど自殺と背中合わせだった日本時代に比べて、現地ではあまり自殺を考えなかった。イタリアの孤島、ロビンソンクルーソー、だったのに。逞しくなったのだろう。

一回りしたとき、不意に男性に呼び止められた。

「Un Sr.Che fa?（何してる）」

「Ho lavorato　qua al campo giu 30 anni fa.（三〇年前ここの下の農地で働いた）Sono giapponese.（日本人だ）」

「Ha, si.（あっ、そう）」

「Li sobra ho dormito.（あの上が宿舎だった）」

「Ho sentito i giapponesi hanno lavorato.（日本人が働いていたのを聞いている）Pero, questi sono venduti.（しかし、ここは売られたんだ）」

「Quando!（いつ）」

「1992. Sra. D e morta.（持ち主Dの婦人は一九九二年に亡くなった）」

「So.（そう）Sucusi, sono entrato senza permesso.（スミマセン、許可なしで入って）」


このような遣り取りだったと思う。監視カメラが僕を捉えたのだろう。そのとき、僕は堂々と答えた自分に感動した。ここは僕が存在していたところだ、僕の青春だったのだ、と自己主張したのだった。畑に下りるには門を出て右に、小道がある、と教えてくれた。男性は僕が気の毒そうに見えたのだろう。それから、彼は頷いて事務所の方を向いた。出掛けるところだと言って戻り、若い同僚女性に僕のことを説明したようだった。車の中の彼と庭に立っている僕とが手を上げて挨拶を交わし、門を出て行った。そのとき、若い女性事務員が現れ、胡散臭そうに僕を見たので、同じことを簡単に説明したら、事務所に入って行った。僕はなんだか歯軋りしていたのではなかったのか。強欲な金持ちに、思い偲ぶ故郷を占領されたような気持ちだった。

門の看板に住宅建設会社のＸＸの文字を確認した。散歩しているらしい中年二人にこの会社について聞いてみたが、何も知らないと。右折して道を進むと左右に新築のマンションやアパート、僕を見下ろしている老婦人がいた。やがて農地、いや草原が開けた。工事道路が横切り、簡単な柵が張られていた。右手の原っぱにかつての農場に下りる小道。フェンス網を通して中を見渡すと、何年も放置されたような草原、老いたオリーブの木が点々、ところどころに伸びっ放しの草。そのずっと向こうにコンクリート柱で囲いをした柵が左から右に滑るように、まだ立ち残っていた。確かにここの二haが当時の開拓地だった。粘土質、冬は寒くて耕作不可能だった。

いろいろなことが思い浮かんだ。寒くなってきて、僕が鍬を担いで下りていくと、後ろからIda（Vinceの妻）が叫んだものだった。「Tu sei mat!（お前は気違いだ）」と、どうかしているという意味でストレートに叫んだものだった。

春の初めにVinceに頼んで手前の草地全部をトラクターで掘り起こしてもらったことがあったなあ。咥えタバコに地ワインを引っ掛けながら大型トラクターで一haを掘り起こして働くイタリア人農夫、その逞しさというか生活力というか、僕は感動して見守ったものだった。ふと貯水池の跡、煉瓦積み上げの崩れが茂みに見えた。三〇年前農場用潅水のために、Vinceとふたりで湧き水・流水を掘り起こして、ポンプが使えるように築き上げたのだった。つなぎの作業服で煉瓦を運び回っていた僕の姿が眼に浮かんだ。持ち主と会社の指示で、僕らは肉体労働に精を出し汗水垂らしていたのだろう。たまに、会社の連中がローマから遊びにやってきたが、大抵はぶったまげて僕の姿を不思議そうに眺めていたようだった。羊飼いが昼寝していて、羊の群れが草を食んでいたっけ。それを会社の指示で追い回し、追い払ったっけなあ。Vinceからは土地で生きる男のいろいろな知恵を学んだ。ちなみに、そこにビニールハウスを建設、パイプを調達・運搬、N氏と組み立て、トラクターで重油の運搬、寒さが僕らの仕事を追い込んでいったなあ、日本人はいったい何を始めたんだとあちこちから見学者（暇人）が現れて好奇な目で眺めていたっけ、等々が思い出された。

さらに新築されているアパート群を左手に眺めて、いろいろな人を思い浮かべた。近所の小作人たち、ヴィンチェ一家、三〇歳過ぎの妻Ida、長女Rota一〇歳。八歳の長男Janni、次女のSonga五歳は、もちろん最重要だった。ローマにある会社の専務が話をつけて、昼夜は彼らの台所で一緒に食事させてもらっていたのだ。Vinceの哲学は単純だった、物欲がすべてだった。社長が視察にやってきたとき、数万Lireを握らせたらしい。Vinceがそれを後で僕にこっそり説明して、

「Bravo（賢い）、お前の会社の社長はBravo.」

だと繰り返した。その直後からだったろうか、何も知らない僕をBarや近所に連れ歩くようになったのは。いずれにしても、僕の現地農家の生活はこのF家から始まった。冬は時々小雨で、雪にこそならなかったが、酷く寒かった。反対に夏は雨がほとんど降らず、太陽光線が痛いほど眩しかった。その周囲は天候や土地や水、風や太陽に支配されていた。現地は自然の運

行による生活が営まれていた。

　F家は近所のある種の溜まり場だったのだろう。いろんな貧乏人が集まった。近所のMoro一家がよくやってきたものだった。痩せてひょろ長い彼はVinceと中庭でいつもレスリングのように組んでおどけていた、当時の首相がMoroという名前だったので覚えている。

「俺の妻に触れるな」

　と僕にわざわざ注意したっけ。いったい何のことかと驚いた。中年を過ぎても夫婦の絆を外国人に見せ付けていたのだろうか。娘のDがBarのボーフレンドを連れてF家で夕食、僕になにかを吹っ掛けてきたが、まだ彼のイタリア語が理解できなかったので彼の空振りだったか。

Vinceに連れられて、昼食に呼ばれて行ったな。素朴な家だった、台所で手作り。質素なパスタだったが、うまかったな。労働と食欲のバランスだろうか。Barで働いていたLOは病気で若くして死亡。その双子の兄弟のLAは最近交通事故死したとか。ある日僕に結婚してくれと迫ってきたのにはビックリ仰天！　しばらく追い回されて必死で逃げ回ったっけ。弟のBOもBarで働いていた。彼らの母親は食事の後に貧乏を愚痴って泣いていたな。しかしながら、土地があれば金がなくてもなんとかやっていける環境だった。ピッポーと鳴らして車で庭に現れた太鼓腹のP。陽気なパン屋だ。息子がフィリピン人と結婚した?!　Baffancuro（馬鹿野郎）?!　Senza mutanda（パンツなし）等の方言で卑猥な冗談。明るく飛ばして、皆を笑いの渦に巻いた。それをVinceが僕に繰り返させて面白がった。俗語はすぐ覚えたものだった。後にダビデがそれを見つけて僕に説教をした。

「悪い言葉は覚えるな」

と。そのとき、教育のない現地人と教養のある現地人をはっきり意識した。クリスマスに近所のR家に招かれた、僕はある種のマスコット代わりだったのか。それにしても、飲んで食って騒いでちっとも仕事をしない彼らイタリア人は、いったいどうやって暮らしていけるのだろうか？　若いなりに僕には不思議だった。なんだか分からないままに近所に引き回され、そうやって僕は彼らの仲間になっていったのかもしれなかった。農閑期で農村は暇、クリスマスシーズンで家族パーティの連続。R家の子供たちが刈り入れた干し草の中を遊び回っていたのを、春に着任したN氏が棒を振り回して追っ払っていたな。彼ら子供たちが僕らの様子を黙って見ていた。それを僕が遠くからずっとうかがっていたのが忘れられない。

後に現地イタリア語が少しは聞き取れるようになってVinceが教えてくれた。

「お前が来たとき、あれは何者だ、何してるんだ、と周囲の皆からいつも聞かれたんだぜ」

と。向こうの丘の上で農業を営む赤ら顔Oが夜やってきてVinceと手作りVino（地ワイン）で乾杯。そういえば、Uva（ブドウ）の収穫の際、バケツに入れて運んだ。大きな丸い木製の器に放り込んでUvaを絞った。Uva汁を瓶詰めした。何種類かに分けた。地下室に寝かせた。Vinceがお前も飲んでみろと試飲をさせてくれた。発酵前のVinoはレモンのようにほろ苦かったけど、新鮮だった。露地栽培トマトの収穫もそうだった。Sugo（トマトソース）を瓶詰めにして納屋の壁中に並べて保存した。それを妻のIdaが料理のたびに少しずつ使った。Sugoはパスタのソースで、日本食の米における醬油に当たるような調味料だった。朴訥な彼は物珍しそうに僕を眺めながらワイワイ。楽しそうなVinceはお前も飲めとVinoを親しげに注いでくれた。娘のGが可愛かったな、一五～六歳だった。こんな剥げた薄汚い親父からあんな綺麗なイタリア娘が生まれたなんて！　若かった僕には到底信じられなかった。奥さんと幼い男の子が一緒だった。隣の老いた農夫Cの牛が牛舎から逃げ出し、農場の野菜や草を全部食い散らして、近所中で大騒ぎになったとか。そうして現地の生活や人々に溶け込みながら、僕は春の農繁期に備えてイタリア語を独習していた。やはり現地語は絶対不可欠だった。学校で教室や辞書で勉強させられた英語とは反対に、M村では生活や仕事そのものから生存するためのイタリア語だった。そんなことが一挙に僕の視界に思い浮かんだ。

それから柵で囲まれたかつての農場の外を回った。新築アパートと荒れた農地の隙間を抜けて、耕された草地をコンクリート柱に沿って迂回した。快晴で農地の景色は気持ちよかった。土地は、僕の両足、靴をしっかり支えてくれた。オリーブの木の下から鳩が一斉に飛び立ち、輪を描いて空を旋回していった。破ったような穴が空いていた金網から僕が首を突っ込んだ瞬間だった。無人の草原からオリーブを盗むこそ泥がいたのだろう。右手の遠くにハイウエイ、中手にレストラン・テニスの建物、等が広がっていた。かつての農村地帯には開発の嵐が吹き荒れていた。それから左手にあったO農場を目指してゆっくり上っていった、幸い土地は乾いてぬかるむこともなかった。トラクターで耕した川筋のような跡を辿っていった。やがて近くなると、番犬が何頭も吼えた。一番下にある農家に来ると、持ち主らしい男が出てきて、胡散臭そうに僕を見詰めていた。僕は、

「Buon giorno.（こんにちは）Sono giapposene. 30 anni fa ho lavorato giu.（日本人です。三〇年前に下で働いていたんです）」

と弁護するように自己紹介をした。集団のときは臆病なのに個人のときは大胆だった。日本では、集団の中での安全なグループ行動が、僕の危険で自由な行動を押し殺していた。だが、イタリアでは反対だった。黙っていると疑われかねなかった。女たちも出てきた。ああ、そうか、という表情を見せただけで特に反応なし。そのとき、上方から車が一台、やってきた。男の説明によると、不動産屋でこの周りの新築に販売・交渉にやってきたとか。坂の一方には建築中の一戸建てが並んでいた。僕の退散と入れ違いに、彼女は車のドアを開けるや、スマートな仕草で愛想良く彼らと挨拶を交わしていた。

丘を登り切ったところは、O家らしき崩れかけた農場跡だった。新しい産業道路か、車が頻繁に行き来する。当時はなかった。それを左手に下った。途中で遠くに山の上の古城が美しく浮かんでいた。その古城は印象的でM村のどこからでも見えた。庭園のブドウ畑で老人が手入れをしていた。突き当たりで元の道に戻った。坂を上り切ったところに、水溜めがあった。靴の泥を落としてからそこのBarに入った。Capuccino（カプチーノ）を注文〇・九〇 Euro≒一

一五円、日本に比べると安いなあ。マスターは親切だった。まっすぐ僕の目を見た。が、三〇年前の様子を聞き出せる雰囲気は持っていなかった。かつてVinceが、

「Namo, prendere café!（行こう、コーヒーを飲むんだ）」

と僕を連れて行ったのがこの場所だったのだ。そのとき、たびたび彼の中古車にエンジンが掛からなくて、その車を押すのがいつの間にか僕の役目になってしまったものだった。

「Kiyoaki, dai forza!（さあ、やるんだ）」

そうやって僕を励ました彼の声が聞こえてきたような気がした。郵便配達人や主婦がExpresso & Sandwitch（濃いコーヒーとサンドイッチ）を注文していた。奥のゲーム機で遊ぶ若者。夕方にところどころの農家に煙が立つ、食事の支度だろう。先端技術も普及している一方で、長年の営みも続いている。M村には新しさと古さが共存していた。その古さが僕の少年時代、田舎の生活を思い出させてくれる。僕は嬉しかった。マスターの許しを得て、店内の写真を撮らせてもらった。それから、教会方向に下った。

回想が続く。途中から左折、車道を上って、広場に出た。公園のようだ、こんなところがあったかなあ。思い出せなかった。右折して上ると、昨日Emaとオリーブを運んだCantina（地下室）がある昔ながらの車道。左折した角に、生クリームを毎朝食べに行ったパン屋があった。こんなうまい物がこの世にあるのか、と当時は驚いた。そのクリームが嬉しくて毎日同じ時間に通ったっけ。現在は玩具屋だった。かつて何度も足を運んだPoste（郵便局）は当時と同じ

建物、同じ場所だった。ここから懐かしい日本の父母に手紙を出していたはずだ。今回は小学生たちがワイワイ、見学らしかった。向こうからの二股道を一六〇度右折して古い穴ぼこ道を歩いた。何も変わっていなかった。左折して右がMuseo（博物館）左がM村方面と見て左折し右折し下ってM村通りに出た。この坂道、カーブが僕は好きだった。故郷の田舎を思い出すからだった。バス道を右折、途中で丘の上のHotel/Restaurant（ホテル/レストラン）のPanorama（パノラマ）を写真に収めた。そこに会社の専務が僕を連れて行ってご馳走してくれたことがあったな。M村/Centro（中心街）に入る手前でMuseo di Biblioteca（図書館の博物館）の入り口に立った。時間がないので外観だけ。バス停の店から中央道路、途中で石段を下って昔々の水飲み場、ダビデの説明を思い出した。

「父母の時代は、ここが村の若い男女の結ばれる泉だった」

とか。ダビデとロサンナはどのように知り合ったのだろうか。まだ聞いていなかったな。彼はM村で生まれ育ったが、彼女の家族はローマ郊外に住んでいたとか。かつてのConsorzio agrario（農協）をまた右手に眺めた。もう二〇年間閉じられている。ダビデとお母さんがいつも働いていた、ロサンナが手伝っていた、その仕草や遣り取りがまた思い浮かんだ。台車に肥料や小麦の袋を乗せて運んでいたジーパン姿の若い彼が甦った。トラクターを注文・購入のときも彼の助言が大いに役立った。会社からx、xxx、〇〇〇Lireでの小切手をもらったとき、ドキドキして誰もが泥棒に見えた。そんな金額を、若い僕は見たことも持ったこともなかったからだ。三つ叉道のガソリンスタンドでBenzina（ガソリン）の値段を聞くと安定してきたと。ガソリンの急騰は一時世界的な現象だったのだ。ビニールハウス内を暖めるために、ディーゼル油をここで買ってドラム缶をトラクターで運んでいた。それからChiesa（教会）を覗いた。誰もいなかった、静寂のみ。しかし、僕の三〇年前が永遠にあった。日曜日に畑にいたら、突然ダビデがやってきて、

「安息日だぞ、何やってるんだ！」

と僕を叱り付けるや、強引にここに連れてきたものだった。それ以来、この教会が僕の心の砦の一つになった。帰宅したのは一三時前だった。

出掛けるとき鍵がなかったので、ノンノと約束した。一〇時前に彼が犬と散歩、僕がその後帰宅、ドアを開けてくれるようにと。いつ帰ってくるかと心配した、と彼はぶつぶつ言いながらもニコニコ。彼は親愛なるお爺さん。そのとき、僕にテーブルの上に置いていた掛け軸について何やら話し掛けてきた。なので、これ幸いと、父が書いた『天道無私』の掛け軸を取り出して説明した。反応は鈍かった。珍しい物を眺め、聞くような表情だった。

九時二〇分頃出掛けて右折。ローマ行きとモンテロトンド行きのバス停を確認。フィルムの現像・プリントに行ったかつての店はすっかり近代化、その場所以外に当時の面影はなし。初めてこの店に来たとき、非常に困惑した。名前を記せと言われて、Uno（僕のオリジナルの姓名は宇野という）と書いたら、違う、名前だという。だからUnoと書いたのに、違う違う、数

字じゃないんだ、名前だと繰り返し叫んだのだ。何度か遣り取りした後、仕方なくKiyoakiと書いたら、頑固な店の親父がやっと満足した。僕のオリジナル姓名はうの、でもイタリア人にはUnoは数字なのだった。バス通りのBarに入ったら、当時の煤けて狭い内装は様変わりしていた。すっかり新しい。Mcdという、ゲーム機もあった。教会を左折、坂道をまた上る。昔の名残を探すが、何もない。坂を上り切ったところのBar？　恐る恐る入ってみた。見知らぬ中年マスターがいた。注文は、というような視線を感じた。

「Solo vedere.（見ているだけ）」

と僕は言った。彼は何も言わなかった。それから、下った右手に並んでいる二件の店、日用品・雑貨には同じ形や場所の面影があった。金物屋は見つからなかった。そこで買った茶色のスイスナイフには思い出がある。二〇〇二年のオーストラリア旅行のとき、それを空港の手荷物検査で取り上げられた。二〇数年間もM村の記念として愛着を持って使い続けていたのに、没収されてしまった。オーストラリアが嫌いになったのはそのとき以来だ。理屈じゃない、宝物を取り上げた規則の残酷さ、そして口惜しさゆえに、僕は内心激怒した。道は同じだった。このあたりにPのアパートがあるはずだ。Rの大きな家はこの坂を下った当たりか。Moroの貧相な家はこの並びだった。このようにして農場跡を辿ったが、入り口が分からない。すっかり風景が変わっている。左側はほとんど新築マンション、通り過ぎた遠方にはハイウエイが見える、車がビュンビュン走っていた。改装されたらしい近代的な門を恐る恐る潜ってみた。なんだかタイムマシーンの世界だ。

　ロサンナの帰宅は一三時頃。僕が日本から持参したものは、食堂の片隅に積み重ねられていた。大きな特別の密封フライパンでイタリア式ご飯・野菜の炒めを料理した。僕は味噌汁の紹介。ノンノお父さんの誕生日が二二日と聞き、少し緊張した。明日夜中にLu（ロサンナの弟）とbambini（幼い二人の子供）がアメリカから里帰り、と初めて聞き、びっくりした。彼女はそのことで頭がいっぱいのようだった。明後日から休暇を取ってあるという。

「えらいところに、来てしまったな」

　と僕は自分の立場を見直さなければならなかった。ダビデはそのことをメールでは一切知らせてくれなかった。早く来い、待っている、とだけ。狭いなと一瞬思った。が、そうならそういうことだ、ではそのようにしようと気持ちを切り替えることにした。静かな休暇だったはずが、突然賑やかになりそうなのだ。そういえば、フランクフルトで一時仕事に就いていた一四年前だったか。確か帰国直前だというのに、挨拶電話をダビデにしたとき、

「M村に来い、顔を見せろ」

と断固とした誘い。一日しかなかったのに、夜行列車で急遽南下。Stazione Termini（ローマのテルミニ駅）に彼は車で迎えにきた。

「互いに髪が少なくなってきたな」

　と彼独特の冗談を忘れない。行ってみると、なんと結婚式の披露宴ではないか！　親戚が集

合している昼食会に、忙しい中をわざわざ僕をドイツから呼び寄せ、ビックリさせたのだった。なぜ言わなかったのだ、と問い詰めると、

「お前に話したら気を使って来なかっただろうから」

と。左目でウインクしてニヤニヤ。してやったり、と彼は言わんばかり。嵌めたな、と僕は笑ってしまった。僕の都合など、全然構わない。その頑固さと親愛さは相変わらずだった。

ロサンナは車で一〇分のモンテロトンドのcarneria（肉屋）に勤めているという。朝七時三〇分頃～夕方六時頃まで、昼休みが二時間、その間帰宅して昼食を準備し家族と昼食、また出掛ける。掃除や洗濯もやる。一方、ダビデはLeseo（中高等学校）に勤務。宗教の科目を担当していると。彼の授業は大抵一三時で終わるので、その後は仕事と生活との時間をかなり自由に使えるらしい。Valen一家の責任者がダビデで全権限と全責任を持つ、彼女は部下で全服従と全雑事をするのか？　カトリックの典型的な夫婦だろう。忙しそうだが、テキパキと処理、フットワークもいい。丈夫で健康、明るい性格。表面とは反対にこの夫婦も事実上、妻が夫をコントロールしている。彼は家にいることが多そうだ。

そこでダビデと話し込む。僕にとっては大切な話だった。1．M村地図が欲しいと言うと、彼は電話帳のM村地図をコピーしてくれた。2．今回の目的、三〇年前の自分・M村や若かりし日のダビデとロサンナを探しに来た、頷く。3．友情は友情、無償、しかし生活は生活　有償、宿泊・食事等を払いたいと遠回しに訴えた。だが、予想通り拒否された。僕は無言。幾ら

かお金をこっそり残していくしかないと判断。4．逆に、お前はお客さんだと反対に説得された、自分の家だと思って振る舞うようにと。これは今回の目的の一つと合致していたので問題なし。5．世話になった小作人F一家に会いたい、可能なら。すると、夜に電話してくれた、Vinceの声を聞いた。同じ調子だった。来いとの誘い、いまモンテロトンドに住んでいると。明後日かその次にと応じた。また、自転車でM村を乗り回したい等と日本では考えていたが、来てみると状況がかなり違っていた。あれこれありすぎて、これ以上無理は言えなかった。

階段を上がりかけたところで、不意にダビデに呼び戻された。

「目をよく見ろ！」

これは相手にきちんと言い聞かせるときにイタリア人がよくやる習慣と一致。

「金は絶対に置くな」

と大真面目に釘を刺して、僕に拳を見せた。

「お前は前回置いたんだぞ」

と口を歪めて興奮している。前回幾らか置いていった記憶が僕にはなかったのだが。生返事をしたような、聞こえなかった振りをしたような。僕はしかし、涼しい顔をして、内心笑い流した。彼はちゃんと感づいているな。見抜かれたかな？　なんのなんの、勝負はこれからだぞ！

夜はPizzaが数種類。ダビデが近所で買ってきたらしい。ぱりぱり、ピリッとしていてうまい。僕は試しにご飯を鍋で炊き、牛丼の袋を温めてご飯に乗せて紹介。合わせ味噌汁も。ふんふんと大きく頷いてダビデとロサンナは食った。ノンノは首を振った。Pizzaでもう夕食を終えていたのだ。食後のExpresso。それに香りのあるアルコールを垂らしてうまそうに飲んでいる。ちょっと試してみると食前酒のような香酒二五℃のようなものだった。しかし、夜は飲まないんだ、朝たっぷり飲むけど、とコーヒーは断った。そこで、僕は梅酒を開けて紹介した。ロサンナがなんだなんだと少女のようにまた賑やかに説明を求める。なので、日本のプラムに日本独特のアルコールと氷砂糖を混ぜ、寝かせて発酵させたものだ、女性に人気がある、と一応話した。分かったような分からないような変な顔をしていたが、小さなグラスに少しずつ入れて差し出した。ダビデが先に飲み、頷く。すると、ロサンナが飲んで、

「美味しいわ」

と笑顔。ノンノはゆっくり首を捻っていた。彼らがそれぞれ忙しそうなのを幸いに、明日はひとりでローマPiazza di Spagna（スペイン広場）等を観光したいと僕は話した。

ダビデに仕事はなにか？ と聞かれた。某大手エンジニアリング会社で外国人エンジニアの宿舎管理等をやっている、と名刺を渡して説明した。黙って聞いて時々頷いていたが、彼らにはそのイメージが湧かなかったようだった。Pizzaは皆うまかったが、話すのに忙しくて満足に口に運べない。すっかり冷めていた。何がきっかけだったたか。

「サウジアラビアでの二年間の出稼ぎが終わってからここにも寄った帰国まで四〇数日、僕が

ずっと書き送った絵はがきがある」

とか。そういうこともあったんだなあ。それは一九八二年秋のことだった。だが、もうないらしい。僕ももう聞かなかったが。その当時も、僕の本当の居場所は彼らM村にあったのだ、ということを今回ここに来て実感した。それは、契約終了で中東の岸は離れたものの、帰国後の港が見えない僕の燈台のようなものだった。

「家族はどうしているか？」

「妻はボランティア活動に忙しい。息子は製紙業界の社員二年目で名古屋にいるが、音信不通、たぶん元気だと思う」

と。彼ら親子が毎週のように電話したり食事したりしてコンタクトしている温かい家族には、僕らのような親子が全くと言ってもいいくらいコンタクトがない家族の平和が理解できるのだろうか。日本人は仕事ばかりで忙しい国民なのだと彼らは思っているようだった。習慣や国民の背景の差異だな。

そのとき、ノンノが掛け軸をまた持ってきた。

「Che cosa questo（何だ、これは）Kiyoaki?」

僕を見上げて答えを待った。僕が精神的なお土産として、横浜の僕の部屋から二本持ってきたもので、居間のテーブルに広げていた物の一つだった。ノンノの関心やら愛想には感心した。ちょうどいい、とダビデとロサンナにも最近の僕の心情をその掛け軸を使って説明してみた。

「天道無私」
彼らは真面目に聴いているばかりで何も発しなかったが、僕は自分についての自己表現が、こんなに単純にできたことを内心で満足至極だった。ダビデは黙考しているようだった。明後日の晩はEma & Marina夫妻の家に夕食の招待だと。ロサンナはこの和菓子を持っていったらいい、と。

僕の都合は彼女のと同じだと言わんばかりで、僕ははい、と言うしかなかった。日本から何時間掛かったか？　北京経由で一六時間、直行なら一二時間くらいだろうと。ふと二三日一九時の帰国フライトの確認。彼女がすでに年金生活に入っているが、まだ働くと。もう四二年も働いた。Consorzio agrario（農協）は二〇年前に農協解体とかで終わってしまった。だからこそ、職業を変え、ダビデは教師免許を取り、ロサンナは肉屋の店員になったのだろう。鍵と携帯を準備してくれた。バス停・乗り方を説明し、家の電話番号・彼の事務所の携帯番号・彼女の店と携帯の番号を紙に記してくれた。僕はすっかりValen家の一員だと改めて感じた。あれやこれやで、大いに喋ることができて、イタリア語がかなり回復したという手応えに自己満足した。飲み、話し、疲れ切って寝た、二二時頃。けれども、まだ時差ぼけが治らない。疲労が抜けない。

ここで、横浜の我が家から当地のM村までを振り返ろう。緊張と不安、居直りと深呼吸、の連続だった。二〇〇八年一一月一五日早朝四時四五分、妻に送り出されて駅へごろごろ大小二つの荷物。だるい、眠い、心身に力入らず。なるに任せるしかなかった。通常勤務に旅行準備、そして出発直前の省略や決断や追い込みに疲労困憊。サバイバルよりもコミュニケーションが、観光よりも追憶が、効率よりも自然が、今回の目的だった。ハラハラドキドキ、一日前にパソコン持参に切り替えた。とはいっても、スタートが肝心。問題はなんといっても搭乗までだ、成田着が搭乗の一時間二〇分前だからだ。特にそれまでが気を抜けない。万一電車が遅れたら、もしチェックインで引っ掛かったら、ひょっとしたら手荷物チェックで足止めを食ったら、等と神経質になっていた。気になるのは、チェックインの原則二〇kg預け荷物と五kg手荷物ノートパソコンは別だった。成田第一ターミナル着七時三七分。中華国際空港でチェックイン、中国人団体客が多くて流れが悪く、僕のチェックインが終わったのは八時三〇分前だった。全員が登場するまでは離陸しないと案内人が説明していたが、やはり気が気でなかった。実際はやや重量オーバーの預け荷物と手荷物、問題なかった。せっせと銀行で両替七万円≒五四五Euro、一二八円≒1Euroレート。現地より当地の方がレートはいいと聞いていた、しかも円高またはEuro安。機内に入ったのは一〇分くらい前だったろう。離陸は九時一〇分だったと思う。やれやれ、案ずるより産むが易し、だな。上空ではフライト任せだ。食って飲んで寝る、に限る。落っこちようがどうなろうが知らぬが仏。成田からは日本人や中国人が多い。中古の中型機で、僕の観察では二〇年前の機内設備だ。頭上前方のスクリーンに北京オリンピックの映像がこれでもかこれでもかと流れていた。北京で乗り換え、時差一時間、一・五時間待ち。北京からは中国人やイタリア人が多かった。新型のジャンボ機だ。起きているときは辞書でイタリア語の確認、肩腰が痺れてきたら機内後部の空間でストレッチ。三〇年前は客室乗務員が皆雲の上の美女に輝いて見えたものだったが、現在は狭い空間を機械的に動く肉体労働者にしか見えなかった。歳を取ったという証拠か。窮屈な飛行時間。その後、やっと着陸のアナウンス。再び緊張した、入国申請書も税関申請書も要らないという、本当か⁈ 一七時三〇分、Fiumicino空港に着陸、税関ノーチェック、涼しい顔でスイスイと通過した。ふらふらと出口へと進んだ。

ダビデの娘Anの部屋をちょっと紹介しよう。二階の一番奥でこぢんまり、柔らかい空気を感じた。ドアを開けるとベッド、右手前に勉強机、その向こう右手にギターやら記念品やらが積み重なり、左手には箪笥がぎっしり。その外はベランダで、出ると裏手。近所の家や庭や木が目の前にあった。写真が多い、部屋中の壁に賑やかに飾られていた。ずっと眺めていると、まるで彼女が現在の二四歳まで育ってきた成長過程が浮かび上がってくるようだった。パソコンを置いた小机に座ると、正面にある写真がもっとも印象的だった。モーニングのEmaとウエディングドレスのMarinaが中央。幸せいっぱいの笑顔。その両脇に彼女ともう一人の若者。その上方にその彼と彼女がビールを抱えて皆と楽しそうな大きな写真、Octoberfest（ドイツのビール秋祭り）が飾られていた。後で、彼が婚約者だと偶然判明したのだが。彼らは皆ずいぶん大人っぽく見えた。一三年前の彼女は無邪気で人懐っこい可愛い女の子だったなと思い出した。息子も横浜のウサギ小屋でこのような小部屋で可愛い男の子だったなあ。ベッドの傍には、両親が赤ちゃんのAnを抱えている小さな写真があった。

5．二〇〇八年一一月一八日。快晴。ローマ散策やValen一家の出来事（日常生活）レストラン　和食からPizzaに　改装し　印象皆無　スペイン広場

ローマに出掛けたのが八時二〇分。目的は三〇年前に僕が所属していた会社の跡を確認すること。ジーパンと長袖シャツの上に、今日もロサンナのヤッケを着た。一六五Euroに電子辞書と日本の観光ガイドだけ。そして借りた携帯と鍵を持って、バス停に向かった。Tabacchi（タバコを売る雑貨屋）で一日乗車券六Euro。店主に目的を聞かれて、あちこち観光だと言ったら、この乗車券を勧められたのだ。バス停にいた黒人女性にTiburina行きかどうかを確かめた。二〇分待ってやっとTiburina行きが来た。終点Tiburinaまで行くようにと昨晩ダビデの助言。M村通りの道路は当時と同じだ。が、現在は車も人も多かった。渋滞の多さと長さにビックリした。三〇年前は確かローマまで四〇分くらいだったのに、今回は九〇分以上掛かった。小型車の連なりやアフリカ系乗客が多かった。うんざりして、隣席の女性に聞いてみたら、No precisoとニヤニヤしているだけ。〝Preciso〟という単語をこっそり辞書で確かめ、これが〝正

確な〟という意味であることをそのとき初めて覚えた。後で聞いたところによると、道路は同じなのに車や移民が増えた、毎日南から小船で不法侵入者が数百人もやってきている、とか。ローマ市中心街の手前で郊外に出てTiburinaターミナル着。Piazza di Spagna（スペイン広場）をバスの運転手に聞くと、地下鉄を教えてくれた。で、そのまま地下鉄Termini駅への乗り換えを人の流れに沿って探した。待ち時間や交通渋滞で失った時間を取り戻すために、地上をゆっくり走るバスを諦めたのだ。初めて地下鉄に乗った。その地下道の汚いこと！　電車の中も外も落書きだらけで愕然とした。しかも暗いトンネル、速いだけが取り得、景色の中に自分を見出すことに絶望した。昨晩ロサンナに聞いたら、バスに乗った方がいいと。そういった意味がはっきり分かった。

Piazza di Spagnaに出たのは一〇時二〇分頃。一八年振りだったか。快晴。一帯が石畳だ。中央にPolizia（警察）とその車。観光客がバラバラ。階段にはすでに結構な人々が座っていた。階段を背にして、一五歳くらいの少女と一緒に撮ってもらった。ほのぼの証拠写真だ。安全そうな家族三人に声を掛けたら、オーストラリアから観光に来たとか。互いに写真を撮り合い。それからまっすぐVia Propaganda 22（プロパガンダ通二二）に行った。なんとPizzeria（ピザレストラン）だった、かつては日本レストランだったのに。入って奥に行こうとしたら、「Mezzogiorno!（一二時）」からだと追い返された。まだ一時間もある。日本レストランはどうしたと聞くと、Sra.（女性責任者）らしき小太りの女が出てきて、

「二〇〇一年に出て行った、China（中国）に帰った」

と笑って応じてくれた。必ず中を見なくては、と決めてから、左折した。かつてBarcaccia（ブティック）のあった場所は閉じられていた。当時、レストランで食事後にここで買い物、これが日本人団体旅行のお決まりコースだった。小道を下って左折、進んで突き当たり右奥が日本レストラン。もう三〇年以上前だ、かつてのライバル。頑張ってるなあ。左折して一〇〇mほど上り切ったところが交差点・信号。その右手教会前に人込み、結婚式でもあるのか。信号を左折してVia Propagannda 22に戻った。その手前でかつての事務所に行こうとして、階段を上ろうとしたら大声で呼び止められた。ちょうど後ろに守衛室があった。

「六～七年前に日本人は出て行った」

と守衛の説明。どうしようもなかった、諦めた。

ふと思い付いて、Gucci（高級ブランド服飾店グッチ）を探した。Via Condotti（コンドッティ通り）を見つけた。遠方にスペイン広場の階段から上がくっきり見えた。影と光のコントラスト。なるほど、絵に描いたような観光風景だ。思い切ってGucciのドアを潜った。むさ苦しい格好でファッションセンスがゼロの僕には、無謀だとは思った。が、居直って冒険だ。反抗心がムクムクと起こったのだ。ゆっくり店内を歩き回った。流石に凄いファッション、固いセキュリティガード、大理石の宮殿。ブランド品尽くめか、こんな環境にいれば誰だって、服装や持ち物が洗練されるのだろう。金持ちしか相手にしないのか、貧乏人は近寄り難い。田舎者の僕には人工的すぎる。アメリカ人が多いのに違いない、英語で話し掛けられた。僕はイタリア語で応じた。ドル安で客が減っているはずだが。大いなる冷やかし、肝試しだったな。

再び、Piazza di Spagna。それから左のVia Due Macelliを見る。三〇年以上前に彼女と話し合ったCafeは、なんと現在は「世界中に存在するファーストフードチェーン店」Mcdだった。こんなものかとガッカリ。その彼女は僕に大きな影響を残した日本人女性だが、ここでは触れない。歩いて、賑やかな交差点に出ると突き当たりが大きなトンネル、昔のままだった。ふとPensione（ペンション）という小さな看板、安そうな宿に出会った。なので、試しに聞くと、最低料金が朝食なしで五〇Euro≒六五〇〇円／一泊。観光地の片隅とはいえやはり高い。ダビデの家に八泊の予定、半分の半分として一二・五Euro。単純な比較は危険だが、三食付で二五Euroとして二〇〇Euroか、と大雑把に胸算要してみる。そっと置いていく金は、これくらいだな。再び、左手の住宅街に向かった。左方に視界が開けたと思ったら、Chiesa della Torinita Montiスペイン広場の上にある（トリニタ・ディ・モンティ教会）だった。中央の教会に入って壁画を眺め、写真を撮った。そういえば、ここは初めてかも。外は展望台だ、遠方のローマ市をじっくり眺めた。ぎっしりと肩を寄せ合った建物がもこもこと頭を競い合っていた。それから階段を下りてかつての場所を目指した。

一二時に合わせてPizzeriaに入った。この同じ場所に、三〇年以上前には僕が四ヵ月間、Cameriere（ウエイター）として勤務した日本のレストランがあったのだ。当時の仕事内容や社内問題や人間関係にも、この書き物ではあまり触れない。ローマ市内は嫌いではなかったが、この日本レストランでの労働はつまらなかった。村のような日本人コミュニティは荒れすさんでいた。唯一の慰めは、イタリア語の勉強だった。個人教授を探して、休憩時間に受けた。あるときダビデにローマの生活を報告した。

「個人教授の先生は若い女性か」

と聞かれ、

「いや、出っ歯の老婦人だ」と答えたら、

「そりゃあ、よかった、若い美人だったら、お前、危ないからな」

とまるで僕の兄のように心配してくれた。

「若い美人の方がよかったとか当時の仕事内容や社内問題とか人間関係にも、この書き物ではあまり触れない」

と僕は内心で反発していた。入り口から奥までの空間は同じだった。突き当たりの左がずっと続き、その左が五〇～六〇席もあった。奥から右にも席が、そして外にも席が日傘の下に並べられていた。Sra.（女性責任者）がいる会計の場所は同じだった。外に続く席を決めてから、bagno（トイレ）を探すと地下、かつての階段を下った。ちょろちょろ蛇口が水を垂らしている、小用便器はなかった。かつては地下宴会場だった。

戻って店内の中央に席を見つけた。Pizza Marinara（海鮮ピザ）セット六・五〇Euroを注文。

開店したばかりで客が少ないのかCameriere（ウエイター）がだらしなく行き来しウロウロしているだけ。サービスはほとんどなし。やがて出てきたのはでかい円形Pizza、その大きさは想像していなかった。あったかいうちにとガツガツ食った、うまかった、満腹。小缶ビール・トマト付きパン一切れ。無愛想なCameriereを煽て、暇そうなコックに、彼と一緒の写真を撮ってもらった。Conto（勘定）が六・五〇Euroなのに、何も言わないのに七・〇とちゃっかりMancia（チップ）？　を〇・五〇Euroも取られた。相変わらずだな、現地イタリア人の抜け目なさ。その間に電話があった、ポケットの携帯が鳴ったのだ。ダビデからだった。聞き辛かったので、表に飛び出して話した。

「いま、どこだ？　何してる？　大丈夫か？」

と、僕の安全確認だ。やはり来たかと閉口するような嬉しいような複雑な気持ちだった。僕は独りで動き回るのに、全然不自由していないのだ、むしろ大いなる開放感の中にいた。なのに、彼はいつも保護者気取りだ、お節介だな、と。でも、こちらから電話すべきだったかなとも思った。僕は彼の手の平の上で踊らされているようなものだから。

かつての日本レストランをRistorante Pizzeria が、Zio Ciro Mangianapoli（ナポリ食堂チロおじさん）になっていることを確認した。諸行無常か。引き上げたのが一三時。交差点を右折、下って郵便局を探した。かつての彼女に振り回されて待ち合わせた場所、郵便局の中も確認した。Via capo le case、改装されているので場所を間違えそうだった。三〇年以上前のほろ苦い思い出を引き摺っている、思わず自嘲してしまった。やはり彼女が忘れられないのか、割り切れない思いはいまも続く。けれども、気持ちを切り替えて、Via del CorsoをPiazza di Popolo（国民広場）を目指して、ふらりふらりと歩いていった。どっと人々が増えていた。観光客の波、長い列やグループがあちこち。ところ狭しと続々連なっていた。うんざりして来た。毎日こうして、世界中からやってくるのだろう。外国人観光客に関しては、まさに、

「世界の道はローマに通ず」

だな。僕もローマ遺跡は何度訪ねても飽きないが、延々たる雑多な人波には辟易だった。

Piazza di Popoloで一休み。体力が続かず。中央の階段・城壁に凭れた。太陽に当たると暖かかった。この広場だったか、当時レストラン店長の奥さんと子供たちと日向ぼっこをして遊んだことを思い出した。陽はまだ高い。腹を括った。もう観光はこの辺で切り上げよう。頭の中の目的がぼやけている。何がなんだか分からなくなってきた。ローマ市の中心街を流れるFiume Tevere（テベレ川）、最後にその川沿いを散歩してからStazione Termini（テルミニ駅・終着駅）に行こう。ナポリ&ポンペイ観光ツアーを確認だけはしておかなくては、と思い直し、立ち上がった。

水を見るとホッとする。Piazza di popoloからTevereの大きな川に出た。車も人もぎっしり道路や街路を埋めていた。教えられたVia Nationale（ナショナル通り）を乗り過ごしてしまい、Basilica di Santa Maria Maggiore（サンタ・マリア・マジョーレ大聖堂）で下車。一〇分ばか

り、歩いてかの終着駅Terminiに着いた。ここも一五～一六年振りか、観光客など人の多さに目が回った。相変わらず洪水のような人々の大波が延々と打っては返していた。この効率の悪さはいったい何たることか！　脚を棒にしてヤケクソで、またVia Nationaleに到着。

帰宅したのは一八時四〇分、自分で鍵を開け、部屋に戻った。ダビデはもう帰っていた。

さて、夕食を作らなくては、朝の約束だ。もうVince訪問どころではなかった。鍋でご飯を炊いた。実は今朝も中古の小型炊飯器を探したが、見当たらなかった。一〇数年前に僕が持ってきて置いたものだった。数年前に内装したときどこかに仕舞い込んでしまったとダビデの言い訳。さもあらん。それならそれで鍋を使うさ。メニューは稲荷寿司と五目ちらし寿司と合わせ味噌汁。稲荷寿司は、まず酢・砂糖・塩を炊き上がって蒸したご飯に加える、そして甘く煮付けた油揚げが破れないように酢飯を入れる、一〇個。五目ちらしは酢飯に具を混ぜるだけ。味噌汁も湯を入れて掻き混ぜるだけ。

ロサンナが帰宅したのが二〇時前。なんとか出来上がった、間に合った。野菜がないので、彼女には野菜炒めかなにかをお願いした。EmaとMarinaがやってきた。朝、ロサンナが僕に彼らが日本料理に興味津々?!　今晩来させてもいいかと聞いたので、もちろんと答えておいたのだった。後で思ったのだが、ひょっとしたら一〇数年前、僕がここで巻き寿司や野菜炒めを作った、そのことをEmaが彼女に大袈裟に吹き込んだのかもしれなかった。持ってきた写真にその証拠が残っているのだ。そうだとしたら、こんな出来合いを初めて味わい、日本料理はこんなものだとMarinaが思い込んでしまったら大変だ。僕は恥ずかしかったが、ないよりはいいということにした。その間、ダビデがおどけて少々煩かった。ノンノお爺さんも加えて六人、賑やかだな。テーブルクロスを敷くが彼の役目らしかった。僕が手伝おうとしたら、ノンノは頑として自分流のクロス敷きを主張した。赤ワイン、水、グラス、大小の皿、ナイフとフォークが並んだ。中央に僕の日本料理が二種類、傍にロサンナが定番？の野菜炒め。彩りも悪くなかった。

夕食準備完了。静寂。そこで、ダビデが皆を代表してお祈りをした。手を繋いで六人が一つの輪になって敬虔な様子で頭を垂れた。やはり熱心なカトリック一家だ。僕は従うだけ。晩餐を神に感謝。終わると、ぱっと明るい声が飛んだ。乾杯！　皆の目が僕の顔に集中した。そこで僕が最初に取って、食べて見せると、思い思いに手を伸ばして食べ始めた。しまった、箸を忘れた！　しかしながら、フォークで器用に楽しそうに食べているのを見ていると、かえって箸で苦労するよりはいいかもしれないと思い直した。

みんな喜んで全部食べてくれた、良かったな。やれやれ！　Marinaが五目ちらしを特に気に入った。これは即席で、本当の日本料理はもっとうまいよ、高いけどね、と彼女に説明した。けれども、この五目ちらしにすっかり魅せられたのか、彼女にそのことが耳に入らなかったようだった。ローマ市内で買いたいが、あるかと言うので、地図を広げてローマ三越を紹介した。

「食事の準備は日本ではどうかと聞くので、家庭によって違うが、妻は料理するが片付けは僕がやる（本当は時々するだけ）」

と言うと、

「それ見なさいよ」と彼女は勝ち誇ったようにEmaの肩を突っついていた。

「あなたも手伝いなさいよ」

と共同炊事を強調しているようだった。彼は苦笑い。彼女は身体が不自由なのかも。ジーパンを穿いた腰がフラフラ、足の運びがぎこちない。Emaにくっ付いて終始ニコニコ。味噌汁をノンノお爺さんも飲んだ。ついでに五目ちらし寿司・稲荷寿司・味噌汁という日本語の単語を覚えてもらおう。繰り返して教えたら、Emaの発音・イントネーションが一番日本人に近かった。ダビデの発音が一番遠かった。そのたびに皆が爆笑、ダビデは唇を噛み、首を振りながら苦笑いを抑えていた。明晩はMarinaの番だと誰かが言ったら、彼女は目をまん丸にして胸の前で手を合わせた。どうしようかしら、という緊張か。彼女は夫の方を向いたが、彼は涼しい顔をしていた。

それから、ノンノが拡大した僕の父母の写真を持ってきた。居間のテーブルの上に散らかしていた写真の中から見つけたのだ。二年前に故郷の同窓生が送ってくれた写真で笑顔いっぱい、僕の部屋に飾ってある僕が大好きな写真だった。今回の滞在には、イタリア人家族の中に入るのだから、妻と息子はもちろん、父母もValen家に紹介したかったのだから、せめて写真をと持参した。アンバランスが少しは取り戻せるだろうと。二年前亡くなったというダビデのお母さんのお墓参りをするのも目的の一つだった。彼らは僕の両親の写真を指して見ながら、父と母の名前を聞いた。（父は）Akio、（母は）Yoko、とゆっくり教えたら、神妙な顔つきで繰り返した。

やがて、ダビデとロサンナが、やや緊張した面持ちで立ち上がった。ロサンナの弟Lu（ルシャーノ）と子供二人をFiumicino空港に車で迎えに出掛けるのだった。二二時前だった。真夜中に到着予定だから、帰宅は二時頃かと。EmaとMarinaが帰っていった、僕にも頬と頬を合わせる挨拶をして。彼らもワイン一杯だけなら運転に問題ないさ、と澄ました顔つきだった。

僕が咄嗟に飲酒運転にならないのかと聞いたからだ。ダビデが首を振っている。三〇年前は飲んで運転するのは普通だった。僕もそうやって、夜レストランで飲んでも、イタリア人のように車を運転して帰ったっけ。一五～一六年前来たとき、飲酒運転で若者が大勢死亡するようになったので、運転に飲酒禁止と法律で定められた、とダビデが説明したのを思い出した。現在はシートベルトも着用を義務付けられていた。

その後、ノンノお爺さんと机を戻して皿やコップを台所に運んだ。一昨日だったか、ゴミや残飯をロサンナが一緒くたに捨てるのを、僕が分別はしないのかと聞いたら、まだしないと。隣町モンテロトンドでは最近するようになったと。ドイツでは九〇年代半ばには定着していたことを思い出した。僕はひとりでワインをもう少し飲んだ。イタリアのワインはうまいし、今晩は皆が日本料理を喜んでくれたので、僕は満足だった。ローマでの疲労困憊が吹っ飛んで、

もう一度、乾杯したい気分だったのだ。ノンノが僕のお辞儀を真似て、

「Buona notte（お休み）！」

と言うので、僕は日本語で、

「おやすみなさい」

と教えてあげた。すると、なんとちゃんと繰り返したではないか。僕自身も出来上がって二階に上がった。歯を磨いてベッドに入ったのは二三時前だろうか。最後が無事に終わったから、今日も良しとする。

6．一一月一九日。快晴。Valen一家との食事や懇親、Luとの再会と宗教論議 Ema（nuele）& Maria 新婚夫妻に 招かれて 会話も食事も 余裕の幸福

六時前起床。シャワー、ワイシャツを初めて洗濯。コーヒーやミルクを入れてパソコンを立ち上げた。ところが、驚いたことにかつての農場を追憶したもっとも重要な記録が全部消えていた、ビックリ仰天、顔面蒼白！　最悪だな。万事休す！　頭を冷やしに階下に出たら、ダビデと挨拶。七時三〇分。Luと子供二人は予定通り無事に到着と。彼らは僕の隣の部屋で寝ていた。ロサンナが寝たのは真夜中の二時だとか。一日寝て、またシャワーを浴びて、気を取り直して、まず消えてしまった昨日の分を頑張って打ち込み始めた。

打ち直してから、階下に下りたのは一二時三〇分頃、Luと子供二人がテレビの前のソファーで遊んでいた。彼とは二五年振り、再会の握手。その瞬間、三〇年前の春、ダビデらが僕のために開いてくれたバーベキューが思い浮かんだ。僕の帰国直前だった。場所はダビデとロサンナの友人夫妻が所有するオリーブ畑の斜面だった。その一角で石を積んで枯れ木を集めてその上に肉を乗せて焼いた。友人夫妻は陽気で最初からVinoを開けてはしゃいでいた。ダビデとロサンナはせっせと仕事した。僕は彼らを手伝った。小雨だったが、温かい歓送パーティーだった。初め、僕は上座に置かれたが、終わり頃には下座にいた。食べ残した肉を僕は下の方に繋がれていた犬に持っていった。そのとき、一番若いLuは憂鬱そうな顔をして皆に従っていた。ひ弱な青白い青年だった。いまや互いに中年だったが、忘れてはいなかった。Luはすっかりアメリカ人、赤いキャップ帽子を被っていた。英語で話そうか、それともイタリア語か、と彼が僕との間合いをはかっていた。それに対し、僕は毅然として応じた。

「Senz'altro l'italiano. Paese che vai, usanza che trovi.（もちろんイタリア語さ、郷に入れば郷に従え、っていうじゃないか）」

と。一九八二年サウジアラビアからの帰りだった、Los Angeles（ロサンゼルス）に行ったとき、当時独身の彼のアパートを訪ねたことがある。ダビデに勧められたのだ。庭に安楽椅子で毛布に包まり寒さを凌ぎながら彼の帰りを待ったこと、レストランに出掛ける彼の小型車に途中まで乗せてもらったこと、夜は大事なお客で忙しそうにしていたこと、等が走馬灯のように浮かんだ。彼の英語はイタリア語アクセントが強く、当時聞きやすくはなかった。僕の英語もいい加減だったが。

そのとき、SilvanoとKatiaがいなかったので、Rosannaに聞くと、二人の関係はダメになったとか。家族はどこに行ってもいつも一緒にいるべきだと、彼女の助言、僕はドキッとしたものだった。

Luの目が瞬いていた、少し戸惑っているようだった。しかし、僕は気にしなかった。続いて、子供たちと挨拶。上の子に、

「Good morning, Kiyoaki. What's your name?」

と声を掛けるとテレビから視線を移して、もごもごと小さな声。聞き取れるように耳を近づけると、父親に励まされて、

「Jonathan. Hallo.」

と首を伸ばして恥ずかしそうな笑顔。下の子は、

「Luca.」

と蚊の鳴くような声。父親が代わって、

「Gianluca.」

と応援した。子供たちはソファーでじゃれていた。Luのつっけんどんな態度はいまも変わらない。僕とは違うタイプだ。一九五三年生まれというから五五歳か、車の販売マネージャー

の仕事をして一三年目、二人の子供（Jonathan 九歳・Gianluca 七歳）を紹介された。上の子が彼に似ていた、下は母親似か。子供たちとは英語でコミュニケーション。奥さんは若いアメリカ人だと想像した。そのとき、ロサンナから二二日（土）に、車でナポリ／ポンペイ遺跡へ一日旅行するのよ、と知らされた。えっ、青天の霹靂！　すっかり諦めていたので、僕は内心で狂喜した。ビッグニュース！　ノンノお爺さんも含め七人全員で出掛ける、ダビデが一人で全部やった、と彼女の説明。僕のためにもそうしたのか、無理したのに違いない。日本人の八泊滞在、義弟の幼い甥二人と里帰り、義父の八八歳誕生日祝い等について、彼は皆を精一杯もてなそうと毎日飛び回っていた。密かに孤軍奮闘していたのに違いなかった。これには参ったな、感動した。僕が手伝えることはないのだろうか。いったいどのくらい費用が掛かるのだろうか。

Pranzo（昼食）は一四時過ぎ、ダビデが勤務先の学校から帰ってきたのだ。居間の大テーブルに皿やグラスが並べられた。Luと子供二人を入れて七人。これじゃあ、食堂は狭い。Pasta（パスタ）、Pollo（鶏肉）、Verdura（野菜）、Dolce（甘い物）、Cafe……子供たちはPatata fritto（ポテトフライ）。里帰りした弟たちのために手料理を作ったのだ、とロサンナ。手を繋いで祈り。続いて和やかな昼食。Rosannaが子供たちの面倒を見る。一頻り、食べ終わった頃だろうか。

突然Luが、

「Dio（神）をどうやって伝えるか、どう感じるのか」

と僕に質問してきた。最初何のことか飲み込めなかった。が、咄嗟に、

「何もない、自然が神のようなものだ」

と応戦した。応戦というのは、彼の言葉はまるで挑戦状だったのだ。

「この宇宙は誰が想像した、我々はどこから来たのか」

と明確な定義を求めてきた。日常生活の中で宇宙現象を神に定義して考えたことは最近ほとんどなかったので、困惑至極。

「Bibbia（聖書）によると」

とまるでクリスチャン同士の会話。

「自分の人生がどこから来たか、誰にどうやって伝えるか」

「特には伝えない、僕は父の背中を見て育った。息子も僕の背中を見て伝わっていく、これが自然だろう」

「この世界を誰が創造したかは重要ではない、人間も動物も植物も始めからあった、空気も水も空も同じ。あればよし、ないのもよし」

と付け加えた。すると、

「神の教えに従い、子供にいいことを伝えたくないのか」

というような突撃。

「善悪は紙一重、悪いことを知ってこそ善いことが本当に分かる、中年になった僕の経験から」

と応戦した。

「いいことを親戚・友人に伝えたいので、お前に問い掛けているんだ」

とLu。

「ありがとう、しかし性急すぎる、クリスチャンの世界を押し付けないで」

「他の世界を見ようじゃないか。Dioが真理なら、どうして異なる国が自分の神を信じて戦争するのか。東西南北文化の表現や差異はあっても、究極の真理は誰にとっても一つだ」

と僕の反論。

「こうした討論・交流・熟慮が大切だから、毎日神の恩寵を感じてこそ人類は幸せになれる、自己犠牲が重要」

と彼の追撃。

そこへダビデが低い声で口を挟んだ。

「Kiyoakiはクリスチャンではない」

と兄貴気取りで、ゆっくり何やら説明し始めた。ダビデはM村の教会の一つでミサを務める司祭代理でもある。冷静な僕の援護射撃らしかった。その発想は三〇年前と同じだった。敬虔なカトリック信者であり信頼できる兄のようであり、今回はその内容とイタリア語での議論が僕に不利だと判断したに違いなかった。しかしながら、僕は彼のサポートを手で制し、Luに改めて向き合った。

「それはシンボルだ、人を救うより自分が問題をより少なくすることで現在僕は精一杯だ、机上理論は美しいが、現実は戦争・憎悪・エゴ・物欲等が満ちている、この現象全部が事実・本物だ。そこから真理を各自がそれぞれの道で学んでいくのだ」

と僕の思い付きデモンストレーションを展開した。彼は話しながらも、息子二人から目を離さない。

「Lu（ciano）、お前は幼い二人をこれから養育していくのでActivo（能動的）だろうが、僕は息子が離れて自分自身の人生をPassivo（受動的）に見詰めている。いずれにせよ、こうして話し合うのは意義がある、感謝する、ただし少しずつやろう、少しずつ」

「了解、そうだ、お互いに、Ringraziamento（どうもありがとう）」

と彼。まるでコーランか神かのような彼の攻撃には、彼自身の辿ってきたあるいは現在の厳しい戦いがあるに違いなかった。他方、食べ散らかした子供たちが退屈そうにしていた。なので、ロサンナの許可を得て、台所の棚から甘納豆を持ってきて彼らに与えた。が、Luが彼らからそれを取り上げ、

「まず皿の食べ物を食べなさい、甘いものは歯に良くない」

と説教していた。

また議論に戻った。最初は僕の立場、仏教徒を彼なりの解釈で励ましてくれていたダビデを

抑えて、僕は「Kiyoaki」として、Luとコミュニケーションを続けた。そのとき、僕は、「天道無私」と「般若心経（二六二文字）」を筆写した掛け軸を取り出し、

「父が求めた神、現在僕が彼の心境に近づいた」

と経験的・実証的に説明した。思うに、父がこれらを書いたのは現在五七歳の僕より少し若かったのではなかったろうか。やはり僕は父を追い駆けていると確信してきた。この発見は予想だにしなかった。いつどこにいても、僕の前には父がいる。具体的な方が説得力はある。すると、激論が一挙に収まり落ち着き平静になった。彼は何を思い考え感じたのだろうか。

ダビデがPressione del sangue（血圧測定器具）を使って血圧を測っていた。血圧が高い、時々測る、塩分と脂肪は控えていると。痩せているノンノはたっぷり塩分を取っていたが。毎食、彼だけが自分の皿に振りかけていたのは食塩だったのだ。

「体質かと聞くと、太っている人は高血圧になりやすい。彼の身長は僕とほとんど同じだが」

「まだ八〇kgはある、病気で二〇kgは痩せたんだが」

と。僕は現在六八kg、M村でいま、確実に太っているのだ。当時のダビデは一〇〇kgを越えていて、僕と小競り合いをしたときは彼の腕力にいつもねじ伏せられていたものだ。日曜に畑にしがみつく僕を安息日だからと教会へ強引に連れて行った。

「椅子にぐったりそのままにさせてくれ」

と言う僕を、

「お前は疲れ切っているんだ」

とベッドに引っ張っていって押し込んだ彼。その若さ、馬力は互いにもうなかった。その分、思慮深くなったと思う。健康管理についても慎重になっているようだった。

今日、初めて外出したのは一六時三〇分頃。すでに薄闇が掛かり始めていた。墓地に行くには遅すぎたので、僕はひとりで散歩。丘にあるRistorante/Griglia D'oro（レストラン）を目指した。途中の家々、建設中のアパート群、丘の上の草原。そして遠くに古城の灯りが印象的だった。外が薄暗くなった一七時過ぎ。Ristoranteはまだ客なし。無人だった。ここにはかつて何度か来たはずだったが、その光景は見つかりも思い浮かびもしなかった。原っぱの小屋では犬が吼えて煩かった。また遠くに古城の灯りがぽそりぽそり。ゆっくり下った、たまに人や車と擦れ違った。階下ではLuが見知らぬ二人と雑談していた。隣の従兄妹だそうだ、久し振りの再会の挨拶と見た。僕とも挨拶。

Ema ＆ Mariaの家に夕食の招待。僕はスーツに着替えた。ローマ郊外の住宅地と見た。感動した、これぞ、裕福でエレガントな若夫婦・新婚生活だと。六階の玄関内でイタリア風の挨拶を交わす。和菓子のプレゼントを渡す。一頻り居間で寛ぐと、aperitivo（前菜）でFormaggio（チーズ）が二種類、OliveとSalsiccia（小ソーセージ）を摘む。居間にソファー、でかい画面の薄型テレビ、夕食テーブル、ピアノ。近況についてのお喋り、それから夕食のテーブルに着く。その時間を楽しむという余裕に僕は納得した。その前にコートを寝室に預け、部屋の案内。書斎に続く勉強部屋。ここをMarinaが子供のときからずっと使っていたと。トイレ・浴室、広い台所。一四〇㎡（横浜の我がウサギ小屋は六〇㎡）とか。掃除はあのMRがすると。新婚六ヵ月とはいえ、いまだにこうして親戚・友人を招待して、自分たちの生活を紹介するというのは、今後ともお付き合いをという意味か。しばらくして、食卓に案内された。全員が手を繋ぎ、Emaが代表してお祈り。1．Aperitivi con formaggio（チーズ入り前菜）、2．Lasagne（ラザーニア）、3．チスティーノ+Carne（肉）/Verdura（野菜）、4．ティラミス。皆とても美味だった。

「底の大きな丸いワイン入れが面白い。口が細い方が空気に触れにくいので酸化し難いのだ」とワイン専門家でもあるダビデがコメント。優雅な雰囲気に感心、こうあるべきだな。パーティーが始まるや、互いに勧め合ってガツガツと飲み食い騒ぐ、我が身近な日本人たちと大いに異なる。ロサンナが台所でMarinaの世話を焼く。Luが二人にお揃いのスポーツシャツをプレゼント。嬉しそうだった。国際電話でウルグァイにいるAnと順番に話す。僕ももちろんイタリア語で挨拶、最初は英語か何語かと聞かれたが。

「部屋を貸してもらっている、ありがとう」と。彼女もFacultat Literatur（文学部）で現在研修中だということなので、二〇〇五年当時Universita en Urguay Oriental（ウルグァイ共和国大学）のFacultat Humanidad（人文学部）主任Virginia/Rauraを紹介した。僕は二〇〇三年春から二〇〇五年秋まで、ウルグァイのモンテビデオでＪＩＣＡシニア海外シニアボランティアとして、共和国大学に日本語講座を設立するために活動していた、と打ち明けた。ウルグァイとは時差三時間。世界って、意外に狭いものだな。

一九時過ぎに出掛けたから、二〇時着、二三時頃失礼したから三時間くらいお邪魔したことになる。最後に集合写真を撮った。結婚の日付「４／４／２００８」が入った記念品（カード付き匂い袋）をもらった。料理はMarinaがほとんど作ったらしい。彼女の脚・腰のぎこちなさが今回も気になる。生まれつき身体が不自由なのか。壁いっぱいにケース入り写真や額縁入り絵。彼女は可愛がられて育ったようだ。スーツで来て良かったと思う。Marinaは明日大学の試験だそうだ。こういうリッチな生活からUniversitat di Roma（ローマ大学）のエリートが継続されていくのだろうと想像した。車二台に分乗、Ｍ村のローマ近くの高級住宅地。行きは帰りのラッシュアワーが続いていたが、帰りは真夜中、空いていたが、寒かった。緊張感から解放され、眠くてまっすぐベッド、二四時頃。ノンノが言ったことを思い出しながら寝た。

「Emaは自分の宝物だ」

と。そういえば、階下の彼の部屋の机の上にはEmaの大きな写真が覗いていたな。

7．二〇〇八年一一月二〇日。快晴後曇夜小雨。小作人Vinceとの再会や農場開拓の顛末
Vince（nzo）& Ida　公団アパート　嬉しそう　彼らの心に　農地跡見つけ

目が覚めたのは七時、鳥の鳴き声、外は明るくなった。よく寝たぞ。Un bicchiele de latte（グラス一杯のミルク）、cafe e 2 pezzi di dolce（コーヒーとクッキー二つ）。さあ、書こうぞ、我が日誌。昨日は、一昨日の失望（打ち込んだ日記を手違いで消失！）にもかかわらず、頑張って自分を励まして一七日を、よくぞ書き上げたな！

八時過ぎに階段を下りると、ロサンナがアイロン掛けをしていた。

「お母さんが一〇年前亡くなったのは、病気か」

「彼女は心臓が肥大する病気で呼吸困難になって亡くなった。棚の写真、Anの仲良し男友だちが癌で亡くなったのは去年」

と紹介した。

「婚約者は別だ」

と。そこで、

「Marinaも病気があるのか」

とずっと気掛かりだったことをぶつけた。

「生まれる前、母親のお腹の中で問題があって、生後普通の子供のように歩けなかった、大人

になって手術して現在に至り、普通の生活ができるようになった。子供が生まれるときは体力的に心配だったが」

とロサンナが説明した。

「やはりそうか」

「EmaもMarinaも幸福そのものと観察した」

と言うと、

「その通りよ」

と満足そうだった。やがてダビデが思案顔で現れ、血圧を測り始めた。昔の精気が感じられないのは、加齢に加えて持病があるからだなと結論づけることができた。そういえば、若いとき自分はあまり野菜を食べないと言っていたな。時々測り、薬を毎食後飲んでいると。降圧剤と見た。今日の予定を聞くと「Luの子供たち次第だ、まだ寝ている」と。そこで、僕は前々からの希望であった、

「Cimitero（墓地）に行きたい」

と言うと、

「さあ、出掛けよう」

と。その前に、この旅行・滞在の僕の目的を彼らにもう一度、はっきり説明した。

「三〇年前の僕と彼ら。ダビデとロサンナの友人夫婦の畑で僕の送別バーベキューのこと、サ

ウジアラビアからの帰りに寄ったとき、ロサンナの母親が教会の前で僕をLuのように抱擁し両頬を押し当て泣いたこと」

等々、決して忘れられない思い出を辿っていると。彼は黙って頷いていた。

車で墓地へ。モンテロトンド方向から田畑を上り下り抜けた。快晴、青い空の向こうに古城の丘が眺望できた。M村は小さな丘の町だと。通りで上ったり下ったりと、坂が多い。はじめにM村が、その後でローマが建設された、七世紀のことだ、とか。途中、もう引っ越したという家屋を左手に。Vinceの友人Cは、亡くなって息子が跡を継ぎ、その家屋・田畑も示した。昔の畑地がドンドン住宅に変わっていると外の変化を説明してくれた。一二〇〇年頃建てられた、崩れかけた小さい古い教会が墓地の前の広場にあった。亡くなったダビデの父親の墓参りで、一九九三年にここに来たはずだった。が、当時の風景は記憶になかった。墓地は拡大されていると。M村出身者だけの墓地、塀で区切られた跡があった中に踏み込むと、ダビデの両親の墓があった。ダビデの父親は最後一〇年間アルツハイマーだったと彼の説明。彼と最後に会ったのはまさに三〇年前だった、黙って握手したときのずしりとした分厚い手の重みが思い浮かんだ。お祈り後、カメラに納めさせてもらった。

二年前に亡くなったというダビデの母親についての一番の思い出はこうだ。三〇年前に帰国の挨拶にM村に来たとき、農協近くの彼女の家に初めて招かれた。テーブルを囲んで、ダビデと僕を両脇に座らせて終始ニコニコしていた。僕が帰国の挨拶をすると、彼女は狼狽した。突然ここに今晩泊まっていくようにと叫んだ。僕が躊躇っていると、ダビデが僕の忙しさや今夜ローマに帰らなければならないことを説明した。すると、彼女は僕を一瞬睨んだ後、機嫌を直した。それから、手元にあった手織りのグラス敷きを取って、僕の母親にとプレゼントしてくれた。

またダビデ夫妻は、Silvano夫妻を誘って、近くのロープウェイ散歩にも、招待もしてくれた。

ロサンナの母親の墓にもお参りした。僕をLuに見立ててアメリカに渡ってしまった息子を嘆き悲しむ姿、彼に会ってきた僕を抱き締めて愛息のなにかを必死に探す母性本能。それを改めて噛み締めた。当時、僕はきっと彼女にロサンゼルスで昔会った彼のことを報告したのに違いなかった。そのときロサンナが、

「Kiyoakiは日本人なのよ」

と母親を制していたが、母親の耳には届かなかったようだ。そういう僕は当時、故郷から放浪して一〇年以上、イタリアとサウジアラビアで仕事、永遠の放蕩息子を歩んでいた。僕の両親の悲しみもさぞ深かったことだろうに！　当時は気づかなかったけれども、いまなら少しは理解できるようになっていた。隣の墓には、九二歳まで長生きした陽気な喫煙家・酔っ払いの幸せ者が眠っていた。こういう楽天家こそ長生きするんだろう。現在の僕の周囲の大きな話題

の一つが必ず、病気に纏《まつ》わること。僕の父母がいつでも亡くなる可能性がある不安、父母に近いところに住む親孝行な弟との協力、そしてやがて自分の死、がある。その前に息子の自立・結婚を見届けたい。三〇年経ったんだなあ。こうして、父から子に、子から孫に、生死の営みが脈々と連なっていき、かつ続いていくのだろう。

外側の周囲は外部からM村に入ってきた人々の墓が多い、かつて畑だった斜面が墓になった、とか。墓には墓掃除や草取りをする現地人の男がいた。古いこぢんまりした教会の中を覗いた。年配の婦人たちが掃除していた。壁に影絵のようなキリスト像、設立当初の赤茶けたオリジナルの分厚い破片、だとか。心に残る。

ダビデが次に連れて行ってくれたところは、Museo di Mentana（M村博物館）。開いていれば、訪ねてみたいと申し出ていたからだ。一九九〇年、初めて家族をドイツから連れてきたとき、そのMuseoを彼が紹介したのだったが、棺桶に安置してあった軍服姿のミイラが非常に印象深く脳裏に刻まれていたからだ。包み隠すかのように柔らかな日本の埋葬方法とは反対に、証拠を残すかのように固いイタリアの埋葬を初めて認識したからだった。墓地を出たところで、道端の老婦人をダビデが見つけて車内から教えてくれた。

「若いときに亡くした夫を何〇年も毎日墓参りしている」

「いつまでも若い夫の姿を慕い続ける彼女は幸せかもしれない」

と僕が言うと、

「そうかもしれないな」

とハンドルを握ったまま大きく頷いた。これも価値ある生き方の一つに違いない。しかし、博物館Museoは閉まっていたので諦めた。歩きながらタバコを吸っている婦人がいた。

「イタリアではタバコは五～六 Euro ≒ 七～八〇〇円/pachettino（小箱）と高い。禁煙も奨励されている、なのに無視する人がほとんど」

と。帰宅したのが一一時三〇分。Luと子供たちは明日ローマに出掛けることにし、今日は家で静かに過ごすと。子供のコンディション次第ということらしい。

七人でPranzo（昼食）。手を繋いでお祈り後、Ngocchi（ニョッキ）＋トマトソース、Carne di mucca（牛肉）、Verdura（野菜）、Pane/Vino/Acqua（水）。毎木曜はNgnocchi、毎土曜は〇〇が当地の食習慣だと。Pranzo（昼食）がほとんど終わった頃、今度は僕がLuに僕のM村訪問目的を打ち明け、質問した。まず三〇年間の遍歴・放浪を簡単に述べた。

「イタリアから帰国後うろうろしていた。が、サウジアラビア出稼ぎ二年《途中M村立ち寄り》をきっかけに某大手エンジニアリング業界で八年間、外国人研修のコーディネーター、そして外国人エンジニアの宿舎管理として。東京と横浜で日本語教師を始め、ドイツで日本語講師と計一〇年、失業後ＪＩＣＡの途上国に技術援助でマレーシアとウルグァイで日本語教育が計六年間。現在。その間、結婚と息子、彼の自立、自分を見詰め直す余裕」等。けれども、

「こうして堕落してしまうことなしにここまでやってこられたのはダビデとロサンナが兄姉のように僕を世話・指導してくれたことが、やはり一番大きかったからだ。現在の自分がある、その当時のKiyoakiを検証しに来た。M村での田舎の静けさ・素朴さとは僕の本当の故郷のような親しさがある、五七歳になってそれをしみじみと感じている。その反対が、ローマでの都会の喧騒や誘惑だ。農場開拓の仕事は大変だった、小作人Ｆ一家との喜怒哀楽もいい思い出」等。

さて、

「Lu、お前はどうなんだ？」

「一三年間、Infiatti（トヨタ）の車セールスで働いて現在」

と彼が打ち明けてきた。

「三〇年前、若さ・無鉄砲・欲望のまま新しい世界アメリカに渡って転々、レストラン勤務・結婚、ずっと子供に恵まれなかったが、あるときDio神が自分を真実の生き方に導いた。精神的に自分は生まれ変わったのだ、それが八年前、その本当の生活を他の人々にも分け与えたい、なのでお前にもそれを伝えたかった。二〇年前は盲目だったのに、現在は本当の自分の人生を歩んでいる。母が子供のとき教会へ自分を導いてくれた」

と彼。

「子供の成長と共に教会通いが身体に積み重って、その経験が八年前の懐胎・誕生に繋がったのでは?!」

と僕が確認した。

「父は何もしなかった」

「僕も第二の誕生を探している、執筆を始めたのだ」

と僕の現在を話す。今日の彼は真面目で穏やかだった。

それから、昨夜のティラミスがデザートに現れた。僕が、Ema & Marinaの夕食の席で絶賛し、是非とも食べたいとはっきり言ったのだった。が、その大きな器ごと出てきたということは、ロサンナがごっそりもらってきたのだろう。昨日か一昨日聞いたはずだが、彼が息子二人を連れて里帰りした目的が愛称ノンノお爺さんこと父親の誕生日、八八歳のお祝いだったことを繰り返して認識した。そこで、改めて大きな箱の梅最中一二個をプレゼントした。それは、Valen家全員にプレゼントするつもりだったたか、そのシンボルの位置にノンノがいたからだった。

「Buen compleanno!（誕生日、おめでとうございます）」

と大きな声で話し掛けた。すると、

「Tutto.（全部）」

とその大きな箱を抱え込み、ニコニコして背を丸めたまま愛嬌たっぷりにペコペコお辞儀を繰り返した。JonathanやLucaのようなまるで子供だな。それから、彼のE-mailアドレスをもらった、僕の名刺と私的E-mailアドレスを渡して。写真をメール送付するために。お喋りがぱらぱらと散っていき、それぞれが元の位置に戻った。すでにロサンナは出掛けていた。ダビデの助言でVince（F家）へ電話を掛けてくれた、電話帳で探したらしい。話すと聞き覚えのあるIdaの声、奥さんだ。が弱々しい。今晩六時に来るようにと。

仮眠後、ダビデがパソコンで仕事をする書斎を覗いたら、手招きして、「今晩の予定を示した。一八時に彼が僕をF家に送り、彼らと夕食をすること」と。Valen家は彼らと家で夕食、彼とロサンナは夜出掛けて二三時帰宅だ、と。しかし、一八時に僕を車でモンテロトンドへ送ってくれたのはロサンナだった。外は真っ暗。モンテロトンドが意外に広い。カーブをくねくね下って、Via Saláliaへの手前だろうか。新しいアパート団地でF家のアパートを探して、しかし、あちこちをぐるぐる。彼女は通りすがりの人に手当たり次第聞き捲り、そのたびに僕を残して外を歩き回った。

小雨だった。すると、ひょっこりVinceが現れた。傘を差していて、車の中で待っている僕を見つけた。同じ顔、同じ猫背、しかし頭が真っ白の笑顔。そしてロサンナは僕を彼に預けるとさっさと引き返した。Vinceの丸い背中に従ってモダンな建物に入った。エレベーターで二階の部屋に案内された。玄関の中が居間、Idaが笑顔で歓待、頬を交互に合わせて挨拶。年を取ったゆっくりした動作以外は何も変わらない。Vinceが矢継ぎ早に質問、昔のままの方言交じりでぽんぽん喋るイタリア語に応じ続けるだけで精一杯。次から次へと出てきて、座るに座れず、座ることを忘れて僕も話し続けた。

「Pは八〇歳で健在、住居は同じ、あのBarのSr.の息子の奥さんが彼の娘」だとか。

「Mは亡くなったが奥さんは健在、住居は同じ、娘・息子たちは元気。Oも健在、奥さんは亡くなった⁈　息子が跡を継いだ」

やっと土産を渡して座ったときは、すでに僕の頭脳は一二〇％回転、オーバーヒートしかけていた。Gocchorino（少しだけ）とグラスに地元作りの白ワインを注ぐ。後は自分で好きなようにやれ、という動作。

「梅酒は彼に、Idaはアルコールを止めている」

「タバコも止めた、胸の病気なんだ」

でも、少し飲んで美味しい、と首を捻って横顔の目をぱっちり。当時の彼女の癖が思い浮かんだ。

「砂糖菓子の小さい箱二つ、一つはIdaに、もう一つは娘Sに」

彼女は結婚、子供が二人と。なぜかかりんとうをIdaが喜んだ。Biscotti giapponeseと称する柿の種ピーナッツ等の詰め合わせ。こうしてやっと僕は椅子に座ることができた。僕がやっと到着したのは七時前だったのだろうか。

それにしても立派なアパート内だった。

「Vieni, vieni.（こっち、こっち）Kiyoaki!」

と喜んで案内してくれた。八二㎡と、我が家より広い。収入は日本人より少なくとも、この近辺のイタリア人の胃袋と家屋は日本人の二倍だな。僕が一昨日かっての農場跡を見てきたことを話すと、彼はこれまでの経緯を話してくれた。

「日本人は間もなく去った。一九九九年、あの農場を離れて三年間は0の家に厄介になった。それからこのアパートに入った。家賃七〇～八〇 Euro/月、公団住宅か。月収一二〇〇～一三〇〇 Euro/月」

とか。

「現在彼は煉瓦工、息子J（三九歳、子供なし、先年離婚）と一緒に、モンテロトンド/M村等のあちこちで仕事と。IdaはPensione（年金生活）、現在六二歳。現地での年金受給開始は女性は六〇歳から、男性は六五歳から、だそうだ。主婦で、買い物、訪問、庭仕事、散歩等を楽しんでいる」

そこへRotaの息子、Vinceの甥が現れた。そのRotaはフィアンセからのＨＩＶ感染で亡くなったと、前回来たとき聞いた。ショックだった。その心臓の鼓動が再び聞こえてきた。AN一九歳、Rotaの面影がある。一九八九年生まれか。彼もVinceと同じ仕事を八時～一七時。不安定、契約はもっとも長くて五年、二～三年が多い。現在も彼はたったの五ヵ月だとか。要するに日本の派遣社員と同じか。

「当地で仕事探しは難しい」

と。あっけらかんな性格。玄関から右通路に僕を案内してくれた。小部屋、中央に夫妻の寝室、ANの個室、机上に二二歳で亡くなった母親Rotaの拡大写真があった。当時小学校高学年の彼女は、僕がM村着任当時夕食後にイタリア語を教えてくれた、僕の先生代わりだった。僕の生きたイタリア語は彼女から始まったのだった。そのRoraの子、ANをまじまじと見詰めた。Rotaの思い出を探していたのだろう、きっと。招き猫の置物を指して、彼が、

「何だ、これは?」

と聞いたので、幸せやお金が集まるシンボルだと説明した。

「どこで買ったんだ」

と聞いたら、

「モンテロトンドの中国人の店で見つけた」

と。中国人はここにもたくさんいるそうだ。突き当たりが小さなバルコニー、電車の線路が見える。一九九〇年には開通したが頻繁に利用されるようになったのは最近だとか。

最後に左手にトイレ・バスタブ・洗濯機・洗面所。玄関の左手にも洗面所・シャワー・トイレ。その右手が台所、皿洗い機もあった。当時の農家の家屋に比べると各段に近代化している、Idaは満足そう。自分たちはこんないい生活をしている、と自慢したかったのだろう。いや、これがイタリア人一般の自己表現だった。機能的な台所、皿洗い機も洗濯機も整理棚もと、彼女は嬉しそうに一つ一つ開いて僕に見せた。その仕草が当時の若き頃を思い出させた。現在は

彼らの生活レベルも悪くないのだろう。仕事は日雇いに近いと見た。居間の奥の左がバルコニー、そこへVinceがタバコを吸いに出た。毎日一箱と。MS、懐かしい労働者のタバコだ、一箱が三・五Euro≒四〇〇円。Marbollo（マルボーロ）一箱が五Euro≒六〇〇円か。Vino bianco（白ワイン）を日に一本、アドリア海沿岸のRietiの友人から譲ってもらっていると。その間、ずっとチビチビ飲んでいる彼に合わせ、僕も少しずつ飲んだ。当時会社の専務が僕に忠告した、土地の変なワインを飲んで身体を壊すなよ、と。しかし、Vinceのワインこそ、苦く渋い仕事の原点だった。彼の健康にはこの白い、少々癖のある、舌を突くようなVinoが最適らしい、病気はないとニコニコ。いい顔の中年だった。

そして夕食に招待されたのだった。1．Fungi（キノコ）ソースのパスタ、僕には大盛りだった。しまった！　と思ったときは遅かった。勧められるままに頑張った。生野菜サラダも。2．Conigio（ウサギ）の肉、Idaや近所のおばさんがウサギを木に叩き付けて殺し料理したのを見たショックをまた思い出した。F家では当時もウサギの肉がご馳走だった。Idaの僕に対するもてなしだろう。3．硬そうなFormaggioを摘みにVinoを重ねる。4．Pela（西洋梨）を勧められた、Express、ぼんぼん菓子。そうだ、ここは肉体労働者の家庭なのだった。食べながらも話すのに忙しかった。ANはパスタのみ。頼まれて日本の電話番号・住所を教えた。

「日本へ行きたいな、幾ら掛かる」

とあっさり聞いた。

「エアチケットは最低一一万五〇〇〇円≒一〇〇〇Euro」

と言うと、なんだか想像が付かないような目の動きだった。口では日本訪問を言っているが、現実はそうも行くまい。彼はシャワーを浴び、下着でウロウロ、携帯に友人から電話があって、出掛けてしまった。入れ物は立派になったが、中身の人間は変わっていない。飲め飲めとVinceが時々勧める。さらに彼が飲もうとするとIdaが止める。すると、彼ももう一本取り出してきた。彼女は腕を組み、明後日の方を向いて知らん顔。この夫婦の揉め事も当時と変わりなし。僕を摘みにもっとVinoを要求していた。僕は込み上げてくる感情をコントロールするのに苦戦した。が、決して涙は見せなかった。

当時、N氏（最初の農業専門家）は、僕がローマに転勤後、間もなく消えた。G（二番目の農業専門家）氏はもう一年、ここで頑張ったらしい。その後二人日本人がやってきた。彼らは夜飲んだ瓶を外に放り投げていた、とIda。テレビでは古代の戦争映画をやっていた。やがてIdaがアルバムを持ってきた。F一家が写っている写真が圧倒的に多い、若いIdaは写真写りがいいのか素敵なセクシー女性で魅力的だった。三枚ばかり日本人が何人も写っている写真があった。農場でバーベキューのパーティを開いた様子だった。僕がイタリアを去った一九七七年の初夏だろうか。背後の畑には作物が少し見られるが、農場というには淋しかった。寿司職人シェフ、G氏、見覚えのある女性事務員、それ以外に男性の中にも女性の中にも知った人はいなかった。その中に、僕が撮ってプレゼントした一枚を見つけた、写真の裏に書かれた「8/20、

'89」は僕の筆跡だ。表は中庭、ダビデの背中、ブランコに乗ったVinceとRota。間違いない！

ということは、一九八九年ドイツで職探しの旅でもここにも来たということになる。ヨーロッパに来るたびにM村に必ず寄っていたのだろうか。僕の根源にM村があるな。それから、Idaが特別写真だと言って、一三年前息子Janniが結婚した記念写真の分厚いアルバムを懐かしそうに丁寧に捲って見せてくれた。一家の宝だろう。彼が二六歳で結婚。一九九〇年に僕が家族を連れてきたとき、見せてもらったダビデとロサンナの結婚記念写真を思い出した。お前たちも記念にやったら、と二人に勧められたのだが、そういう趣味は僕ら日本人にはなかったなあ。農場開拓は結局二年くらいで終わったらしい、と彼らの思い出や写真からまとめた。

食いすぎた、すっかり疲れた、酔っ払ったな。時計は二三時を回ったことを知り、Valen家に電話した。やがてピンポン、車が来たのだ、ロサンナが迎えに来た。コップの残りを飲み干してから玄関でIdaと別れ。Vinceは車まで見送ってくれた。帰りは良い良い、スイスイ。

「F家に泊まるのかと思った」

とロサンナ。それを考えたことは一度もなかった。明日は青空マーケットへ買い物とか。帰宅するやダビデもいた、五分前に戻ったところだと。安堵からか、どっと疲れが出た。寝たのは二四時前だろうか。若かった僕は当時、このＦ一家から、M村でのサバイバルな生活や仕事をスタートしたのだった。だから、僕がここで農場開拓に従事した最初の日本人だという生き証人でもある。一九九〇年に家族を連れて農場を訪ねたとき、Ｆ一家にお土産を忘れたので、今回は多めに持っていった。今度はまたいつ会えるか誰も分からないだろう。これが僕なりの、これまでの清算でもあった。

8. 二〇〇八年一一月二一日。曇後晴。ロサンナの市場案内や買い物、ダビデの職場・学校やユーモア　祖父米寿　Valen家　親戚が　全員集合　絆を深め

六時起床、ティラミスを摘み、Capuccino（カプチーノ）を飲みながら、打ち込み。トイレを済まして身体が軽くなった。打ち込み続行。Lu、Jonathan、Lucaはローマ観光に出掛けた八時三〇分。家事や日本とアメリカの客の世話でいつも忙しそうなロサンナ。ダビデを学校へ送ってきた、後でモンテロトンドの市場へ行こう、と。台所横の棚に並べられた日本食材、ちょっと多かったかなあ、料理するチャンスがもうないかもしれない、と焦ってきた。なら、どうするかと考えていたら、ロサンナが銀行から帰って車で出掛けたのが一〇時三〇分頃。なるに任せるか。ノンノは相変わらず家の中をうろうろ。耳が遠いのに気づいた。ニコニコと愛嬌を振り撒いているのは、客へのサービスと同時に己の存在獲得だろうと考え直した。八八歳の人間が懸命なアピールをしているのかもしれないが、少し物忘れも入っているようだ。

ロサンナと出掛ける。明るいモンテロトンドは初めて。曇天、寒い。車の駐車場は草地、そ

の空いたところに乗り捨て。Barに入りPizza、ここの常連らしい。ロサンナは僕を客扱いしなかった。

「僕にも払わせろ、値段が知りたい」

と抗議しても無視。速くて目が回った。店と彼女はツーカーだった。イタリア人のように歩きながら食べる。うまい、この食べ方が大好きだ。僕も居直ることにした。衣類が多い、下着売り場でこれはどうかというような顔をするので、

「あんたには小さすぎるじゃないか」

と言ったら、ふんと鼻を鳴らしてそっぽを向いた。彼女は靴下や財布を買った。好きなんだろう。偶然か、知り合いにばったり、ペチャクチャお喋りが始まったと思いきや、Barに寄ろう、と。第二の母親だとか。あちこちに知り会いや母親がいるらしい。狭い田舎のコミュニティ、僕が故郷の田舎にずっといたら同じことであるに違いない。Capucinoと甘いパンをご馳走になる。ずっと行って引き返す、食べ物（チーズやハム）はチラッと見ただけ。僕もなにかを買わなくては、スーツケースを満たさなくては、とふらりふらり。小さなMacchinetta(Expresso入れ器）を一つ買った。

「冬のコートかジャンパーを買いたい」

と言った。

「もっと早く言わなきゃあ駄目だわ」

とそれでお終《しま》いだった。確かに！

ダビデが勤めている学校がここだとロサンナが目で示したのは一二時一五分。地元の中高校だ。やがて彼が校門に現れ、トントンと階段を下りてきた。待ち合わせしていたのだと判明。すると、彼が校内を案内してくれた。ダビデは家にいるときより若々しく、動きも機敏だった。さっぱりした素朴な校舎。Aura（教室）、Laboratory（実験室）、体育館、同僚の紹介、自分の机、校長の部屋等。彼は教頭だと理解した。庭で数人タバコを吸って屯《たむろ》している、一八歳だと。避難訓練をするのかと聞くと、たまに非常ボタンを押す生徒がいて、そのたびに学校全体が大混乱するとお手上げのポーズ。僕の職場でも先日横浜の寮で外国人エンジニアのために避難訓練をしたばかりだった。彼のアイデアで芝居を打つことになった。受付で僕が子供の入学手続きを相談した。すると彼の同僚が本気で応対、ダビデが吹き出した。うまくいったと彼は大笑い。この茶目っ気は若かりし彼を思い出させた。こういう冗談を同僚は受け入れているようだった。外に出ると、ロサンナが待っていた。バスが何台も並んでいる、バスターミナルだった。Mercato（市場）にかつての面影は皆無、何も見出せなかった。当時、本当にここで週末に、M村農場からきた僕たち日本人三人で買い出しに来ていたのだろうか。楽しかった気持ちは忘れないが、現在のモンテロトンドとは全然結びつかないのだ。

今度はダビデが運転。モンテロトンドをぐるぐる、やはり広かった。道路脇に婦人が手袋を落としたのを僕は偶然見つけた。下りてそれを婦人に届けたら、

「Grazie（ありがとう）」

と淡々。ダビデが、

「Bravo（よくやった）」

と。それから、M村のSupermercato（スーパーマーケット）に寄る。Mercatoで買いたいと思い付いたCappotto（外套）を、ふと入り口横で見つけた。そこで交渉。Misura（サイズ）がM/negro（黒）で四〇Euroと店員が言うのを頑張って三〇Euroに負けさせた。彼が片目を瞑《つぶ》って僕に、

「三〇でいこう！」

とこっそり合図。相手は値切られて憤慨していた。けれども、これがイタリアのドサクサ駆け引きらしい。両手を上げ、肩を竦めて終わり！　面白かった。スーパーには何でもある。地元の生活必需品だ。Natale（クリスマス）ケーキがあれこれ積まれている、Formaggio（チーズ）、proscuitto（ハム）、cioccolatino（チョコレート）、dolce（甘い菓子）、pasta等、Fazzoletto（ハンカチ）、di carta/cucina（台所）用品等を見て回った。日曜朝、土産の買い物だ。大丈夫だな。イタリアに二〇kg持参、日本に二〇kg帰参という僕の目的。なんとかなるな、と目処がついた。

帰宅一三時三〇分、昼食は台所、Gnocchi（団子のパスタ）とCarne（肉）を温め直し、四人で普段着の雰囲気。僕はVinoを飲んで喋った。

「生野菜にカリチョーフォ。初めてKiyoakiにこれをご馳走したとき、Come（どう）？　と聞いたら、Cosi cosi（まあまあ）と言いながら、頭をくらくらさせていたわね」

とロサンナが愉快そうに笑った。そんなことがあったっけ、僕は瞬間真っ赤になった！　明日七時四〇分にポンペイ遺跡へ出発、と告げた。彼らは着々と準備していたのだ。任せるしかない、僕はもう諦めて全部従うことにした。

F家訪問のことを話した。家賃八〇 Euroのアパートでグーンと生活レベルアップしていたと言うと、運良く公団住宅に入居できたのだろうとダビデ。Valen家は一〇〇㎡だそうだ。

「Vinceは、タバコは吸うし酒は飲むのに健康そのものだったよ」

と言うと、

「痩せた体質だからだよ」

と彼。僕が撮った一九八九年の写真を一枚見つけたよと言って、デジカメに撮ったのを見せると、ロサンナが、

「それって、ダビデがEmaとAnを連れて行ったときだわ」

と断言した。一九八九年夏、一二〇％間違いなし、僕はM村に来たのだった！　農場でバーベキューをやったらしい、等を説明。三〇年前僕の帰国後、日本人二人がさらに入植したが、このプロジェクトは二年で終わったらしい。Idaが、

「Tutto ha finito dopo di Kiyoaki.（僕の後で全部終わった）」

と言った、とダビデがぽつり。

「彼らは農協にほとんど来なかった、一人は昼間から酔っ払っていた」

とダビデが付け加えた。

「ひとりの日本人が徳利とお猪口をプレゼントしてくれたことが一度だけあった」

とロサンナ。寮内を汚し、夜中に騒ぎ、酒瓶を庭に投げ、問題ばかり起こしたとか。持ち主Sra.Dの死後、娘たちが農地を売り払った、耕すより売った方が手軽・儲かるから、とか。食後に彼らはExpresso、最中がデザート。僕はVinoを飲んだ。ダビデが日本に僕を訪ねると笑って繰り返す。

「どうぞどうぞ」と安請け合い、もう三〇年間もこの挨拶を聞いたのだから。

互いに年を取って難しくなるばかりなんだから。少々酔っ払って僕はますます軽口を叩いてしまった。そのまま仮眠。

農場開拓者の二人目以降と僕とには決定的な違いがあった。僕は外国語大学出身でしかも着任が晩秋だった。四ヵ月ばかりイタリア人の中で、たったひとりで村の生活に耐えた。二人目からは農業大学出身者で暖かくなった四月に着任。以後は僕と二人で自炊生活をしながら農繁期に入り本格的な仕事で忙しくなった。間もなくもう一人着任。その差は、僕は現地日常会話に困らなくなってM村のイタリア人側の方に定着し、彼らは日本人村であるローマの日本人側の方のままだった。それが現在の僕をまだM村に繋げている大きな要因の一つだろう。イタリア農村の中、ひとりで生活することは確かに大変だったけれども、僕の精神はかえって生き生きしていたのではなかったか。一九七六年夏、社長が農場視察に来たとき、僕が異文化社会の中でひとり孤独に耐え抜いたことを評価していたのだった。だが、僕自身は日本人を離れてむしろ自由な空気を感じていた。右も左も皆目分からぬ村に置き去りにされた当初は、それこそいったいどうなることかと何度も挫折し掛かったけれども、やがてなんとかそれを乗り越えたらしい。その後は、処女地を独立独歩しているという開放感があり、傲慢な自尊心が満足させられていたのではなかったか。思い返せば、新しい世界で貴重な体験ではなかったか。会社のことはほとんど思い出せないのに、M村のことばかりが懐かしい。無知や未熟のお陰で、M村社会を抵抗なく受け入れられたのだ。当時の僕は元来、日本逃亡が目的だったから。ただし、農場主任として、この農場の将来を考えると、社長の期待とは裏腹に、僕は自分を捨て石だという思いを次第に強くしていった。一言でいうと、M村でのイタリア的生活は天国だったが、M村での日本的仕事は地獄だったな。

気づくと真っ暗。Luたちが階下で寛いでいた。昨日彼が父親に聖書の講義を三時間もやったとか。その熱心さに驚いたが、父親の辛抱強さにも呆れた。ダビデにモンテロトンドの地図、EmaとAnのメールアドレスをもらった。写真を送るためだ。彼が狭い書斎でパソコンを弄《いじ》っているのを僕は眺めていた。それは階段を上がり切った正面にあった。机にアルバム、なんと一九八九年から九〇年にかけての写真、僕の東京における日本語教師時代（一九八三〜八九年）

の写真と、妻と息子の来伊時（一九九〇年）の写真が、あるではないか。東京の教師時代の写真があるとはビックリ。そんなのまで僕は彼にメールに添付して送っていたのだった。本人はすっかり忘れていたのだが。僕の歴史の節目がここにあるなんて！　それを彼はパソコンで処理、CDにコピーしてプレゼントしてくれた。今晩こそ日本料理をなにか作ろうと考えたのだが。ロサンナがLuたちのためにイタリア料理に忙しそうなのを見て、僕は自分の考えを撤回した。

迷って迷って、そのことを最後はダビデに相談した。そして、なるに任せよう！　持ってきた材料で僕が焦って、無理をして、料理することもなかろう。彼らはあまり食べそうにない。残った日本食品は、ダビデに日本人に渡してくれるように頼んだ。日本料理が食べたい、作ってほしい、と彼らが言ったら作ればいいのだ。ロサンナはもちろんイタリア料理、アメリカから来た彼、2Ragazzi（bambini）も期待しているのはイタリア料理、これが自然だろう。僕の思い込みが強すぎたのだ。想定外だったのだ。それより僕は己の目的を実行しよう。M村追憶を執筆続行だ。

Cena（夕食）はMinestrone（スープ）、hamburger（ハンバーガー）、patata（ポテト）、Mozzarella/salada/vino/dolce（チーズ/サラダ/ワイン/デザート）等。豪華なメニュー、アメリカとイタリアの料理がミックス。子供たちはColosseo（コロッセオ）等市内を観光したらしい。

「昼は何を食べたんだ」

と聞くと、

「サンドイッチ」

と答えが跳ね返ってきた。二人とも元気に言った。人も車も多すぎる、観光・人口の半分は外国人、というLuの話に同感。メインが終わった頃、彼の帰郷は一〇年前母親の死以来だったと知る。

そしてまた始まった。

「当時と現在とは自分が全然違った人間になった、神を知ってから」

と彼。ダビデと相変わらず神と聖書について話し込んでいる。僕はVinoを飲みながら聞いていた。速いイタリア語についていけないが、大意は把握できた。今夜のテーマは神が第一日に光を創造した、彼は聖書を持参し朗読・説明・展開した。熱心なクリスチャンと敬虔なクリスチャンの議論は聖書の世界を延々とさ迷っていた。専門的な用語も少なくなかった。やがてまた僕にもそのお鉢が回ってきた。

「金より愛、愛が金を克服する」

と理想的にはその通りだ。

「が、現実は金の世界、人間の生活が現代はほとんど金次第、宗教戦争を見よ、剣がコーランか」等。

「残念ながら、日本はアメリカナイズされてしまって、金次第の社会になった。聖書・キリスト教の攻勢を無宗教・自然教で対抗した」

と。僕らはがっぷり四つに組んだ。そして鍔迫り合い。

「中南米侵略にカトリックを、欧米列強帝国主義がキリスト教を、利用して植民地化していったことを説明し、他の宗教を知っているのか。仏教は?」

と問い詰めると、

「知らない」

と。Luはカトリック教しか知らないことが判明した。それにしても神に拘る彼の姿勢には閉口と羨望。僕自身の宗教観を見詰め直すいい機会だった。やはり僕は無宗教か。それともまだ反抗しているのか。この滞在で宗教について考察するなどとは全くの想定外だった。明日はいよいよポンペイ遺跡だ。寝たのは二三時頃。頭の中は帰国の準備で慌ただしくなった。

9．二〇〇八年一一月二三日。曇。ポンパイ遺跡を観光、ノンノお爺さんの誕生日祝い 大噴火　ポンペイ栄華　夢の跡　ナポリ港に　ヴェスヴィオ山映え

世界遺産のPompei（ポンペイ）遺跡、凄いな！　二〇〇七年秋に旅行したペルーの世界遺産マチュピチュを連想。石の水路、劇場、浴場、住居や店、水のみ場、娼婦宿、モザイク、ヴ

ェスヴィオ山、倉庫、広場、等。自然に支配された生活は、その環境で生死した人々は、と古代世界のロマンに思いを馳せた。西暦一九七九年八月にヴェスヴィオ山標高一、二八一mの大噴火がポンペイ・ヘルクラネウムを噴出物で埋めた、と知ったのは後。不勉強を思い知らされた。一見の価値あり。外は石畳が大きい。それから、ナポリの繁華街、大広場、大劇場、港風景。その石畳を確か三〇年前、車で走った。カプリ島、ナポリ／ポンペイ遺跡の旅行に満足!!!その中の娼婦宿について、ふと思ったことがある。日本の友人がこの春に南イタリア旅行で撮った写真を僕にメールで添付してきた。それと同じものに偶然、僕はここで遭遇した。石床のベッド、性欲を満足、生活の一部、と僕は観察し理解した。ポンペイ時代は古代ギリシア・ローマの世界だ。セックスは、男女のコミュニケーション、健康的なスポーツ、疲労回復の娯楽、ではなかったのだろうか。道徳・倫理の伝統が残っていた僕の青春時代は、暴風・暴走を始めたセックス開放、ポルノ全盛、等に対する抵抗・葛藤だった。そして分裂・破壊の高度経済、成長環境が吹き荒れていた。自然な生命の活動は、それらによって撓められ歪められ深層に閉じ込められて窒息状態だった。だがポンペイ時代は、大地や太陽が自然のままで、人間の生活の一部である性欲も、自由で開放的な活動をしていたように想像できた。

昨夜は雨だったらしい。八時一〇分にM村を出発、運転手付き八人乗りセダン。ダビデが傘を二〜三本、ロサンナが水やクッキーを入れた手提げ袋を持っていた。僕は昨日買った冬用ジャンパーを着て出掛けた。彼ら三人が後部座席を占領、僕は中央の左窓際、中央にノンノお爺さん、出入り口際にロサンナ、ダビデは前列右にドライバーと。友人に頼んだのでBenjina（ガソリン）とAutstrada（ハイウエイ）料金以外は無料という約束だとか。ダビデの説明、そうも行くまいに、と僕の推察。ＮＭ村通り〜il sole di Autostrada（太陽ハイウエイ）、Caserta。最初、僕は陽気に喋った、ポンペイ遺跡、嬉しかったのだ。ノンノにHappy birthday to youを僕が歌い始めたら、Luが子供たちにも歌わせた、そして皆で合唱。ハイウエイ最高速度：バスは一〇〇㎞／時、普通車は一三〇㎞／時。Castillo（城）、左手の山の上に。裸に近い山々。

二時間後だったたか。ナポリの標識を見たとき、農地の郊外、屋根のない家々、右手に海、住宅から港街、ごちゃごちゃの道路や交通。そして観光都市を貫いてポンペイに滑り込んだ。ローマよりもっと乾燥している。赤茶けて埃っぽい。途中で、僕は少し寝てしまったようだ。ドライバー以外、彼らもウトウト。思い付いて僕は彼に大統領選挙についてコメントを求めた。

「Obama（オバマ）勝利について聞く」

と、否定的。

「目下アメリカは経済的に最悪。彼は、経済を知らない未知の男だ、McCain（マケイン）に投票した」

「日本がアメリカの経済的植民地だと最近つくづく思う、若いときは欧米かぶれだったが、中年になって日本人アイデンティティに目覚めた」

と僕は叫んだ。

「アメリカは金持ちのためのデモクラシーを追求、何十年も同じようなことが続きすぎて慢性化してしまった、変わらなくては」

とも。彼からは、Obamaは若くて政治を任せられないというような、保守主義・白人主義、を感じた。彼の顧客には富裕層の白人が多いからではないのかと想像した。外から僕が傍観するのとアメリカ合衆国内で彼が生活するのとは、やはりかなり違うようだ。外国人の僕とアメリカ人になった彼との、実感の差だろうか。

「さあ、着いたぞ！」

一〇時四〇分頃にポンペイ遺跡に到着、煌びやかなDomus pompeiana（ポンペイ館）が観光客を歓迎しているように誘い込む。ここがポンペイ遺跡の玄関のよう、トイレットの壁にもポンペイ壁画。レモン酒（アルコール二五％）やチョコ類摘みの試飲・試食サービス。外は薄ら寒い。彼らは傘を準備した。最後部を僕はのそのそくっ付いて歩いた。遺跡見学料金一一Euro/adultと案内地図をもらってから知った。一一時〜Scavi archeologici di Pompei（ポンペイ遺跡探検）、二時間。野外の劇場、石組みの水路、市場の店棚、大小の広場、数々の浴場、館の大広間、等が延々と続いた。遺跡の博物館、まだ分析整理されていない遺跡物があちこちにあった。年中水が絶えなかったという石の水路や水飲み場に一番興味があった。水源は生命だ、どのようにこの乾燥している高原に飲料水を供給したのか。山々から流れる雨水を湖のように溜めてコントロールしたと。そのような技術・知恵が古代には確立されていたのだ。髭面小柄中年ガイド、ゆっくりはっきりと喋ったが、知らない言葉が多くて輪郭しか理解できなかった。世界を旅してここに落ち着いたという感じの男。小雨上がりの遺跡群。Grecia（ギリシア）の一族・子孫が移住してきて建設した都市。ローマに対抗。噴火で高いベスビオス山が出来上がった、噴火前は丘。七九年大噴火後は地震なし、それ以前は時々あったが。生活用水は山麓の雨水を溜め池で管理したとか。火は石で起こした。Vinoもパスタ（Pizza）もOliveもあった。当時の国際貿易港都市か。寿命は五〇歳くらい、病気は現在と同じ。自然と人力の世界。タバコはIndio（南米にインディオ）から、Cafeは南国から。政体は？　独裁制か民主制?!『ポンペイ最後の日』（E．B・リットンの歴史小説、一八三四年刊）が参考になりそうだ。

Ristorante & Pizzeriaに入ったのが一三時。要するに、生野菜付きスパゲッティナポリタン。麺がしっかり、トマトソースがあっさりしてうまかった。チェベロマ（さようなら、Arrivederciの方言）を覚えた。すぐ使ってJonathan九歳とJohnluca七歳に話したら、彼らは僕を真似た。食膳にと竈でPizzaを焼くのをその子供たちと見学して遊んだ。間もなく昼食が出揃った。手を繋いで食前のお祈り。Vinoやジュースで乾杯。

外に出ると、車道の石畳に大きな石が嵌め込まれていた。路上の土産物店では、娼婦宿で男女の絡み合う絵はがきが、僕の目を惹いた。それから、Domus pompeiana（ポンペイ遺跡館）で土産を見物した一四時。ダビデとロサンナから、妻にと土産三〇Euroほどを渡された。しまった！　彼らに気を使わせてしまったな。僕は頑張って妻にエプロン一二Euroを買った。

独り旅は慣れているが、家族旅は苦手だった。サバイバルには強いが、買い物を楽しむという趣味が僕には欠けていた。それからまた車で港を目指した。

一五時にナポリの中心街に到着。電柱と電線が張り巡らされていた。古さと新しさがミックスしていた。車と待ち合わせ時間を決め、僕たちはてくてくと散歩、面白い光景があちこちに。表がPeperoncino（唐辛子）で一杯のパスタ屋、玄関が真っ赤だった。有名なTeatro garande（大劇場）、立派な建造物だった。有名ブランドをウインドウショッピング、垢抜けた若者たち。貧乏人が少なくないのに、ファッションは流行の最先端を行っていた。週末の繁華街は人出が多いのに、落ち着いて穏やかだった。ローマ繁華街の騒々しさや煩さがなかったのが気に入った。途中でBarに立ち寄り、彼らはExpressoや菓子パンを注文したが、僕の胃袋はまだ何も受け付けなかったので、遠慮した。こうして、ウインドウショッピング、喋りながら軽く飲み食い、リラックスしたひと時を過ごした。これが一般の観光なのだろうと考えた。Plaza Plebiscito（プレビシート広場）は本当に広々していた。僕は子供たちと歩き遊んだ。

そこを通り抜けて、海が見えたときは感激。僕は嬉しくなって、ピョンピョンと自然に海辺に引き寄せられた。遅い午後。ヴェスヴィオ山とナポリ港と地中海を眺望。美しかった、満足だった。古代の石畳がそのまま存在しているのだ。確かに一九七六年夏にこの石畳道路を車で走ったな。農繁期中の一日休暇、ここまで来るのがやっとだった。時間がなくて、ポンペイ遺跡に行けなかった。そのとき、煙が立ち上っていた、雲だったのだろうか。それを目に焼き付けて車で太陽ハイウエイをローマに引き返したのだった。海に滑り込むようにぎっしり白い家々が丘を埋めていた。僕が彼らに追いつくと、ノンノが僕を見つけた。どこに行ってたんだ、と注意された。やっぱりと思ったが、聞き流した。ナポリの山と海と街、この景色が僕の目的だったから。Luが下の子供に厳しい躾をしているようなのが気になった。子供は父親に叱られて泣いていたのだ。

車に戻ったのが一六時。それから車で市街を散歩。港町を見下ろすように坂を上りくねり。Capri（カプリ島）・Vesuvio（ヴェスヴィオ山標高一二八一m）がさらに美しかった。

「夜のイルミネーションもさぞ綺麗だろう」

と想像し、ドライバーに叫んだら、

「その通りだ」

と。一七時にナポリを後にした。日暮れるAutstrada（ハイウエイ）を一直線、皆車中で寝たらしい。僕もぐっすり。客をもてなす主も、もてなしを受ける客も大変だな、感謝。そしてM村通りに戻ると渋滞。ロサンナが、

「あのRistoranteからKiyoakiが電話したのよ、車が駄目になって！」

と叫んだ。いつのことだろう、確か一九九三年春にドイツを引き上げる前、またダビデに呼ばれてM村に来たんだが、中古車がついにここで潰れてしまったのだった。僕の胸がドキドキなった。そんなこともあったっけ！　僕の遺骨がもっともっと発掘されそうだな。一九時三〇

分にM村に帰宅。やれやれ。

部屋でホッとしてパソコン打ち込み。ポンペイの地図を広げて足跡を確認していた。すると、間もなくCusina（従妹）の家に夕食に出掛ける、というので大いに慌てた。えっ、聞いていない、これから?! 急遽、和菓子を抱えた。昨日買った冬のジャンパーで出掛けた。Grillgia d'oroに向かう坂道の途中にRosaのCusina一家があった。二〇時三〇分頃。奥さんがロサンナの亡くなった母親のお姉さんの子だと説明があった。主人はローマでContabilita（経理）の仕事、バイクで通い片道三〇分だけと。交通渋滞対策、賢いなと思った。歓待・招待に対して、羊羹二本箱のお土産で挨拶。夫妻のでっぷり太った体格に圧倒された、子供二人もコロコロしていた。痩せたダビデがさらに小さく見えるほどだった。暖炉が嬉しかった。木が燃えているのが微笑ましかった。村の親類縁者だ。

夕食が始まった。Pasta、チキンカツ・ビーフ、ピーマン酢漬けサラダ、フライパン・フライドポテト・パン、赤白ワインにAnanas（パイナップル）プラスcremaプラス杏汁のデザート。次々に出てきた。しかも結構な量にはイタリア人の胃袋は凄いなと再び感心した。缶詰からパイナップルの汁をざっと捨てたのにビックリ、僕の習慣ではその汁こそパイナップル味そのものだったから。

改めてノンノお爺さんの誕生日。子供たちが誕生日ケーキを運ぶと、ノンノが蝋燭を吹き消した。拍手喝采。Spumante（シャンペン）で乾杯。一一月二二日生まれだが、彼は今日二二日で八七歳が終わり、明日から八八歳が始まると説明した。

「えっ、今日から八八歳ではないのか！」

　彼らに聞いたら、不思議そうに僕を見ていた。日本人の計算とは方法が違うのか。そういえば、当時F家でも、誕生日について、この計算法に僕は当惑したことがあったな。

　満腹と酔いと疲労でウトウト。彼らは延々と話している、ダビデが一番よく喋っていた。身体を持て余す、ソファーでウトウト。これで僕は間違いなく二kgは太った。Valen一家では今週、お爺さんの誕生祝いが中心とはいえ、家族親戚の接待や歓待に大忙しだな。ロサンナの弟と従兄二人・息子夫妻・従兄一家・隣の従兄妹・Mercato（市場）の知り合い、ダビデの息子夫妻・同僚・友人・姉夫妻に双子の孫が誕生、と家族親戚の賑やかな同族だった。ダビデのお姉さんとは一七日夜に電話で話した、ちゃんと僕のことを覚えていた。村の親戚関係がこうも近く密に結びついているんだということを痛感した。僕の故郷の子供時代と同じだった。子供たち三人が居間で走り転げ回ってははしゃいでいたのが、いいアクセントになった。失礼したのが二三時三〇分、外は真冬のように寒かった。しんしんと冷え込む夜道。眠そうな子供たちの手を引いて帰宅。こうして彼ら一族の絆を大切にしているのだろう。異国にいて、大家族の温かさが羨ましくなると、ひとりぼっちの自分自身が惨めになった。けれども、その大家族の関係が煩わしくなると、ひとりぼっちの自分自身ほど自由なことはなかった。今日は家族全員でナポリ

＆ポンペイ遺跡の楽しい旅行だったな。歯を磨いて、明日の帰国を考えながら寝た。

10．二〇〇八年一一月二三日。M村は曇時々晴、日本は雨。帰国準備やダビデとの別れ 教会ミサに触れ 三〇年前 甦り 当時の僕探し 我が居場所かな

重い眠い頭に活を入れて起床、四時、コーヒーを入れて打ち込み。八時に階下で今日の予定を確かめた。九時にSupermercato（スーパーマーケット）で土産・食料品・日用品の買い物。日本の日常生活品をイタリアに、イタリアの日常生活品を日本に、その交換や紹介だ。靴も買いたい、と僕が言ったら、M村にはない、どうしてモンテロトンドに昨日行ったとき言わなかったんだ、とロサンナが苛立った。ダビデにポンペイ遺跡で僕たちが歩いたルートを確認。当時ポンペイは世界の中心の一つ、ギリシア等の子孫が神々～共和制。Messina（イタリア半島最南端の港）も。レバノン・ギリシア・カルタゴが、地中海の中心繁栄、と確認。大噴火したとき、三七㎞の上空まで、原子爆弾三〇〇発分の威力、だったとか。ガイドの説明をやっと確認できた。それ以前も時々地震があったが、人々は引っ越そうとはしなかった、とか。ポンペイ遺跡のロマンにますます興味津々だ。ダビデ、ありがとう。

九時前にダビデに伴われ、空スーツケースを持って車でSupermercatへ。土産・食料の日常品を買い物。ケーキを多めに、チーズとハムは税関通過を想定した。ジャムはいいアイデアだ、

他にあれこれ。〝案ずるより産むが易し〟だ。計一〇〇Euro弱。買った物がケースにちょうど収まって、ふたりで苦笑い。帰宅したのが一〇時前、秤に乗せると二三kg。ダビデは教会に出掛けた、ミサを司る準備をしなければならなかった。ロサンナはアイロンを掛けていた。

「お前の綿シャツを出しなさい」

「いや、もう鞄に入れた」

イタリアのアイロン機器は堂々としている。ノンノはぶらぶら、Luたちはテレビを見ている。そこで、僕は、スーツに着替え、一足先にひとりで出掛けた。農場跡をもう一度脳裏に焼き付けておきたかったのだ。Valen家の皆には、お礼にデジカメ写真をメール添付で、日本から送付しようと考えた。

ミサに参加。安穏な雰囲気に圧倒された！　僕はクリスチャンではない。が、教会に神を信じて集う地元の人々の素朴さや純情さに勝る堅実な人間の結びつきはないだろう。信心の歓喜と苦悩。日常生活に伴う様々な問題や煩悩を一時忘れて、天国を夢想。かつての農場開拓やM村生活が甦り、現れたり消えたり、甘美な感情に包まれた。時間を越えて神秘な体感があった。こうして人々は、そして僕も、生きて死んでいくのだな。ミサが終わってほとんどの人が去っても、隣の年配夫人がずっと跪いて祈っていた。その敬虔な姿に圧倒された。俯き眼を閉じ、口の中でもごもごと祈りを唱えていた、いつまでもいつまでも。信じる人は救われるというのは本当だろう。彼の刺激も影響してか、神の世界に入ってしまえば、僕だってクリスチャンになるだろう。ダビデが司祭をサポート、三〇年前と変わらない。神の僕《しもべ》としての尊厳さに満ちていた。僕は彼との出会い、兄のような人間味、そしてずっと家族のような関係を誇りに思った。ロサンナが現れた。相当な年配婦人の手をそろそろと引いていた。荘重な厳粛な儀式に胸に溢れるものがあった。献金に一〇 Euroを奮発した。孤独なサバイバル旅行ばかりをやってきた僕が、このように献金をするなんて考えられないことだ。しかし、この献金で、地元村の共同体の一員になった気持ちになった。嬉しかった。一〇時四〇分～一二時二〇分、僕は後方でずっと姿勢を正して立っていた、スーツで参加。三〇年前と奇妙に繋がっていた。来て良かったとしみじみ思った。

ミサが終わって、ダビデが普段着に着替えてやってきた。晴れ晴れとした表情だった。一三時三〇分に昼食時間とロサンナに言われて、僕はまっすぐ帰宅、昼食の準備を始めた。もう時間がなかった。昨日ダビデが彼に明日の昼はKiyoakiが日本料理を作るんだと説得していた。大黒柱の宣言のようにも見えた。一挙に解決、と僕は思った。チャンスだ、最後の日本料理を思い切り紹介して、日本から持参した食品をできるだけ使い切ろう。

ところで、上り坂に差し掛かったとき、玄関の前に若い男が見えた。親しそうな笑顔。互いに自己紹介して、JorgeというAnの婚約者だということが分かった。ちょっと寄ってみたらしい。二六歳、教育学専攻の大学生。結婚はいつなんだと聞くと、分からないとニヤニヤ。ダビデとロサンナの婚約期間は四ヵ月半だったとか。イタリアの保守的な地方では、このような婚約は一般的なことらしい。家に戻るや、ざっと材料を眺め、思い付きで、メニューを決めた。そうめんとおにぎり二種と焼き餅と甘酒だ。ご飯を鍋で四合ばかり炊いた。そうめんを軽く茹でて、汁につけて日本風スパゲッティのようにして食べた。皆うまい、子供たちも喜んだ。おにぎりを二種類：のりたまに海苔と梅干しに海苔、これもまあまあ受けたな。餅に海苔、まあまあ、遊びだったな。最後に甘酒、イタリア料理の間に押されて片隅に置かれたが、まあ、これは愛嬌か。ダビデのために塩分は控えた。時間がない。ご飯の蒸らし不足、おにぎりと餅は冷たくなって味が落ちたな。しかし、彼らにとっても僕にとっても最後の日本料理デモンストレーション、面白かったな。日本食の内容のレベルはともかく、終わり良ければすべて良し。ダビデの采配に感謝。おや?! Gianlucaが僕の絵を描いたと、それを見せてくれた。紙にお絵かきだ、一生懸命描いてあった。テーブルの横に僕の眠そうな顔。髭を生やしている。幼い天使に感謝。そういえば、僕は髭を剃らないでもう九日目だった。

時計を見ると一五時前、急いで荷造り。帰国荷造りを仕上げなくちゃ。ダビデが電車の時刻メモをくれた。今朝、頭に描いたことを即実行に移す。スーツケースに程よく納まっていた食料品の上へ衣類等を詰め込むとなんとか収まったが、ケーキの箱が潰れてしまった、二三kg。パックのチーズは中身だけに。チーズとハムをコートのポケットに収まることを確認、成田空港でのチェック対策。洗濯や洗面やスーツやパソコンや資料の物を手荷物に押し込む、一〇kg以上。なんとか完成、三〇〇 Euroをベッド横にそっと置いた。僕の感謝の気持ちだ。ダビデに対する僕のバランス感覚、自己実現だった。幾らお礼をしようかとずっと計算したり思考したりしていたが、階下に下りたところでダビデにモンテロトンド駅からFiumicino駅の電車切符を渡された。そのとき、これはお前のだという切符の表面には、算用数字で「10」という数字が真ん中にあった。その瞬間、僕は二〇〇 Euroを考え直した。金額の問題ではないのだが、多めに限る。僕の第六感が決定。彼らの怒りもきっと大きいだろうが、それだけ僕の感謝も大きいのだ。僕は二階と階下を走り回っていた。

それから、階下で残りの和菓子と食品を整理分配して片付けた。まず、Luに砂糖菓子一箱、奥さんＰＡに日本の手ぬぐいと。台所で、残り日本食の料理法をロサンナに説明。すなわち、五目ちらし寿司はMariaに、小豆缶詰は開けて温め餅を入れて、ふりかけは海苔おにぎりにして、後のカレー等は温めるだけのファーストフード。分からなかったらメールで僕に聞くようにと。菓子をLu一家に一袋渡した。階下でイタリア式別れの挨拶、お爺さん・ロサンナ、それからLu、Jonathan、Johnluca、そしてJorgeに、左右の頬を合わせたり握手したり。ノンノが駄々を捏ねるように弱々しく嫌々をしたので、僕は大きな声で、

「Buen Compleanno!」

と叫んだら、頬を合わせてくれた。彼の目はずっと笑っていた。ほとんど皆、特にロサンナが妻と息子によろしくと。家族を持ち出されると、僕はいつも口ごもってしまう。彼らの家族の結びつきの強さ、僕の家族のそれぞれの生き方。まあ、それもいいだろう。そしてダビデ。

いや、彼は車でモンテロトンド駅まで見送ってくれるから、後でいい。もう一度二階に。Annの部屋（ベッド脇の電気スタンド横の飾り箱の下）に三〇〇Euroの忘れ物、僕の感謝の気持ちを確認した。いつ気づくだろうか？

出発したのは一六時一〇分、一六時三五分発の電車を目指した。時刻メモの二番目だった。二時間前に空港到着は無理だが、一時間半前には着けるだろう。スーツケースと手荷物を車のトランクに押し込む。坂道や田舎道を走りながら、運転しているダビデと冗談を交わす。

「誰もいないなあ、泥棒は寝ているのか、今晩仕事だろう」

「明日Liceo（中高校）へ行ったら受付に、あの冗談の代わりに殺されるぞ」

「そうかなあ」と笑い合った。

「髭を剃らないのか」

と言うので、

「休日くらいはなるがまま、自然に過ごしている」

と。いつも髭を剃っていつもさっぱりしているダビデには僕の無精髭は目障りだったのだろうか。無言が苦しい。大切なことは何も話さなかったなあ。けれども、言わなくても互いに分かっていた。三〇年間、世代交代をしみじみと感じた。歳月は人を待たず。言う必要はなかった。ダビデもきっと同じだと思う。

「Spingere.（泣く）」

と彼はボソッと言った。途端に別れるたびに泣いた自分の場面を、僕は幾つか思い出した。一つは、三〇年前に別れにM村に来た時、彼の家で帰国理由の秘密を打ち明けた直後、ダビデだけの前で。もう一つはTermini駅で夜行電車に乗る直前、ロサンナに抱き抱えられたとき。会って別れるたびに泣いたのだった。その二つの場面が特に忘れられない。僕のM村にはなぜか涙が相応しい。駅は無人。自動改札。ダビデが僕から切符を奪って差し込んだ。地下道を通ってホームに出る。時計は一六時二五分、まだ一〇分ある。人がぱらぱらと現れてきた。彼は僕の荷物を脇に置いてベンチに座った。僕はホームをゆっくり行ったり来たり。夕日が沈んでいた。明日Luたちも電車で空港へ行くんだ、明日七時はラッシュなのに、とダビデ。間もなく鉄の塊のような電車がやってきた。彼はずっと座ったままだ。別れだ、握手。扉が閉まると、窓越しに眩しそうな彼の目が小さくなった。僕は目を逸らしたりまた合わせたり、首をくらくらさせていたかもしれない。手を振り合った。外は暗くなっていた。

「今度こそ泣かなかったぞ!」

一九時搭乗、しかし離陸は二〇時頃。機内待ちが長く感じられた。まず三一文字のメモでこの休暇を総括した。機内食の夕食も朝食も餌のようでうまくなかった。座席でビデオのコントロールを弄《いじ》りながら、寝るために赤ワインを呷った、不味かった。窮屈なので機内後部でストレッチ、身体を伸ばした。ドアツードアで片道二四時間近くと確認した。日本から持参した写真を忘れてきた、僕・妻・僕と息子・息子と父母とValen一家の写真が数枚。まあ、いいか。

次回に受け取りに行くかな。空港Fiumicinoの手荷物検査で瓶詰めジャムを一個ずつ取り上げられた。ジャムが禁止とは意外だったなあ、畜生！

北京空港着一二時四〇分（現地）。Transfer（乗り継ぎ）で旅券・チケットのチェック、大袈裟なスタンプ。空港スタッフの人数が多い割には、仕事振りは能率的ではない。携帯を弄《いじ》ったり雑誌を見たりしているスタッフもあちこちに。手荷物チェックでまたジャムが引っ掛かる。Euroコインを使い切るために、免税店でチョコレートと絵はがきを買った。電源コンセントを待合室で見つけてパソコンを立ち上げた。そして搭乗時間一六時三〇分直前まで日誌を打ち込んだ。

二〇時四五分成田空港着陸、雨。二一時降機、旅券チェック、預け荷物受け取り、税関通過問題なし、申告書と挨拶のみ。荷物二つを抱えて九時三四分発成田第一ターミナルから京成特急、一〇時四三分発日暮里、渋谷発一一時頃、二四時頃横浜着。〇時一〇分（二五日）帰宅、雨の中。やれやれ。関東は午後から雨だとか。結果として、一五日四時四五分に発ち、一〇日間弱。パソコンも無事帰国。妻に感謝。

11. 二〇〇八年一一月〜一二月　帰国後の報告メール交換
無事帰国　秋深まりて　心晴れ　自分探しも　歳月待たず

一一月二六日。

問題なく日本に到着、Valen家に感謝や僕の休暇が完璧、と取り敢えず報告メールした。

一一月二九日。

「怒ってるぞ、なぜ、置いたんだ、あれほど言ったのに！　ロサンナも怒っているのだ。お前をコントロールすべきだった、二階に一緒に上がるべきだったと。私たちが日本に行くのがいつになるか分からないけど、行ってもお前の家には絶対に泊まらんからな。よ〜く、覚えておけ！」

かんかんに怒っているダビデの様子が目に浮かぶようだった。やはり、ダビデから激怒のメール着、僕が黙ってお金を置いてきたことがもう発覚したのだ。あらゆるスケジュールを計画し完璧に実現し、ダビデは大いに満足していたに違いない。なのに、だからこそこのどんでん返しにダビデは怒り心頭だったのだろう。この野郎！　こん畜生！　大馬鹿野郎！　とこんかぎり、地団駄を踏んだに違いない！

「ふん、無事に帰国したのか、何よりだな」

に続いて。僕の弁解メール。

「ああ、よかった！　ローマでスリにやられたかどこか道端に落っことしたかと諦めてたんだよ。Anの部屋にあったのは、不幸中の幸いだったな。彼女の部屋を使わせてもらって、ありがとう。ちょうどいい、それは彼女の学費の足しにでもしてくれよ。うん、確かにお前が怒るのはもっともだ。言わずに置いて来たのは僕が謝らなければならない。でも、話したって、ダビデ、お前は受け取らなかっただろう。だから、黙って置いたのさ。ダビデの頑固は、僕の比じゃあないからな。仕方がなかったんだよ、さもなくば、僕は自分の故郷でもあるM村の家に二度と泊まれやしないよ！」

してやったり、と思う一方で、やり方がドラマチックすぎたかな、拙かったな、と反省。僕にはこれでダビデとのバランスが取れたと思ったのだが。彼が歯軋りしている顔が想像されて済まないと思う。まあ、時間が解決してくれるだろう。ごめんなさい。

追伸、実際問題として、この世界で生きていくためにはテクニックは大切だ。ほとんどあらゆる問題のような事柄を和らげるためには、ユーモアはもっと大切だ。窮乏と苦悩を解決するためには、信頼がもっとも大切だ。

一二月七日。

しかしながら、気になって、横浜の親しい先輩にダビデの激怒について打ち明け聞いてみた。すると、

「ダビデが怒るのは当然だって！　でも、自分が君の立場だったら、やっぱり同じようなこと

をしたな。ただ、やり方が問題だ。難しいよ、波風立たないように受け取ってもらうのは！

心配するな、友だちはみんな分かってるよ」

と。そのことを彼にメールした。

一二月八日。

「先輩の言う通りだ。彼がそういうのは当たり前だ。同じ日本文化の日本人だからな。俺がお前だったらたぶん同じことをするだろう。だけど、私はイタリア人だ、お前がそんな振る舞いをするから、怒るんだぞ!! 分かったか!!! 会ったこともないけど、その先輩によろしく」

と真っ赤になって怒り狂っている彼の顔が目に浮かぶ！

日本の賢い先輩と石頭のお前へ、と。もうダビデの心は和らいでいた。なのに、どうしても最後の一言を吐き出したかったのだろう。兄貴分としては、もてなしがうまくいったと思っていただけに、この逆転劇がそれだけ悔しかったということだろうか。僕も罪な弟分だ。

なお、後に、三〇年前の帰国直前、ダビデのお母さんの家でプレゼントされた、毛糸で編んだ花瓶敷きの写真をメール添付で送付した。それは僕の母にと言ってくださったものだ。それは岡山の実家の玄関に、いまも置かれている。

一二月二一日。ダビデから恒例の祝福クリスマスメール！

一二月二三日。僕も変わらぬクリスマス・賀正メール。

ちなみに、Emaがまだ幼い頃、ダビデがカセットテープに、Emaの声を吹き込み、贈ってくれたときは、嬉しくて心臓が飛び出した。急ぎ、息子の赤ちゃんのときに写真をたくさん撮って、送り返したっけ。毎年クリスマスカードと新年のグリーティングカードの交換をしている。例えば妻の里に近い雪景色の出雲大社で撮った満面の笑み、小学二年生の息子の写真、等。

　またダビデがある日突然、片言の日本語をメール添付で送ってきたので、本当にびっくりした。えっ、ダビデは日本語ができるって?!　間もなく分かったことは翻訳サイトでイタリア語から日本語にしたことが判明した。大意は分かったけれども、それにしても滑稽な日本語だったよ。きっとEmaのサポートだと推察するけど、その翻訳サイトはまだ初期の段階だから、かなり変な日本語だったけれども、ダビデの懸命な気持ちが伝わって、嬉しかったな。


　ダビデとの別れがこのイタリア滞在記のハイライトだった。執筆中に、その別れの場面に来たとき、なぜか涙が出たからだ。どうしようもなく涙が溢れた。モンテロトンド駅で彼が僕の視界から消えた瞬間はいまもそのままだ。だが、電車が走り始めてだんだんと感情が込み上げてきた。涙がこんこんと湧き出て止まらなかった。視界が霞んで、僕は涙の国にいた。この涙はいったい何なのか?　この涙を見つけ出すためにここまで書き続けてきたのだろうか。この涙はいったいどういう意味なのか。その意味を問うために書くのか!

　最後に、僕自身の足跡を振り返ってみる。それは、ダビデとの出会いが核である。静寂、淋しさ、片思い、美醜、恋愛（虚）、熱愛、驚愕、失恋、愛憎、虚勢、混迷、絶望、等。ダビデの受け止めや導き。ある意味で、偶然の始まり。ダビデとの出会いや影響。孤独、神の愛、恋愛より友情、永久の生命。ダビデの宗教、見捨てず救い。または教養、教育、救済（実）、兄弟、信頼、永遠、必然の終わり。それから、荒野に放浪、汚濁や煩悩、貪瞋痴（とんじんち）、ひとりぼっちの死出、四諦八正道、と続く孤独の自分。そして、イタリア旅行、ダビデを求め慕う新しい旅。天上の漠然とした散策彷徨、終わりの見えない夢想幽玄、延々と見果てぬ希望、苦悩の未来が継続、天上の父と、母なる大地、宇宙の悠久な自然……要するに、僕の第二となる人生、本当の活動の道程、等々、となるだろうか。

《別れるたびの止まらない涙。M村はやはり、僕の青春であり心の居場所だった。挫折（失敗）と回帰（復活）！　地元の人々との再会は新しかった。その最高の友人がダビデ。今回も彼が僕の中心にいた。そのダビデ（と妻ロサンナ）は僕の傷心を救った。彼らから人間信頼・自然生活・カトリック・精神の絆・親愛の友情を本当に学んだ。特に彼のお陰で、日本では瀕死だったのに、僕は現地で堕落・破滅することなく、この世に繋がった。それは僕の生死でもあったが、現実生活のスタートであった。その後、三〇年以上が過ぎて、あちこちで様々なことがあった。そうして、このValenの家滞在（一〇日間休暇旅行）で、その原点はM村体験であることを認識した。そして現在に至る。M村には、わずか一年あまりしかいなかったけれども、僕の青春時代を全身全霊で受け止めた、僕を人間教育した、僕の教養現場だった。長々と述べてきた回想は、四五年前の出来事を補足してくれるだろう。M村で僕の心は生まれ変わった。この思い出だけで、僕は天寿を全うできるような気がしている。ダビデに感謝！》

年明けに友逝き会えずコロナ禍で　M村　いのちいっぱい　ただ涙
ダビデの友情　哀愁に満ち

日本から持参した写真、僕・妻・僕と息子・息子と父母とValen一家の写真が数枚、をM村に忘れてきてしまった。でも、受け取りようによっては、そのことは僕の家族とダビデの家族とをこれからも一層結びつける絆となるだろう、証拠としてしばらくは残るだろうから。

僕がM村のサバイバル生活で習得した最大の長所はユーモアだったかもしれない！　苦し紛れ、背に腹は代えられず、逃亡困難や衝突回避、等あらゆる時やところで、僕が自分の中から編み出した生存の知恵だった。ローマのレストラン時代に僕が仕事に行き詰まったとき、休暇をとってスイスで精神分析の勉学をしていた友人を訪ねた。学生時代に僕がいつ自殺するかと心配していたという彼女が、当時、僕のユーモアを発見し、とても喜んでくれたのだ。

《ふと思う。中学生のとき見たゲーテの肖像は威厳に満ちて近寄り難かった。けれども、大人になって、イタリアで思い浮かべたゲーテは違っていた。僕が異国であれこれと揉まれ視野が広がったからだろうか。柔らかい笑みや温かい雰囲気を湛えていた。素朴な人間だった。日本を逃亡した僕はこの外国で新しい、生きているゲーテに出会ったのだろうか。そのゲーテを探し求める旅が、実はユーモアたっぷりのダビデのような人間に出会うことだったのかもしれない。それは、きっとダビデとの遭遇であったのだろう。ゲーテも、一面ではユーモアに満ちた人間であったに違いない。時間も空間も越えて、ダビデと僕は本当に、同じ人間であることを実感した。しかも僕たちの内面は、なにかが響き合い、魅かれ合ったのだろう。幸運だった、僕は心から生まれ変わったのだ。遅まきながらも、僕はようやく、目的の一つに到達したのだった。そのダビデは、残念ながら、逝ってしまってもういない。だが、この繋がりは必ずや、あの世にまでも続いているに違いない。もうすぐ僕も召される。待ってろ、ダビデ！　あの世でもまた、ユーモアのある生活、笑顔いっぱいの活動を始めよう。

ちなみに、翻訳について。Emaは現在、計算すると三九歳だろう。この春にこの物語のオリジナルストーリーの概略を、僕が日本語~イタリア語の翻訳サイトを使って伝えてある。少しは日本語を勉強したので、翻訳サイトのイタリア語をイタリア人のイタリア語に翻訳してくれるようなことを言ってたっけ！　ほんとうかなあ。Emaにとっても奥さんにとっても、イタリア語を同じヨーロッパ言語に翻訳するのは半年もあれば十分かもしれない。けれども、僕の長い日本語教師経験でいうと、イタリア語を全く言語体質の異なる日本語に翻訳するには、一般に少なくともその三倍は時間が掛かると考えている。Emaたちも確かにインテリだけれども、異質で大量の日本語をイタリア語に正確に翻訳するのは、そんなに簡単ではないと思うよ。それよりイタリア在住の日本人の、イタリア語翻訳者に頼んだ方がいいかもしれないね。でも、君たちの才能を信じて待っている。よろしく頼む。もちろん、すでに知らせたように、個人情報はしっかり保護してあるから安心してください》

Ⅵ　復活

転職と闘争

今後も転職が続くが、それは当然、家族の生活や自分の適性職業のためである。飯田橋ハローワークの高齢者高等技術専門学校時代に、国内の道もあったけれども、当時はまだ若かったので、経験上、僕は海外の仕事の方を目指した。また次のように、請われて横浜Cエンジニアリング社のサポート業務にも従事した。一九九五年から二〇年間。

・外国人エンジニアのコーディネーターとして、会社の技術移転とエンジニアの研修をサポートした。

・外国人エンジニア寮の宿舎管理者として、安心して会社での業務に専心できるように、エンジニアの生活・安全・健康、等をサポートした（活動詳細は略）。

MEMORIES

①大学院院生　芭蕉や仏教の研究　二〇一二年から数年間

還暦を過ぎてから大学院で学ぶ機会を得た。給与のカットが始まり、初めて残生を意識し熟慮した結果である。在職中に国文学専攻の修士（通信教育）課程に入学した。文学は一〇代からの感傷的な憧れでもあった。が、その後一五～一六年も生活に追われて殆ど埋没していたのである。あれこれ探し回って、やっとその指導教員を京都の佛教大学に見つけた。四〇年振りに初心に返って勉強を始めたのである。そして退職を機に、思い切って横浜から京都へ引っ越した。未来に前進すべく、過去に決別すべく、さっぱりと断捨離をした。自炊中心の節約生活だったが、精神的には自由だった。院生研究に集中し俳句に興味を持ち、国文学専攻だけでなく仏教文化専攻の修士（通信教育）課程も修了し、当初の目的は十分に達成した。

②悟りの聖地インドのブッダガヤ　二〇一四年、二〇一八年

還暦となり、派遣会社の社則で五％の給料カットが始まって初めて僕は、残生について考え、

やっと青年時代の文学彷徨に回帰した。長い長い回り道の末、辿り着いたのだ。

なぜ僕が、シッダルタが洞窟から菩提樹まで歩いたという道を辿ろうとしたのか。

二〇一四年秋、仏教大学清涼寺で授戒会に参加し、仏教に非常に興味を持った。説教師仏教学T教授に聖地ブッダガヤ訪問を勧められ、教授の助言で初めて聖地ブッダガヤのみに数日滞在し観光や調査をした。そして研究をした。二回目の二〇一八年は、さらにシッダルタが二五〇〇年前に、六年間苦行した洞窟から菩提樹まで歩いたといわれる道を探し追体験し、仏陀の神髄に少しでも迫ろうとしてみた。

二〇一八年一一月、五日間現地の道なき道を歩き回り、成果として最短距離の道を開拓し発見した。その東側に新しく観光道路も建設が始まっていた。

その結論的な成果　ひとりになり前人未踏の前に立つと、自分を信じ即ち自分自身の体感や感覚の第六感や意思の行動を信頼するしかない。ありのままの自分を前面に出し、自信を持つ。
一　暗示するところの意味には、きっと想像を絶するなにか深い真実が秘められているのに違いない。古代への情熱、創造する世界、とても現代の我々からは想像もつかない遥かな恒久の営み流れであるのかもしれない。
二　この場所の骨格は、現在も残っているのだろうけれども、当時の環境（季節）や状況（時代）や人々や生活や習慣は、いったいどのようであったのだろうか。地殻や雨量の変動や諸民族の興亡や生命の栄枯盛衰もあっただろう。筆者六七歳の第六感に依るが。

1. 徒歩で踏破した。五日間に五往復。未知や危険や心配等の大きな不安と対峙した。

2. 片道八㎞くらいと判明した、歩いた実感としても一〇㎞未満と。道なき道、歩き方次第で、行く通りも道筋や距離になるだろう。二〇～三〇㎞というのは観光道路である。

3. シッダルタにミルク粥を与えたというスジャータ伝説。歩きながら想像し思い浮かんだこと。痩せこけ死にそうなシッダルタがブッダガヤの菩提樹で悟り仏陀となったことを後世に印象付けるためのドラマチックな創作（仏陀を偉大だと賛歌）だと思われる。その内容（中庸こそ人間のもっとも苦の少ない生き方）は、真実の象徴であろう。

4. ブッダ（悟りの前シッダルタ、悟りの後は仏陀）は、人間も宇宙運行の体現者、その自覚者。人間も自然循環のひとつではないのか、と気づいた。ガンジス川の流れのように太陽が東から出て西に沈む自然の歩みのように、人間の一生もそれらの生滅や循環と同じであろうと知った、体感した。仏教の真理は自然界の運行と同じく単純で平凡な生命の連続・消滅である。

5. 現地に立ちその事実を観察・追究し、汗掻き息切れ足裏の傷痛を感じつつ、直接的・全体的な体験（五感・全身）で実感してみた。断食・苦行・瞑想、生死・混沌・無常、意識・無意識が混然一体、時空所無の永遠、等を思い考え巡らし、洞窟と菩提樹の間の土地に立ち入り立ち止まり考えた。当時の地霊を感じ取ろうとしてみた。

6. 地図〔省略〕の赤線が五日間五往復して、現地で開拓した洞窟から菩提樹までの最短距離である。アカデミックな研究でも文化講座の情報でもない。自分自身が五体で発見したシッダルタの道である。このサバイバル体験が旅行の目的である。

スジャータ村のSachi Home（ゲストハウス）に二〇一八年、五日間滞在した。洞窟から菩提樹まで歩いたという道なき道を五往復、徒歩で探し辿ってみた。途中で聞くとその距離は一二km、一〇km、五km等、様々聞く。実感は片道が最短で八km、乾季（秋から冬）、難しくなかった。悟りを得るために、洞窟で六年間瞑想苦行したが、シッダルタは絶望して下山した。ブッダガヤを目指したとき、痩せこけた修行僧シッダルタがさ迷い歩いていると、村で女性が出家者に食物を布施した、ということは事実だろう。だが、美しい女性スジャータに出会い彼女の布施ミルク粥で回復したこと、そしてスジャータとの出会いは、後世の美化物語伝説だろう（スジャータの教訓、竪琴の糸は強すぎず弱すぎず程々が一番いい音色、中庸がベスト、は真理だろう）。当時スジャータ（地方）という地名がスジャータ姫になり現在はスジャータという村になっている。「供養しているスジャータと施しを受けているブッタの像」という村の外れの小さな祠堂は後世の産物である。シッダルタは過度の快楽も極端な苦行も適切ではないと気づいた。布施を受け一休みしながら、乾季のニランジェ川を歩き渡った。瞑想者が坐る菩提樹の下で瞑想反省、無為反復、明けの明星の神秘的神々しさにふと気づき、悟った。この悟り楽しみ教えを人々に語り伝えることを二八日間考えたが、世間の常識に逆行と断念した。けれども、梵天が現れ衆生に説くように三度の勧請があり、開教を決意した。歩きながら等身大のシッダルタを感じ、自分と同じ人間だと思った。悟りを開いたブッダがいたという事実から、未開の古代から続いてきたものを現代も受け継いできた。仏陀が人類の歴史を創ったのか、後世の人間が仏陀を創造して救済を願望していったのか。

遠方の前正覚山（洞窟）を目指して歩く。途中で農村の収穫風景を横切る。

若いときに触れた宗教、坐禅も道は我が人生の必然だったのかもしれない。

③横浜の曹洞宗禅寺で日曜朝坐禅　二〇一七年～　三年間

二〇一七年。京都から横浜に戻って、運良く二駅離れた町に曹洞宗T寺を見つけた。日曜朝坐禅である、しかも粥食付きとあって、引っ越しが一段落するや、すぐ自転車で出掛けた。早朝のお勤めにとにかく参加してみたかった。精神的な支えに飢えてきた。その案内には、

日曜坐禅会　T寺　午前六時よりは八時半までまたは七時半　坐禅の後お粥・法話（無料）。毎週五〇人ぐらいご参加になっています。どうぞ、お気軽においでください。

とあった。禅寺は静寂を不文律とする。一一月の初めだった。五時四〇分に普段着で、静かなまだ暗い本堂に入る。世話役らしき女性に導かれるまま、皆に倣って読経に参加する。真似

て坐る。教えられて靴下を脱ぐ。それから禅堂に移動して坐禅だった。話さない、音を立てない、お辞儀や右回り、黙って移動等の手解きを受ける。座蒲団に尻を落とし無言で壁に向かい、脚と指を組む。半眼で視線を手前に落とし、ゆっくり深呼吸をしながら三〇分、只管打坐である。一休み後に警策、もう三〇分瞑想する。それから、参加者はそれぞれ一斉に手分けして台所や座敷で黙々と立ち働く。お粥の準備、配膳後、また一斉に合掌、朝食となる。終わると、初参加者の僕も自己紹介、住職の講話や参加者との対話。そして散会、五〇人ばかり、終始沈黙。境内に下りてから深呼吸。年配者がほとんどだったが、なんとなく清々しかった。門前に布袋尊、日曜坐禅と看板がある。

そもそも、自分が初めて坐禅に触れた（出会った）のは、一九七〇年代後半の学生時代の冬であった。学園紛争後の大学構内は荒廃し、浅間山荘事件が社会を揺るがし、社会生活も不安定だった。京都の花園大学を訪ねて、府境にある円福僧堂を紹介していただき、春休みに、頭を丸めて三週間、籠もった。その時の微かな体験に、小生の坐禅が始まった。何年も坐禅を離れている時期もあったが、中年になって、改めて心から坐禅に回帰し心酔するようになって、心の安寧、希望かなにかを求めて現在に至っている。小生の場合、他の宗教よりも坐禅の方が相応しかったからである。

二〇二〇年、一二日。
大先輩の一人、M氏が話したいと声を掛けてきた。その後の約束があったので、拙作『洞窟から菩提樹まで』（文芸誌『日曜作家』三五号、二〇二一年一月発行）を受け取ってもらう。それは二年前、インドのブッダガヤ（悟りの聖地）に行ったときのまとめである。二五〇〇年前シッダルタ（仏陀になる前の名）が洞窟から菩提樹まで歩いた野道を探し辿って、当時の苦難を想像し仏陀を思い浮かべてみた、そのときの冒険旅の体験だった。
　今週も何事もなし寒坐禅
三日間断食坐禅寒進む
一九日。快晴、朝坐禅。TS駅前ファミレスでそのM大先輩と話し合った。
改めて自己紹介、清明＝僕の坐禅との出会いと経歴等を。M氏にとって坐禅は非日常の有意義な時間である。八〇歳、二六年前からこのT寺朝坐禅にずっと通っている。坐禅の魅力は、異界の体験、日常生活を離れる時間、清明のようにストレートにのめり込むのは珍しいと。拙作を激賞、実体験が胸を打つと。そのとき清明＝僕は、知らないうちに、異界を求めて坐禅していることに気付いた。大先輩にご指導いただいたのである。
　極寒の世話焼き目勒玉緒姫
雨の日、彼女の姿はいじらしかった。玉緒は乙女のようで美しかった。
二二日。坐禅中〝無・空・愚・凡〟異界に仏陀の声を聴いているかのようであった。

二六日。朝坐禅、思い付く。玉緒にも拙作を贈呈したいと。
　門前の雨立つ玉緒梅を待つ
玉緒から二五〇〇年前を想う。六年間の瞑想でも洞窟で悟れず痩せこけたシッダルタ（仏陀になる前）がスジャータ（ミルク粥を彼に供養した村の娘）姫に救われたといわれる。そのように、二年間思い焦がれ恋窶れた清明が玉緒姫に救われる可能性もある、と考える。
二月一六日。小雨曇、坐禅。一円玉を一袋。どっと賽銭箱に入れる。
茶礼を抜け、本堂の玄関で玉緒にばったり。立ち話。その勢いで『洞窟から菩提樹』を遂にあげた。遅まきながら自己紹介のつもりでもあった。笑顔がコートに溢れる。彼女が読んだ、感動した。目がもっと大きく、それとも読み欠伸、目が萎びる。
　賽銭じゃらじゃら数百個春雨の玉緒と二人境内
　春雨の境内の愛歌に秘め玉緒に声掛け駄作を渡し
片思い拙作渡し笑顔見るカラオケ歌い春の雨（春が来た）
何かが新しく起こり始めている、その兆候が見える。
二九日。新型コロナウィルスが広がっていた。T寺に問い合わせ電話、坐禅はある。
八日。朝坐禅、粥なし講なし。玉緒が現れず、コロナ問題か。雪中を帰宅。
　生も死も無念無想只管打坐
ただ坐る、ただ坐る、ただ坐るのだ。

四月一〇日。
玉緒姫〝眼勒菩薩〟を小説に
二年半弥勒玉青に片思い
一二日。朝坐禅、マスク着用と手指消毒は義務。本堂の正面玄関に張り紙、一般参加者は自粛をと。前坐禅二人のみ、本坐禅本堂に三人のみ。
二五日。釈迦牟尼仏＝しゃかむにぶつ　兜率天＝とそつてん。
玉緒菩薩との交流をメモ日記に、あるがまま自然に。
二六日。コロナ禍にも呑気な清明。遂に本堂でたったひとりの読経と、坐禅堂でひとりだけの坐禅。人々は真面目に参加を控えているのだろうに。住職も副住職も驚いている様子だったが、清明は平気だった。
五月二三日。目勒菩薩を整理、弥勒玉緒か。
三一日。五時三〇分～朝坐禅、きっと再会する。やっと一カ月振りに玉緒が現れる。
風薫る目玉とマスク玉緒嬢
只管打坐目玉とマスク弥勒佛
七月一二日。
旅立ちに玉緒抱いて梅雨晴る
玉緒の目見つ極めむ愛と憎

清明が天上を見上げる。

この春に突如、顧客の都合で弊社は今月末でこの八〇室マンションを撤退と決定された。清明の寮管理業務も失業・退去と決まる。一〇月から埼玉県さいたま市で日本語教育のサポートと特別養護老人ホームの清掃をすることになった。

九月六日。朝坐禅後、T駅前、偶然、世話役代表I氏が現れたので、さっと『洞窟から菩提樹まで』を差し上げ、九月末でさいたま市に引っ越しと打ち明けた。結局。次の週に三部準備した。住職・I氏・先輩女性Kさんに。

一三日。朝坐禅、住職にも挨拶すると、その拙作がきっかけで歓談三〇分。今後ともまた坐禅をさせていただく許可も得た。

自然体坐禅の姿勢が真っ直ぐに
出会い別れは必然の道であろう。

二七日。最後の朝坐禅。清明は数日前から考えていた。玉緒に中編小説『息子の遺稿』（文芸同人誌『日曜作家』三〇号二〇二〇年四月発行）を渡すことである。その内容は、清明の若き二〇代の出来事だった、イタリアのローマやその近郊における業務や恋愛の想い出である。

別れ際、畳の部屋の隅で後片付けをしていたHさんと玉緒を見つけた。そして大胆にも、その小説を差し出し受け取ってもらった。愛する女性にこそ自分の真実を見せたかったのだ！するると、彼女は清明を上目遣いでじっと見つめた。さっと清明がデジカメを向けると、玉緒は自分の髪を撫でて、清明に向き直った。その瞬間、撮影するや清明はしかし、いたたまれずどうしようもなくその場をそっと離れた。彼女は黙したままだったが、その黒眼は深い憂いを湛えていたようだった。玉緒は清明の愛欲人生であり弥勒菩薩であった。【慈しみ】の弥勒菩薩像、未来仏像である。清明の愛情であった。玉緒の愛情であった！

清明は横浜を後にする。新しい修行の旅に出るのだ！

茶話会でＩ氏が清明に一言挨拶を促し、皆に拙作を紹介した。非思量（すべての相対的な観念を捨てた無分別の境地、坐禅の要とされる）とか。

只管打坐粥と玉緒の朝坐禅

お元気で三年感謝朝坐禅

異界から弥勒菩薩を瞑想し

そうして、ようやく、一瞬一瞬が我が人生、一日一日が我が一生、と気づいた。残生と見えてきた。

イタリア高年物語　第四部　ダビデの死

Ⅶ　ダビデを追憶

半世紀の足跡　一九七〇年代～二〇二〇年代

僕が本当に生きた半生、敬愛するダビデを偲んでいる証し、夢のイタリア移住に代わる、イタリア追憶物語である。ダビデを供養する僕自身の祈祷でもある。
躓き、生きること、続けること、最後まで生き抜くこと、毎日が一生の現在である。

誕生又は躓き
死亡又は解放

哀悼詩ローマ親友書き尽くせ
胸痛む友逝き会えず追悼記

コロナ禍でローマ親友逝き会えず
残雪に心落ち着く朝坐禅

親友死〝男はつらい〟寒昴
熱き人真善美追い夜が明ける
追悼記友のこころ書け寒波
異国の地事業や恋に謳歌した日伊の絆思い出偲び
逝き会えずイタリア人の親友よ四五年信頼続き
イタリアに僕の故郷昴見る
耐寒や燃え尽くしけむ青春記
大寒やこころ静めむ中年期
追悼記書き尽くすまで（冬景色）命燃ゆ
ダビデの死神に召された感謝の跡
兄弟のダビデと僕は永遠に生き

ダビデはいまあの世の世界にいる。僕はまだこの世の世界だ。もうすぐ会えるだろう。

あの若いとき、彼女と一緒に帰国しないで、ダビデの誘い通りにM村に留まっていたら、僕の人生は大いに違ったであろうに！　いずれ村の純朴な少女と一緒になり、現地のイタリア人のようになって、村で平和で安逸な生活を送っていただろうか？　その方が幸せだったのかもしれない。いや、つまらなかったかもしれない。僕には波乱万丈の、地獄を徘徊するような、底抜けの人生の方が相応しいのかもしれないから。こうなってしまったのもきっと自業自得、おそらく運命なんだろう。

もしコロナ禍がなかったら、中年の僕はとっくにイタリア移住を目指していただろうに。そしてダビデらと一緒に仕事や生活を楽しんでいることだろうが。

それとも幸せすぎて、退屈で長くは耐えられなかっただろうか？　怒涛疾風（強い風と逆巻く荒波）の生き方が相応しい?!　僕には元来、激しい闘争的戦いの方が適しているのかもしれないな?!　僕の精神は元来、潜在的に支離滅裂の可能性を秘めていたのだろう。だからこそ、このような現在があるのだから、それを素直に認めるしかない。受け入れることが僕の人生なのだから。徘徊人生。

あの世に行ったら、また新しい世界、きっと新しい人生が開けるのだろう。いつもダビデたちと一緒に暮らして、今度こそきっとうまくやっていけるだろう。けれども幸せすぎて、欠伸ばかりしているだろうか。あるいは、得意のユーモアを振り撒いて、みんなを笑わせているのだろうか。そして、元気に明るく愉しく過ごすのだろうか。それとも、毎日相撲かレスリングでもやって、格闘に汗を流して身体を鍛えているような気もするのだが。

突然だが、発想を大胆に変えてみよう。宇宙はビッグバン？　太陽系から見れば、コロナ感染も大自然の細やかなユーモアとは言えないだろうか。人類も然り、原発爆破もウクライナ侵攻も。もともと宇宙がなにかの偶然でこの世に現出したのかもしれない。

たぶんある種のユーモアだろう。命を落とす人がいる出来事をユーモアと言うべきではないかもしれないが。

ところで、僕の人生は極端から極端に激しく揺れ動いたような軌跡を辿っているのではないか。少年時代の天真爛漫な自然環境でありのままに自然成長、思春期（時代）の暗黒孤独、と同時にゲーテを目指した人間賛歌である。ある意味で、絶望と希望または地獄と天国、青年時代の自殺と逃避あるいは夢想と桃源、母国脱出と世界放浪である。それはまるで、覚悟を求める仏教のシッダルタ（悟りを得る前の仏陀）の乞食苦行あるいは断食瞑想のようである。そしてシッダルタはスジャータ（美しい女性）と邂逅した。その結果、地の徘徊と天の理想ではなく、琴弾きに例えると張りすぎず緩すぎずにその中間がもっとも美しい音を奏でるのである、すなわち中庸の体感、菩提樹の下で瞑想中に明けの明星と見ての悟りである。迷いの世界を超え、真理を体得することである（覚、悟、覚悟、証し、証得、証悟、菩提などともいう。仏教において悟りは、涅槃や解脱とも同義とされる）。そこで僕の残生は、その中庸を生きようと思う、ムリムラムダを省き、自然に耳を傾け音色を聴こう、川の流れのように。坐禅の実践、瞑想の心境であろうか。そのように、自分の人生を全うしたいと願望している。現在までに気づいた、もう一つの新しい生き方で歩いていくのだ。これからは、あの世という死界に向かって、僕も先達のように、ありのままにこの命、この世界を喜んで受け入れよう。生き続けるのである。ダビデもきっとカトリックを通じて僕と同じような道を歩んでいったのではなかろうか。富士山登頂に様々な道程や方法があるように。

《M村に忘れてきた日本から持参した写真。僕・妻・僕と息子・息子と父母とValen一家の写真が数枚。また取りに行くつもりだったのに、現在のところ、もうその機会はないかもしれない。コロナ禍が収まらない限り……だけれども、だからこそ、こうしていまも書き続ける。僕が本当に生きた半生、敬愛するダビデを偲んでいる証し、夢のイタリア移住に代わる、イタリア追憶物語である。小さな大団円でもある》

MEMORIES

①家族の問題と横浜へ戻り引っ越し

僕が真如苑（以下、S教とする）に入信したのは家族の問題を解決するためであった。

京都での学業生活も行き詰まってしまい、急遽、横浜に戻ることになった。引っ越しするに当たって、久し振りに東北の田舎に住んでいる親友に電話し、挨拶した。単刀直入に、その家族問題を初めて話した。すると、それを解決するためにと、彼は熱心にS教を紹介し推薦してくれた。親身になって心配してくれたのである。宗教は苦手であったが、僕はそのとき五里霧中のまま引っ越しすることになっていて、それは追い詰められての決定だった。半世紀近くになる付き合いの友人の、心からのアドバイスは嬉しかった。やってみようと無条件に信用した。吉俊からいままで一度もその宗教について聞いたことがなかったので驚いた。

僕は、還暦を過ぎてから大学院で学ぶ機会を得た。初めて残生を意識し熟慮した結果である。在職中に国文学専攻の修士（通信教育）課程に入学した。が、その後一五～一六年も生活に追われて殆ど埋没していたのである。あれこれ探し回って、やっとその指導教員を京都の佛教大学に見つけた。四〇年振りに初心に返って勉強を始めたのである。そして退職を機に、思い切って横浜から京都へ引っ越した。未来に前進すべく、過去に決別すべく、さっぱりと断捨離をした。自炊中心の節約生活だったが、精神的には自由だった。院生研究に集中し俳句に興味を持ち、国文学専攻だけでなく仏教文化専攻の修士（通信教育）課程も修了し、当初の目的は十分に達成した。だが、その先が漠然として中途半端であった。迷いつつも通学博士後期課程に進学してしまったのである。

家族問題が深刻化したのは京都に引っ越してしまってからである。それが本格化したとき、僕の人生が反転した。二〇一五年三月頃だった。以来、徐々に亀裂が生じすべてが狂い始めたのだ。

二〇一五年秋、息子が突然、東急東横線の踏切で電車を止めて強制入院させられた。青天の霹靂だった。警察から緊急電話を受けたとき、僕も妻も驚愕した。通報してくれた人が親切だったのが幸いした。社会問題にはならなかった。

『まさか、いったい何が起こったんだ！』

一方で、しばらくすれば退院するだろうと高を括っていた。が、精神病と診断され、長期入院治療が必要との説明を受け、僕と妻は心底動転した。こんなことが我が家に起こるなんて、夢にも思わなかった。僕の人生は砕け散ったかのようだった。そんなはずはない、絶対にあり得ない、と何度も打ち消した。けれども現実に、息子は外部と遮断された精神病患者となって、措置入院をさせられているのだった。

後に、息子は統合失調症と診断された。ちなみに、僕は二〇歳頃に精神分裂症と一時診断され、亡父は若い時から憂鬱症等があったらしい。

その精神病に至った原因については、はっきり分からない。息子はいつ頃から暗くなり、能面のような無表情になったのか。息子の高校大学時代の大半は、父親が海外出張や出稼ぎ中だったため、男親の助言が欠如していたのかもしれないと思う。


電車を止めたのは、息子の絶叫SOS、最後の自己主張だったのか。きっと救いのない自爆だったのだろう。息子の場合、精神面だけでなく社会の臨界点を越えたので、刑事事件に発展したのであろう。何と父親に似ていることか！　それが根本的な原因で、僕に天罰が下ったのだろうか？　僕の場合も、精神の臨界点を確実に超えていた。けれども、紆余曲折の末、その自爆が海外に逃亡であった。実は、国内で縁あって一時、剣道猛稽古にも発散されていったようだった。だから、警察沙汰にならなかったにすぎない。

息子は学内の活動を拒否、自宅通学。飲食店にバイトの時代。無意識の中、頭の中で父を乗り越えようともがいたが、成功しなかった。他方で、また性欲問題への対応も未熟だった。息子はますます無言を貫いた！

時には横浜に戻ってその問題に取り組もうとしたが、焼け石に水だった。そもそも息子が父親を避けるので、コミュニケーションができない、接触のとっかかりさえ難しいのである。様々な矛盾や行き違いが膨らんで、表面化して三年目の春にはすっかり硬直状態だった。

思えば、横浜の家族問題はずっと混迷の中にあったのに、能天気な僕は初めから余り気に留めなかったし気づかなかった。その上に西国故郷の実母が倒れその介護も肉親間で大きな問題となった。同時にその秋、その実家の引継ぎ問題等も起こり八方塞がり、まさに胸突き八丁だった。しかし、やはり家族問題が最重要であり、最優先しなければならない。将来のある息子のためである。ただし、息子は父親をひどく煙たがったので、僕は本宅の近くで単身生活から始めざるを得なかった。

横浜への引っ越し後、生活費の確保も切実な問題だった。早速ハローワークで探し何とか週末パートを見つけた。実は横浜にあるマンションに三〇年以上住んでいたが、妻の意見・主張で数年来別居中である。マンションのリフォームを契機に彼女が、私は穏やかに暮らしたいのであなたは他所に住むようにと、本宅での共同生活を拒否したのだった。根負けして、仕方なく三年ほど前に大学のある京都に引っ越しした。それは家族問題が本格的になることが発覚する前だった。後で妻に聞いたところによると、息子が数年勤めた某企業を悩んだ末に退社したときのことだった。息子には無謀な海外逃亡や剣道の猛稽古という発散の方法も場所もなかったようだ。また父親のいわゆる社会的地位の高くない経歴や空気の読めない行動を徹底的に軽蔑していた時期でもあった。

一〇月半ばに親友に右記のような詳細を打ち明けた。以後、早朝に電話で連絡を頻繁に取り合った。

そして僕は、密かに学業を断念し、一一月一日に横浜に引っ越しした。親友の紹介・勧めに従うことにしたのだが、手探りで、視界は余り良好ではなかった。けれども、取り組める対象があるのは慰めだった。心機一転、新しい土地で新しいアパート生活を楽しむことにした。

吉俊との出会いは四五年前に遡る。府境（大阪と京都）の妙心寺派の臨済宗円福寺禅寺であった。僕は花園大学を訪ね、その紹介で禅寺の門を叩き、即頭を丸めて修行・参禅した。彼は社会人、私は学生だった。同じ二〇歳が親しくなるきっかけでもあった。連合赤軍事件のニュースが俗世間から隔離された禅寺にも伝わった、暗い朝の雑巾掛け、托鉢もした厳寒の冬が思い出された。当時は大学紛争に心身共に疲れ切ったような学生があちこちにさ迷っていた。空想的な僕は若いときから何となく宗教に惹かれていた。

京都に院生在学中、気ままに近所の大徳寺系寺院や源光庵で日曜坐禅に参加していた。僕の場合、宗教関係の道は必然だったような気もする。その坐禅参加を横浜に引っ越し後も続けているのだ。あるいは、僕には坐禅こそが最も適合し自然だった。

しかし間もなく、僕はS教に失望した。ただし、駅から近所までのごみ拾いは、宗教を離れて無心になれた。些細な無報酬活動だが、心身の分裂に苦しまない軽い肉体運動、それは健康的だった。遠い日の亡き父の小さな姿があった。ある時、道端のお地蔵さまに気づき手を合わせて以来、何となく慰められなぜか素直になる。普段着で、この社会の一員として参加しているささやかな生活の実感があった。坐禅の心境にも通じるのである。過去にも現在にも未来にも悩まなかった。〝父の背やお地蔵様の雪払い〟。

ところが、二月になるや、親友に電話で、駄目・自殺・S教止め・家族不能を訴えた。忍耐の限界だった。重要さが分からない。宗教に凭れ掛かりすぎることなかれ。僕は愚痴捲り、親友はびっくり仰天したようだった。要するに、僕とS教は噛み合わなかったのだ。S教から脱落した。

さらに、ある潜在的な根源的ストレスが一つ。京都の大学指導員は業を煮やしてしまったのだろうか。するとその瞬間、学業継続の希望は完全に潰えた、と僕は確信した。僕は、真っ正直だが、時々急ぎすぎた。その学業断念も、京都に引っ越ししてまで頑張っていた僕にとっては、決定的な打撃・絶望だった。ただし、その指導教員は僕の正当だが頑固で愚直な性質に手を焼く一方で、たびたび僕の書きたい熱意に感嘆していた。先天的な適性を見極めていたらしい。学問研究よりも小説エッセイの道を推察・判断し、勧めてくださったのである。転向が、突然頭の中を過った。指導教員の洞察力は、やはり凄いと思った。

さて、もう一つの決断、無酒の生活についても告白・言及しなければならない。文芸誌『日曜作家』に助けを求めたことが、結果として、何十年来の飲酒習慣を放棄する原因になったのである。無酒生活が始まる最大のきっかけだったのだろうか。発狂自殺に本能的に反発し、死ぬ覚悟で地獄の酒断ちをした。

いままで反抗してきた父母の期待や近所への見栄や外聞の羞恥やらがやたらに浮き沈みした。すると一方で、不思議なことに、長い間押し殺していた元来の創作したいという作家志望、読書やひとり旅が現れてきたのだ。後悔に交じって蘇ってきたのである。少年の頃の夢に回帰、青春の復活に反転・逆流、と息を吹き返したのだ。

小心な僕の場合は、安直な方法、酒でその苦しさを紛らわしていたのかもしれない。無酒になってから初めて、そうではなくて、「中道」、本来の生命に復帰することに気づいたのである。僕は自然に返り、ありのままの自分自身を認識し始めたのだろうか。少しは豊かな自分や生活を見出したのであろう。書くという偶然、運命にやっと辿り着いたのであろうか。今回の体験を経てこその賜物・発見、『日曜作家』に投稿である。佛教読経も只管打坐も同じようなものであるのかもしれない。無酒二ヵ月。奇跡的にスパッと止められた。その『日曜作家』に投稿したのは、発表を前提としたものではなく、いままで書き散らしていた自慰的な所産の一つだった。

僕の心の叫びと説教師の諭しを聞く。いったい、何のために横浜にいるのだろうか。この四ヵ月間の努力・精進・挑戦を振り返ってみると、本人以外は何も変わっていない。僕のみが疾風怒涛の如く疾走し迷路に嵌った。けれども、それは全く独り相撲ではなかったか。希望のない一縷の望みを長い間、ただ待っている。

そこで思い出されるのが『シーシュポスの神話』だ。学生時代に熱中したシーシュポスの絶望人生である。

神々を怒らせることになるのを意に介さず生への情熱を貫徹するからである。ちなみに、決して頂上にとどまることの無い岩を、転げ落ちるごとになお運び上げ続けざるを得ないシーシュポスの苦役は神々からの処罰のためなのだが、そんなものは捨てておけという意味でカミュは、シーシュポスをその山の麓にとどめようとする。不条理主義者の哲学の中では、不条理は人による世界の意味の追究と世界の明らかな意味のなさの基本的な不調和によって生じるとされる。

僕の場合は〝蛇の生殺し〟であろう。

さて、家族問題は全然解決しなかった。僕はその問題については何もできないことを知った。同時に、発狂しそうになった自分の弱さも知った。けれども、その心が微かに聞こえるような気がする。僕という人間はいままでよりは少しばかり自分のことに素朴さを取り戻し、少しは本当の自分になることに気づいたのであろう。今後とも、このような揺り動かし、輪廻のように永遠の運動を続けていくのだろうか。ひょっとしたら、家族問題のその家族が僕にこの課題を気づかせてくれたのかもしれない。すると、意外なことに、気持ちが軽くなったような、晴れ晴れした心持が、どこからともなく湧いて来るのを感じる。

家族問題はまた振出しに戻ったが、気持ちがわずかに明るくなったようである。ある説教師のいうように、当たり前のことを、当たり前と気づいていくこと、が分かってきたのだろうか。近い内に家族が一緒に住める日が来るような希望も湧いてきそうである。〝いつかまた家族と笑顔交わす日々〟。

京都での学業生活も行き詰まってしまい、急遽、横浜に戻ることになった。

僕は、還暦を過ぎてから大学院で学ぶ機会を得た。在職中に国文学専攻の修士（通信教育）課程に入学した。文学は一〇代からの感傷的な憧れでもあった。

時には横浜に戻ってその問題に取り組もうとしたが、焼け石に水だった。そもそも息子が父親を避けるので、コミュニケーションができない、接触のとっかかりさえ難しいのである。その主な原因は父親の自分にある、と猛男は漠然だが実感している。積年の障害が複雑に絡み合って根が深いようである。様々な矛盾や行き違いが膨らんで、表面化して三年目の春にはすっかり硬直状態だった。

その上に西国故郷の実母が倒れその介護も肉親間で大きな問題となった。同時にその秋、その実家の引き継ぎ問題等も起こり八方塞がり、まさに胸突き八丁だった。なのに、京都でふらふら遊んでいるとは何ごとか。長男の僕は、親戚中の顰蹙が想像されてノイローゼ気味になった。極楽とんぼの学業生活は、もう〝針の上の筵〟だった。横浜に引っ越し戻って家族に寄り添って、息子の回復をサポートするしかないと思った。他の諸問題は皆、実家の肉親が面倒を見てくれたので、彼らには頭が上がらない。

横浜への引っ越し後、生活費の確保も切実な問題だった。転職を重ねたため年金が多くないのでパートで補わなければならない。

そして僕は、密かに学業の断念をも覚悟し、一一月一日に横浜に引っ越しした。

文学的探究よりも、それは京都で最後まで捨て切れなかった実質的な収穫であった。

三〇数年間は、僕は家族のために忙しく働いた。表面的には平凡だが、幸せな子育て生活を過ごした。ところが、最近になって、夫婦の別居、京都と横浜、父子の断絶、家族の拒否、等様々なヒビが入っていたことが明らかになった。その遠因は、心理的に、二〇歳のときノイローゼに陥った僕が、当時の精神分析医に頭が割れている、と診断されたことにあるのかもしれない。家族はその症状を映し出す鏡となったのだろうか。家族共々悩み苦しむ分裂気味の傾向が鮮明になった。精神分裂は遺伝だともいう。その回復に背水の陣で寄り添うために横浜に引っ越しし、〝溺れる者は藁をも掴む〟思いでS教に縋ったのだった。

以上が、昨一〇月中頃から一二月末迄の、経過と結果である。

② コロナ罹患日記

挫折・破滅もたまにはいいもんだ、仕切り直しで白紙から。

新しい伊旅計画、明日こそいい天気だろう、再門出の再準備、希望の道は続くのだ！

敬愛するダビデ、イタリアの我が家、必ず行くから待っててくれ!!


二〇二二年一一月四日（金）、晴曇。

なんとコロナ感染が発覚、まさか自分に、青天の霹靂とはまさにこのことだ!!! この伊旅直前、一一日出発、に及んでそれはないでしょう、嘘でしょう、天罰、この世に神仏なしか？

なんてこった、滅茶苦茶じゃないか!!!!

七一歳、拙宅は単身ウサギ小屋、横浜市青葉区S公園の傍下り坂。田園都市線たまプラーザ駅とブルーラインあざみ野駅の中間、この四月から簡素な住宅地にさいたま市から引っ越し。妻とは別居八年、妻子は港北区在、三人同居は不可と息子の嫌悪と妻の断定、近くで見守るべしと！

目覚めるとなぜか体調が異常に悪い、天井がぐるぐる。こんな地獄絵図のような感覚は生まれて初めてだ。寝床から立てずよろよろ。なので、空を仰ぎつつ、八時四五分、なんとかスマホで、一八時に五回目コロナワクチン接種を予約していた近所のT内科胃腸病院へSOS連絡、診察を予約、周りが回っている。またまたダウン失神！

どうにもならず、この野郎と起き上がったのが一一時?! それでもよろよろと自転車で下り坂を這うように一〇分、受付に辿り着く、殺伐とした雰囲気、機能的な看護師数人、二〇数分待って、医師の診察を受ける、助けて！ という神仏に縋る気持ち。その結果、なんとなんとコロナ感染が判明！ 天地の冗談、大パニック！ 徹底的に破壊的なタイミング、もう笑っちゃうしかない!!! コロナワクチン接種か?!

休むようにと会社命令を受けたのが昨日！ 内心で猛反発、習慣になっているラジオ体操で奮起・自己叱咤？ 俺は伊旅に墓参り・供養、出掛ける直前なんだぞ、一一日羽田発だ。スーツケースに喪服や土産を詰め込み準備万端なのに。

想い返せば、加齢に夏バテで疲労蓄積の中、日伊の出入国は可能、帰国にワクチン接種証明書が必須！ と知るや、一〇月初め急遽伊旅を決断、これが最後のチャンスかもしれないのだ。と同時に大至急でフライトの予約、コロナ禍発生騒動の四年前から延期に次ぐ延期をやっと突破・実現！ 心は大逆転、会社には事後報告だ。絶対に行くぞ、イタリア遺族の出迎え・ダビデとロサンナの家は僕の心の故郷・そこに宿泊を依頼、五〇～六〇年も彼らValen一家が僕を待っているのだ!! 秋が深まる……伊旅の絶望も……。

心身がやはりおかしい！ 眩暈がする、体はいうことを効かず、起き上がれないのだ。這って、昨夜から濡らし溜まった下着やシーツ等を洗濯機に放り込み、いっぱい回し干す。湿った敷布団や掛け布団もベランダに日干し……いい天気が続く……。

でも、ふらふらして苦労困憊、なんとか終えるが、体調がどんどん悪く酷くなる……今月中旬の伊旅は、中止になる不安！　その絶望が最大の心配‼　出発直前の精神的ショックが計り知れない!!!

だが、寝床から起き上がれず、平衡感覚なし！　今夕のコロナワクチン接種予約の病院に緊急電話をする、苦しくて待てないのだ!!!　体調不良でも、奮起して？　昼前に電話してＳＯＳ！なんとしても（自転車で）急ぎ出掛け。足が地に着かず……予約していた近所のＴ内科胃腸病院によろよろと辿り着き、診察を受ける。突然の体調異常を訴えるや医師は、即刻検温、ベッドでＣＴやＰＣＲ（鼻孔に突っ込み）等の検査?!　その結果、なんとなんとコロナ感染と診断、うそっと絶叫！　発覚・判明にびっくり仰天・驚愕止め!!!　伊旅中止、天地逆転か?!　フライトのドタキャン???　大ショック、天地がひっくり返った！　まさかのまさか‼　即医師の指示や病院処方は上の空、朦朧朦朧朦朧、なんと意地悪なジョークだろう!!!　転落死？……落ち葉が風に舞う???

四種の薬七日分（カロナール錠・トランサミン錠・フスタゾール糖衣錠・ツムラ葛根湯加川辛夷）……服薬の説明聞こえず……その場で無意識に服薬一回分?!　朦朧と支払い四七六〇円支払い、薬の袋を受け取る……コロナ感染が最大のショック、院で一回分の服薬（ワクチン接種予約は自動的にキャンセル)、憂鬱な院内を退散、地獄をよろけ転倒！　重い重い自転車を押して地獄帰宅、寝床でぐったりとそのまま寝床に、倒れ寝込む（意識不明）……。

医師は療養期間七日後に回復・完治なら一〇日に伊旅可というけれども……ありえない、気休めだろ！　伊旅断念か!!!　コロナ禍はいままで他人事、快食快眠で無関係だったのに！　よりにもよって渡航直前の自分にコロナ感染とは！　いったい全体、俺はなんて運が悪いんだ、なにか悪いことでもしたというのか!!　出発直前のコロナ感染が発覚とはもっとも効果的な破滅破壊、断頭台の絶望感!!!　おお、神様仏様は悪い冗談がお好き!!!!

先月末以来～なんとなく体調不良だった、でもいそいそと伊旅準備！

一〇月二七日（木)。早朝、駅近くのビル清掃、一〇時に新横浜駅前で通常のビル清掃をよろよろ終える。稲荷寿司セットや最中詰め合わせ・イタリア遺家族のお土産も確認済み！

一〇月二八日（金)。二一時～たまプラーザでビル清掃が、やはり変だ、気力だけ……。

二九日（土)。二〇時～なんとかやり遂げる、ふらふらと、帰宅するや倒れ込む……。

三〇日（日)。快晴。（ひょっとしたら！　コロナ感染？　いつ?!　どこで???　全然自覚ないのに！　毎早朝の清掃パートと一時帰宅、即ファミレスで朝食・『イタリア追憶物語』を継続して執筆、暇があれば執筆を断続的に……週二回は新横浜ビル清掃、主に階段の鳩糞処理に地下鉄通勤……帰途に買い物等、これが最近の主な僕の行動範囲……なんにもしたくない、ぼんやり・朦)している、パソコン画面が虚ろ……。

一〇月三一日(月)。晴曇。パート休み。

夜、なぜか興奮? 夜中眠れず、起きては寝るの繰り返し、寝苦しい、無力・朦朧・失神?!

一一月一日(月)。晴曇。ゴミ出し、清掃パート、体調が急変?! 早めに休憩、就寝二〇時。

二日(火)。晴曇、七時～清掃を三人で終える、寝床で読書、旅行準備と並行、体調不良のアンバランス、なぜだなぜだ、原因不明?? 出発直前だというのに……焦る、焦りに焦る……。

三日(木)。五時三〇分起床、晴曇。六時～パート出勤、同僚と三人で終了後、一旦帰宅、一休み、自転車に乗ってあざみ野駅前ファミレスで朝食と同時に執筆に集中。『イタリア追憶物語』を書き継ぐのだ、なんとしてでも、背水の陣!

しかしながら、コロナ感染のせいで挫折!! 文芸社に断念を絶叫する!!!

――実は縁あって、この夏『父親と息子』を大手出版社より出版! 本命は来春出版予定、我が自伝的半生『イタリア追憶物語 ―敬愛するダビデを偲んで―』約三〇〇頁を仕上げることだ。それを目指して、集中的に執筆中!!! その取材のためにも絶対に今回の伊旅・最後の取材は必須貫徹、最終稿・小円壇のフィナーレを構想中、絶対目標、命懸け。

その勢いであざみ野駅からブルーライン地下鉄へ、時間と競争。地下鉄新横浜駅で下車・階段を上るが、どうしようもなく、なぜかふらふら……エスカレーターで他の乗客の流れに追いすがり急ぐ、だが、地上に出てますますよろよろ歩行、前に横にフラフラ・ふわふわと眩暈、なぜか前のめり、路上の現場前で。ついに前のめり転倒、おでこを路上で打つ、無感覚・痛みなし?! 視界の周囲がぐるぐる回る、なぜか周りが騒がしい！ 警備員が救急車を呼んだとか。隊員に身分証明書を求められ財布を提示……救急車が着くやそのベッドで簡単な検査や問答。搬送入院の勧めを拒否、業務開始を焦る！ その間に会長と社長が駆け付け私の業務を代行する、それから社用車の後部座席でぼんやり……拙宅へ運搬される、清掃業務を断念、ファミレスの駐車場に置いていたパソコンや自転車の荷物も。後ろ座席で朦朧……介抱されて帰宅、寝床でそのまま横になる……安静……体調最悪、起き上がれず、平衡感覚がおかしい、トイレが間に合わず下着を濡らすこと数回……体調最悪、横向き苦し・起き上がれず……意識混濁???

コロナ感染？ だと気づかず、そういえば数日前から体調異常、まさかまさか自分が感染??

他人事だと思っていたのに……コロナ感染の可能性を認識！ この期に及んでありえない!!

絶叫卒倒、意識不明?!?!

この正月に敬愛するダビデの死、それを知らせる妻ロサンナからの、突然の訃報メール！

驚愕、なんてこった、俺はなんて鈍いんだ、コロナ禍が憎い！ 間に合わなかったのだ！

三〇年以上前（息子が七歳の頃）にドイツから初めて家族三人で訪問したローマ近郊のダビデのValen一家、その思い出が崩壊、懐かしい懐かしい心の郷里？

だがコロナ禍で伊旅も墓参りもめちゃめちゃだ！　代わりにダビデを追悼する僕の半生記を思い付き、僕の供養の思いを書く決心をした、こつこつ書き始めたのだ。一方、三月にさいたま市から横浜市に転職・引っ越しが重なり忙殺、解約手続きや重労働新環境に酷暑続き、疲労困憊でダウン。初めて救急車を呼ぶ！　七一歳の加齢、一時はもうダメかと。病院診察の結果、虎の門病院分院で精密検査を勧められ受け続ける……等が走馬灯の如く、思い浮かび巡るのだが……。

（コロナ感染発覚その後）

一一月四日午後、自宅静養開始一日目?!

突然、青葉区保健福祉課より寝床のスマホに電話、何度も。電話メモ、具合は？　と矢継ぎ早に、自動音声……三日後に発生届対象者の方へ。県療養サポート窓口・県コロナ一一九番・カロナールは六錠/日・配食サービス……のメッセージが残っていることに気づく……七日間療養の宣告と後日認識!!!???

一週間の自宅療養厳命、療養サポートが！　目の前が真っ暗、世界が吹っ飛ぶ!!

次いで一一九電話、救急車が到着、玄関で隊員三名の長い調査・問答、疲れ嫌になった、一時間以上も……悪寒、夕闇。

隊員が去るや、残りご飯に味噌煮・梅干しで夕食、薬、四種を飲み横になり寝る。……、妻に電話がやっと繋がる。やがて夜、妻子が食料、レトルト・缶詰等をキャリアで持ってきてくれる。公園で迷子?! 角で夜間に妻と息子に遭遇、来なくてもいいとSMSしたのに、救急隊員からすぐに届けるようにと言われたとか。初めての来訪、食料を置くや帰る！

その間、明るいうちに、洗濯物を取り込み、布団上下にカバー掛けに奮闘・苦労、ふらふらしながらもやり遂げ寝床を作る、自力で奮闘！ そのまま休憩、天井が揺れている、寝床で読書にしがみつく、妻子にお疲れ様メール。疲れて就寝二二時？

一年弱前、正月からの伊旅計画が完全に挫折か、出発直前なのにだ!!!

まるで悪夢、コロナ禍・転職引っ越し・酷暑診察・精密検査・救急車入院不可……。

神も仏もあったものか、病魔、悪魔、血池、沼底！

一一月五日（土）。自宅療養二日目。六時三〇分、晴曇。

飲食代金一五一三円、
七時か八時にスマホ時計で目覚め、ずっと朦朧としている……。

九時過ぎ、スマホ時計が目覚まし、頑張って起床、コーヒー・甘小豆、パソコンに向かうが……昨夕、玄関床に置いた電話番号等メモ書きを紛失、保健所電話の指示メモだったか？

一〇時～旅行会社ＨＩＳ営業Ｋさんに電話しコロナ感染が四日正午に判明と伝える！ 延期手続き、体調悪い、悪寒震え、ＡＣ？ の二四時間運転三日間……踠き苦しめど、どうしようもなし!!!

本を開き、気を紛らわす。一四時三〇分頃、パルスオキシメーターと体温計が到着、早速測ると九七～九八%と三六・八～九℃、電話質問・報告、問題なし?!

頑張り、伊旅の延期をローマの遺族Rosanna/Emanueleにメール速報！　文芸社Y氏にコロナ感染で伊旅執筆の中止を提案・相談、一五日原稿の暫定締切に間に合わず、ゆっくり休むようにと。ダビデの息子Emaにコロナ感染や出迎え不要のメール速報を送る！

夕方、甘いものが欲しくて買物に外出。カット野菜・バターロール・スイートプール・チーズケーキ・中華そば・柿四個・お握り二個・ロールケーキ・バナナ……。

行き帰りが困難、途中療養サポートから受電、外に出ないようにと注意を受ける。

帰宅するや、Ema（nuele）とロサンナの了解・お大事にとメールの返信あり、通じて大安心！ふらりと柿二個や野菜入り中華そば一杯が夕食、寝床で読書、夕方服薬一回、翌日から数回四種服薬/日、しばらく休めと会社の配慮、現況を報告し謝罪……。

歯磨き・読みながら就寝二〇時。夜中目が覚め間食?!　先が見えず、混沌滅亡困惑至極。

六日日。自宅療養三日目。六時三〇分、晴曇。

残念なのは、三ヵ月来延期の坐禅七時～に参加ができない！　昨夜からその気で準備していたが、体調がもうひとつ・禅寺に迷惑を掛けるかもと怖じ気づき、立てず、無念！　コーヒー・ケーキ、何もかもも諦め……執筆も挫折（断念）……。

夜明け前から目が覚め、起きたり寝たり……えいっ！　と溜まった衣類寝具の大洗濯・干し、柿一個、岡山の弟にコロナ感染をSMSで知らせ、寝床で虚無時間……。

昼前より、突如体調回復、食欲あり、妻子持参の食料・おかゆ・鮭・甘パン・バナナをがつがつ、なんだか急に元気になった。つけっ放しのエアコンを四日目に止める。苦し紛れに大阪のN氏に感染報告したら、それは自分で関係者に連絡するようにと。こっちは必死なのに……。句会O氏・昭和四三年高校卒同窓生S氏G・連句の文韻へ断りを入れた。いっそのこと、錯乱・やけくそ！　思い切って投稿している季刊文芸誌『日曜作家』も止めようか?!　寝床で気紛らわしの読書『真田太平記（一一）　大阪夏の陣』に入る。体調が良いためコロナ感染を区役所に電話するが、繋がりにくく要領得ず……。

一六時過ぎに洗濯物取込、妻子持参の食料を開封、温めてもぐもぐ食べる、不規則に三回服薬。

SMSでパルスオキシメーター九八%・体温三六・九℃を知らせる。一日中部屋、外に出れず、暗雲、弧立。便秘気味、もう大便が出るはずなのに……歯磨きして就寝二〇時。とどめは区保健所が自宅療養厳命と追い打ち電話！　服薬寝床無気力無体力！

一一月七日（月）。自宅療養四日目。五時三〇分起床、晴曇。

夜中に空腹を覚えミックス野菜・カレー・おかゆ・白米を食す。一日に三〜四回、四種の服薬、一種類を一日二錠飲むことに気づく。ちゃんと服薬・体操、シャワー・髭剃。熟睡。

毎朝九時三〇分頃、保健福祉課から電話があり、自動音声で質問、パルスオキシメーター九八％・体温三六・三℃。元気いっぱい！　夜明けには意識明朗だった。天気は悪くないけど、俺は氷河の氷詰め……。

なのに、七時頃から、突然、ふらふらとなんだか不調……味覚なし……やはりコロナ感染の影響?!　ぶり返し?!

夜明けに頑張って体操、公園横に生ゴミ出し、その裾は真っ黄色な花畑、また寝床。目覚め、白飯・ミックス野菜・ハヤシカレーがブランチ、仮眠。食べたり読んだりするしか楽しみがない。まるで刑務所の中、息が詰まりそうだ……。

気がかりを思い出し、T医院に電話相談！　薬の正確な服用方法や「発生届対象者へ」の内容について。一〇日再診察は不要とのこと。なお、虎の門病院分院に電話相談、神経科再々診察の勧め、問い合わせると回復後一日以降にとのこと。療養サポート窓口で配食サービスを希望。直後段ボール箱が届く。

寝床の整理、白菜・濃縮汁が間食、バナナ。服薬二回目、熟睡効果。

一六時～洗濯物取り込み、パソコンメモ日誌、横になって本読みリラックス、寝起き。

なるがままコロナ感染あるがまま、絶体絶命！　に。自宅療養五日目。六時三〇分、晴曇、飲食代金一八六五円。

ずっと寝床で過ごす……それでも一〇時自転車でこっそり図書館へ出掛ける。寝ていると身体も頭も忍耐の限界、気が狂いそうだ。返却貸出も二冊各、一冊は新規、計三冊貸出。読み書きが命綱！　食料補給買い物、坂道がキツイ、自転車を押す……。

蜜柑一袋・柿二個・ミックス野菜・フルーツ一パック・梨？一袋・コロッケ一袋・お握二個・チーズタルト。

やっと大便・血便！　スッキリ、助かった……体力減退……寝起き・飲食が不規則。

帰宅途中の公園でコロッケや果物を食す。帰宅し服薬しパロメ検温し寝床で読書、仮眠、夕方に旅行会社より、海外旅行保険変更と妻の封書を受。冷たい部屋に帰宅。感染前の生活感覚が失われていそう……。

頑張って飲食、柿・ミカン・梨が中心……お握り……寝床・読書……。

ああ、生殺し、死にたいよ、死にたいもう嫌だ！　絶望・絶望・絶望？

一九時過ぎ、外に出て数秒間、夜空を見上げ皆既月食眺めぼんやり……。

一一月九日（水）。自宅療養六日目。少しは回復?!　六時一五分。

体操・シャワー、服薬、パルス検温、おかゆ・お握りも。N氏とメール交換。梨二個を齧る、蜜柑も。なのに、体調不安定……。

一〇時～旅行会社HISに電話、海外旅行保険契約内容変更依頼書に記入し、徒歩で駅前ポストに投函、アイス買い……深呼吸……会社より気遣いの電話。

駅前東急店ベンチの日溜まりで気晴らし読書……太陽が嬉しい!!!

でも、歩くのが辛い・遠い・疲れ・息切れ……読書が精神安定剤、寝床でごろごろ。

夕方に、ハヤシライス一人前、梨二個、蜜柑も一袋終わる、寒い部屋にひとりきり！

ふと、畏友K氏へ連絡、するとコロナ罹患日記執筆の勧め！　そうだ‼

もう駄目、筆挫折・文芸社挫折・投句も中断……自爆願望……。

〝里想い眼は口ほどに秋を観る　死にたい死にたいと日長唱え〟　死ぬのを待つのか！

一一月一〇日（木）。自宅療養七日目。六時三〇分、晴。

体操・シャワー、三六・三℃・パルス検温八九～九九％、服薬（終わり）、コロッケ一個・

タルト一枚、菓子パン・新しいコーヒー二杯……路上のあちこちに赤茶の落ち葉、手袋が必要。

元気、ダビデ遺族の息子Emaの心配メール・親切に感激・生きる希望！　感謝返信！

八時四五分～T医院、本日休診、月火水金八時四〇分～一二時三〇分、土日祝休み……。

九時三〇分～出掛け、一〇時過ぎゆっくり～一一時過ぎ、会社依頼により新横浜でゆっくり
清掃業務。鳩糞なし⁇

蜜柑一袋・カットフルーツ・柿二個。帰途公園で食す休む、一二時三〇分帰宅。

一三時～休憩……自伝執筆挫折危機・足掻き復活⁈　スマホに四日間の県療養サポート〇四
五-二八五-xxの連絡に気づく、ざっと一読後、電話で確認、健康観察、本日で療養期間完了！

寝床で読書、食料開封、頑張って食す……夜中目が覚めたまま深夜便……。

一一月一一日（金）。自宅療養期間終了！　八日目。六時三〇分起床　晴。

体操・シャワー、罹患日記を開始……八時一五分〜ファミレスでトーストと茹で卵朝食、頭の中は弛緩、執筆進まず……、やっと外面は無罪放免……けれども内面は霧の中……。

八時四五分〜T医院に回復報告、コロナワクチン五回目接種は？　一一月末？　遅い！

パルス等の返送は?!　文芸社Y氏に大逆転・再チャレンジ、編集者Nさんに電話、頓挫か復活か？

即、コールセンターで最速のコロナワクチンの再接種を探す、青葉S病院で一二日一六時前〜と決定！　心身共に不安定……。

一一月一二日（土）。コロナ回復二日目。五時三〇分、晴、飲食代金八八七円。

生ゴミ出し、自転車出勤、リハビリも兼ねそろりそろり……六時くらい〜？　ビル清掃に参加、ロースカツ重・カレー・ミカン……味を感じず、食欲湧かず。

蜜柑パクパク・コロッケ二個・カツ重・味噌汁が夕食、頑張って体力付け……。

『罹患日記』の仮脱稿、バランス一〇月？　だらだら鬱々。

伊旅ゼロ仕切り直しや秋深し、地獄を徘徊・地球がまるで逆回転?!

八時一五分〜ファミレスでパンケーキ朝食、生活復帰にリハビリ、図書館貸出三冊。パ・温の返送、退院祝い！

一〇時〜旅行会社HISから〜から連絡？　電話するとKさんの説明にイライラ、話が噛み合わず・連絡待ち……伊旅が宙ぶらりん、もうダメか！　伊旅再起も罹患日記も挫折絶望⁇!!

一四時⁉　悶々、ワクチン接種時間に合わせて一五時頃に自転車で出掛け、青葉S病院で一六時前〜接種五回目……大勢が院のホールに間隔を保って接種を静かに待っている、墓場か囚人のよう、大袈裟……。

コロナ回復に妻の追求・皮肉、嫌味、この野郎！　帰宅、寝床でごろごろ……何もする気にならず、読書で紛らわす、読み終え、、歯を磨かず寝そべり。

日長寝床とトイレを往復、巣籠もり……内心自爆、絶望未来……。

自棄のやんぱち……地獄の底に落ち尽くすと、後は上昇のみ、混然一体。

死生の逆転！　新しい生命力の誕生!!!

一一月一三日（日）。コロナ回復二日目。八時起、晴後曇。

だらだらと寝床で気晴らし？　読書……接種後の痛み？

昼、ふらりと買い物、金銭感覚なし。歩いて、カツ重・蜜柑・柿・フルーツ、重い足取り、公園で一休み、部屋で何もせず、『イタリア追憶物語』は十字架・礫、鬱々……悶々……梨・柿・蜜柑・カツ重をパクパク……部屋でトイレ通い……孤独な無気力……会長の気遣いの電話が唯一の声……仕事が待っているのだ……いつまでも休んでばかりはいられない……。

死か生か日長挫折を噛み締めつ、まだつ、回復途上⁉

一一月一四日（月）。コロナ回復三日目。五時起床、曇り？

ふと四時〜深夜便のスポーツ対話に慰め……足掻き……。

執筆畏友K氏の提案、『コロナ罹患日記』を書いてみたらと励まし！

そうだ、書こう、存分に！

時も所も感覚なし……ふわりふわり雲の上を歩いているよう……

止めるか続けるか、生きるか死ぬか、先月二一日以来の『イタリア追憶物語』、空中分解?!

断念か継続か……中止かどうか……うずうずと悶々と一日中……文芸社に脱稿の約束？　妻の皮肉が憎い?!　鬱々……梨・柿・蜜柑・カツ重をパクパク……部屋でトイレ通い……孤独な無気力……外部とのコミュニケーションなし、闇底の落下が無限……破れかぶれ！　拙作が空中分解！

一〇時～新横浜ビルのパート、行かなくちゃあ……T病院医師の勧めで、念のために虎の門病院分院の心療内科診察、三回目、問題なしと診断。体調回復、コロナ禍終息を実感！『イタリア追憶物語』の継続か挫折か、大パニック！　これが最大の問題!!!　伊旅の再スケジュールをじっくりと……落ち着け落ち着け……自己暗示……外が遠ざかる、社会の遮断、光が消失……社会復帰を焦る……濃厚接触者の会長と社長が感染していないと知る、PCR検査の結果、ほっとする！　よろよろ帰宅、外はすっかり晩秋、この狂った心身が重荷…

一一月一五日（火）。早朝パートに復帰……コロナ感染は完全終息！　まるでもっとも効果的な狙い撃ち!!

伊旅断念、慟哭の無念……もう失うものは何もない。丸一年が消滅！

天国から地獄、希望から絶望……応援歌の合唱を思い付く!

さて、また来年か、生まれ変われたら、もう一度ゼロからやり直しだ??!!

無常迅速、諸行無常、永遠青春。

まさに、国破れて山河あり!(杜甫「春望」から、国は戦乱によってぼろぼろに破壊され尽くしたが、山や川はもとの姿のままで存在している、の意味)。

一一月一六日水~一八日(金)、この世も宇宙も回り来る!!!

もう復活は無理か?! そんなことは断じてない!!

意志ある人生は七転び八起き、また立ち上がるのだ!!!

明日はいい天気になりそうだ、と幻想の徘徊・乞食旅の世界。

天国のダビデを訪ねる冥途旅、彼が待つ永遠の微笑み!

希望に続く道、永遠の旅、不易流行!!

来年こそは伊旅、夢の実現だ、待ってろよ、ダビデ!!!


亀の甲より年の功である。数々の失敗や挫折の足跡も、月の灯りのように輝いて見える。苦しい悲しい涙の方がずっと多いが、それこそが美しい。唯一の太陽よりも無数の星々が愛しい。運命のいたずらなのか、古希を過ぎる。孤独な暗い道を多く辿ってきたようだ。様々な人生をようやく、ポジティブ人生として受け入れることができるようになった。中庸が重要なのだ。

海外でも働き、いろいろな人間を見てきた。それらは各々、みんな貴重な存在や経験であろう。

大切な生きた証しである。


いまこそ、水戸黄門の主題歌、「ああ人生に涙あり」、人生を振り返れ！

さあ、人生の応援歌、みんなで歌おう、肩組み輪になり！　世界中の友、これら兄弟姉妹に捧げて。さあ、みんなで歌おう！　そして絶望から立ち直ろう！　勇気づけられる類い稀な歌だ、我々人類の老若男女に捧げる力強い人生の応援歌だ！　また明日から希望の道を歩むのだ。

人生楽ありゃ苦もあるさ
涙の後には虹も出る
歩いて行くんだしっかりと
自分の道を踏みしめて

人生勇気が必要だ
くじけりゃ誰かが先に行く
後から来たのに追い越され

泣くのが嫌ならさあ歩け

人生一つのものなのさ
後には戻れぬものなのさ
明日の日の出をいつの日も
目指して行こうぜ顔上げて

人生涙と笑顔あり
そんなに悪くはないもんだ
なんにもしないで生きるより
何かを求めて生きようよ

旅の目的は、歌人能因や西行の足跡を訪ね、歌枕や名所旧跡を探り、古人の詩心に触れようとした。と、かの松尾芭蕉（一六四四～一六九四）は各地を旅するなかで、〝永遠に変化しないものごとの本質、不易と、のたまう〟ではないか!!! ひと時も停滞せず変化し続ける流行があることを体験し、この両面から俳諧の本質を捉えようとする不易流行説を形成・認識していったそうである。

人身受け難し、今已に受く。仏法聞き難し、今已に聞く。
この身今生において度せずんば、さらにいずれの生においてか、この身を度せん

意味：生まれ難い人間に生まれ、聞き難い仏法を聞けてよかった。今、この世で生きる目的を果たさなければ、いつの世でできるであろうか。永遠の幸せになるチャンスは今しかない。

お釈迦様のお言葉

ちなみに、一一月三〇日。六時起床、雨後晴後曇。診察料三四五〇円。暖か。検査のため、パートは休み。

八時過ぎ出掛け、九時一〇分精密検査、CT二ヵ所、気になっていた体重測定がなんと五四kgと知りびっくり仰天、体調の悪いこの数ヵ月で数kgの減量。診察：軽い肺炎の影が消失、完調！　体調不良・体重減少・救急車要・コロナ感染等は、肺炎が主な原因らしい。けれども、卒業、万歳！　会長に報告挨拶、サプリメント（ビタミンやミネラルなど不足しやすい栄養素を補うための食品。栄養素を凝縮し、錠剤や飲料の形にしたものが多い。健康補助食品）の勧め。古希を過ぎて自然生活も限界？　必要に応じて服用も大切？　意固地にならず、ゆったり

と……一一時三〇分退院、忘れ物の財布！　を取りに再来院、駅か電車にも忘れ物、精密検査資料や雑誌。駅で問い合わせると、長津田駅に保管と判明、助かった！　本宅の妻子・岡山の笠岡に騒がせ、卒業報告。

K氏に二〇〇八年ドイツ訪問も追補しようか、『流星群』に余談として投稿?!

忘れ物は長津田駅で、見つかった！

図書館の予約書籍を受け取り一冊、計七冊、納豆・ロースかつ・お握り、くず野菜・果物。

コーヒー・ワッフル・キウイ……。

アルツハイマー型認知症（Alzheimer型認知症）：胃食道逆流症（GERD）、咳喘息、下垂体機能低下症等検索する。

ロースかつ・白菜・味噌汁・わかめが遅い昼食、柿をバクバク、日記に時系列にまとめ。

歯磨き、聞き書き、就寝二一時。

肺炎を卒業し健康活動。

忘れ物、頭と体アンバランス。

痰過多は肺炎のため加齢臭。

検査録、オレンジ袋駅忘れ。


このコロナ罹患挫折体験によって、本当の現実実感を体得したように思う。

Ⅷ　ダビデ遺族を訪問　ありがとう！

坊主捲り　二〇二三年一月　ホームステイ一〇日間

道場で生死や殺戮をぶつけ、サウジアラビアにやけくそ出稼ぎ、帰国後にふとかつての人格者教師を離れ、現場教師を目指す、外の世界を知って日本語教育の道に迷い込んだ。そしてドイツで現地生活と日本語教育、それからマレーシアやウルグァイでもＪＩＣＡシニア海外日本語教師。その後、横浜Ｃエンジニアリング社の若い外国人エンジニア研修コーディネーターや出稼ぎエンジニアの宿舎管理、みなとみらいで定年退職。一時、佛教大学の大学院で文学や仏教を学ぶ、同時に家族問題を契機に執筆活動に目覚めた。それらの原点はＭ村にあったことを認識し、終活にＭ村生活を憧憬し夢想した。ここまでを執筆するため、今回二〇二三年一月ローマ旅、取材ホームステイ旅行を経て現在に至る。ここまで、やはり大きく回り回った、いろいろあって茨の遍歴人生、徘徊や自殺の放浪の苦しくも悲しい旅路である。

ローマ旅の再準備に当たり、フライトの再予約（調整料を差引）はもちろんのこと、現地とのメール交換を通して再調整せざるを得なかった。イタリアを再訪する悦びは、この延期によって、遅くなるほどに義務の旅かのように変化していった。その延期に伴う、様々な雑事やストレスが発生した。

特に、ITオンチの僕には日伊間のインターネット交信設定の準備を始め、現地家族との伊旅日程調整の煩雑さに忍耐を強いられた。例えば、インターネットに元来弱かったのに、異国との設定についての不安が莫大だった。実際にやって確立が実感できるまで（現地に行ってやってみるまで）、そのプレッシャーは消えなかった。最後は運に任せて出発するしかなかった。また現地家族の男の子（九歳）の直前リクエストにも戸惑った。アニメのカードや漫画の持参を希望してきたのだ。ポケモンの現地最新カードと思われる画像「アビウス」をメール添付してきたので、彼の部屋を借りることや家族にもっと喜んでもらうために、出発直前まで探し回って、横浜YCATのアニメセンター、にまで出掛けてもみた。だが、それは半年前に発売と同時に売り切れと判明し諦めるしかなかった。そこで代わりに、日本最新カードを持参することにした。

そして、墓参りの実現や遺族再会や移住問題に絞った目的にせざるを得なかった。実際問題として、体力的時間的にこの旅行が、思いの他、煩雑な大仕事になってしまった。ゆえに、混乱が鎮まらないままに、無事に日伊間の往復やホームステイの遂行という、接続コード忘れ等の、漠然とした大きな不安を抱えたままでの出発になってしまったのだ。羽田空港でのチェックインや荷物重量や中身検査や両替額を経て、搭乗を終えた時には、すでに青息吐息だった。

習字練習用に準備した墨汁が搭乗窓口で取り上げられた。

ちなみに、コロナ感染回復後、体力気力が急に衰えてしまったようだ。なぜか集中力に欠ける、根気が続かない。やはりコロナ感染は僕の現実的な能力や夢幻の精神力をかなり殺いでしまったようだ。加齢だけが原因ではない。再伊旅準備は漠然とした霧の中にあった。機上での自由時間がどうしても現地準備に切り替えられず、最後は投げやりになってしまった。希望が義務と変容し、重くて苦しかった。それまでは海外志向はずっと希望に満ちていたので、今回のこんな絶望的な海外旅は初めてだった。それでも行くしかなかったのだ。


二〇二三年一月二〇日。小雨。五℃、現地時間二〇時三〇分にローマ着、日本より寒い。

一四時間飛行機内、伊語会話の練習をと昔の小辞書を持ち込んだのだが、加齢や疲労で実際問題として、何もしないでだらだら休息しているしかなかった。前回のように機内での復習は全然できなかった。けれども、待合室で偶然出会ったイタリア人に話し掛けて、少しでもとイタリア語を試し話した。幸い日本出張の親日ビジネスマン、たどたどしい僕にも親切に付き合ってくれた。しかもフライトの席が僕の通路右だったので助かった。いつでも話し掛けられた。空席が多かったので、ゆったりできたが、僕には新しい器械類や新しいタイプの搭乗員には戸惑った。そこで横になってできるだけ疲れないようにした。無事に行って無事に帰ってくることに、当初の旅行計画を変更した。

思いのほか不自由な長時間飛行、しかし安堵の感覚はほとんどゼロだった。飛行の距離や時間を時々チェックする。つまらない映画で時間潰し……やっと着陸したときは何度も、深呼吸してしまった。空港構内の不安な気持ちで長い歩行、なんとかスイスイと携行荷物を持って出口へ向かった。だが。Emanuele（＝Ema）が正面に出迎えているのを見つけ二一時三〇分、生き返った。大いに安心した。目が覚めた。違和感が全然なくて前向きに握手した。イタリアではマスク不要とまず知らされる。車で約四〇分、郊外のアパート二階に到着、優しい彼の応対にも、意識朦朧で伊語会話もたどたどしい。二二時？　～Valen家着、ドアを開けるや奥さんのMarina/長女Violaと、長男Danieleの予想外の、大歓迎。日本語を書いたカードを胸に広げて〝ようこそ　Benvenuto　KIYOAKI清明　私はヴィオラ（Viola）です　僕はダニエレ（Daniele）です〟と挨拶。参ったな（嬉しかったなあ！）。一五年振りに実現、やっとイタリアに来たんだな、と安堵し感慨が深かった。同時に嬉しくも、なんだか重苦しい外国というサバイバル生活が始まったのである。

大きくはないがこぎれいな家族アパート。まず、笑顔でDanieleの、子供部屋に案内される、夕食が準備されている台所で皆が待っている。早速、日本からの食品やお土産をどっと紹介。プレゼント交換を僕から始めた。Danieleの可愛い笑顔が突破口になり土産を並べる、アニメのカードや漫画を真っ先にプレゼントする、大喜びだった！　続けて、挨拶もそこそこに、台所でViolaに百人一首のセット、Ema（nuele）に梅酒を一本、Marinaに希望の稲荷寿司セット、等を矢継ぎ早に歓迎に応えて並べた。

　まずシャワーを使わせてもらった。後に、待っている子供たちと、冷めかけたパスタ等夕食に、やっと皆に向かい合うことができて、落ち着いた。笑顔の初対面をした。僕の頭は朦朧としていたのだろうが。

　そのとき、こぎれいな紙に包まれた本のプレゼントが卓上にあった。いったい何だろう?! 夫妻が僕の反応を注目しているのだ、開けるようにと。それは全然予想だにしなかったことだった。なんと僕の前回滞在日記をイタリア語に翻訳した製本ではないか。嬉しくて心臓が飛び出し、涙が出そうになった！　僕が翻訳サイトを使って二〇二二年初めにメール送付した、すっかり忘れてしまっていた長い日記記録がイタリア語に翻訳されている本だったのだ。主に二〇〇八年前後のホームステイしていた期間の僕の滞在日記が、なんと製本になっているではないか！　これが僕をすっかり感動させてしまった、迷っていたM村移住や『イタリア追憶物語』の完成製本をどうするかの課題が一挙に決定した、絶対に完成するんだ!!　二人の真心、素朴で地味な作業に感謝、感激。疲れが吹っ飛んだ。


ホームステイ一日目。晴。一月二一日（土）。ローマ二日目。晴。

　昨夜、唯一困ったのはスマホの紛失、どこ？　前夜は諦めて寝たのだ。遅く起きるやEmanueleが僕のスマホを持ってニコニコと差し出した。車の座席下に発見という、やはりそうだったんだ。助かった！　それから懸案のインターネット設定だ。Emaが早速、パスワード等を僕のパソコンやスマホを開いて簡単に接続してくれた。これで日伊交信が一挙に完了だと、〝案ずるより産むが易し〟だった。ホッとした。週末なので、子供たちものんびり。昼食はゆっくり。全員揃って日本のアンパンやお握りとイタリア料理。夕食もイタリアの家庭料理、貝パスタ。子供たちに日本地図付き二〇二三年カレンダーもプレゼントした。すぐ各部屋の入り口ドアの裏に貼ると、横浜を指し教えた。それから、僕は机に向かって、パソコンで日誌や整理の作業。ようやく一息ついた、現地は日本より八時間遅いのだ。ぼんやり休息。それでも近所を散歩、頑張って。少しでも早く慣れるために。彼らの歓待に応えなくてはと。Valen家族には思ったより、すんなり溶け込んだけれども、異界の新環境・伊語会話に戸惑い、日伊の格差に戸惑うばかり、彼らだって七一歳の老人にきっとそうだろう。ボディコミュニケーションで補うこと終日だった。彼らに僕という外国人がどのような印象を与えたのだろうか。

ホームステイ二日目。晴。一月二二日（日）。ローマ三日目。晴時々曇。

目が覚めると五時、しーんと静かだった。皆はまだ寝ている。台所をなんとか探し回ってコーヒーにケーキ。自室でパソコンにぼんやり向かった。窓の外は中庭。やがて一人ずつ起きてきて、簡単な朝食、改めて挨拶。一休みすると、Enaが家族と一緒に車でM村（五〇年足らず前に初めて現地入りした農場開拓の現場）に案内してくれたので、まだ時差ぼけがあったが、喜んで訪問した。車で郊外に出て三〇分くらいだった。真っ先に、ダビデ（Valentini Davide）の墓地に参る、これが最大の目的なのだ。日本で決めていた『般若心経＝大乗仏教における般若経典群の思想の核心を簡潔に説いた仏典』をダビデの前に広げ、大きな声で読み上げた（と思う、が緊張していたのか覚えていない？）。遅い再会を詫び、心を込めて僕流に、一生懸命に、心を込めて、読経した。その後デジカメ写真に数枚納めると、やっと拝礼が終わり、満足する、Valen家族はどのように僕を観察したのだろうか。新しい墓地Fernand（Rosannaの父親）にも参る。なんだか伊旅の半分はやっと実現した気持ちだった。終えるや車で村内の中心路を走る、かつてのM村をいくらか想い出す。新しい建物、移住者が増えた、外国人も。それから、懐かしい僕の家に来た。ダビデの奥さんRosannaに挨拶、待っていた。窓辺で話す、接触なしの挨拶、お土産の梅最中を渡す。当時のVia tito 4.の住所を確認する。話していて、ダビデが亡くなったのは、実は二〇一九年一二月二七日、コロナに感染して一週間後に死亡と判明！　びっくりした。当時は家族みんながコロナ感染していたとか、彼女は現在インフルエンザでまだ静養中と。短い立ち話。そして、Emaが予約してくれたらしいローマ近郊のTrattoria（Verbano）で遅い昼食：前菜、パスタ（Gnochi con formaggio）、Dulce（ホットチョコ）、こぢんまり狭い店だったがうまかった。イタリア人社会の仲間入りだ。帰国したらイタリア料理教室に通おうと思ったほど美味しかった。イタリア語も改めて勉強せねばとも……。次々と強行スケジュールだったが、彼らの温かい心遣いが嬉しかった。

ホームステイ三日目。一月二三日。ローマ四日目。小雨後晴。

子供たちの登校、僕も付き添う。Violaは母親の車で家から一五分くらいの中学校に。Danieleは近くの小学校に父親に連れられて。そして僕は荷物を整理整頓、休息。Emaは休暇をとっていた、Marinaは専業主婦？　その後、EmaとMarinaの三人で出掛け、Mercato（市場）の事務所で一〇時に移住相談、基本情報を得る。午後は僕もDanieleを迎えに行く。するとノンノ（お爺さん）と言って、教室から出てくるや僕に飛びついてきた。広いアパート団地内を散歩、スーパーで子供の買い物……。Valen家はアパート団地の二階、玄関ドアを開けるや右手に広間や大型テレビ。その窓からサッカー場が見下ろせる。左手にMarinaとViolaの部屋。その隣が台所、奥に猫小屋、バナナという一歳？の雌。その奥が僕の借りているDanieleの部屋。右回りで、その向かいがEmaとDanieleの仮部屋。一四〇平方メートルくらいか。我が日本本宅の二倍だな。その隣が浴室やトイレ。午後は、EmaとMarinaが僕の移住課題を相談、年金額を聞かれ一一万円と答えると、少ない（二倍は必要）と。転職が多かったのだと弁解。お金の続く限り、三ヵ月ごとに伊日を往復をという方法があると、その間に仕事探すのだと言うが、七一歳は非常に難しい、帰国後に東京のイタリア大使館に相談するようにと……想像した通り、望みは薄いと感じる。

帰宅後、日本食「稲荷寿司」を作って紹介、皆が美味しいと喜んでくれた、奥さんはもちろん。なんだかまだ自分が自分でないような感覚。なんと三〇年前、家族が帰国後、僕がドイツから持ち込んだ小さな炊飯器がまだあった。日本から持参のアダプターで使用可、それでご飯を炊いたらうまくいった。旧式がちゃんと動いて、ホッとした。こうしてホームステイに慣れていった。

ホームステイ四日目。一月二四日。ローマ五日目。晴。

早く目が覚める、なぜかまだ疲れている。子供たちは親に連れられ登校。一三時？　家族と一緒に出掛ける、EmaのＩＴ会社に寄って見学。僕ができれば見たいと言ったのだ。大部屋の各テーブルにＩＴ器機一式がある。電話のソフト開発が業務だと。昼休みでスタッフはフレンドリーだった。それから、Ｍ村のロサンナをまた五人全員で訪問、今日は気分がいいとのことで家の中に入れてもらった。お元気そうで何より。あれこれたどたどしい伊語で喋っていると、ふと半世紀近く年前のダビデや彼女が思い出された。農場に来た彼女に初めて会った時だ、若くて美しかった。ダビデは時々やってきて、ある時草地で銃をぶっ放して僕を驚かして楽しそうだった。今回EmaとMarinaの翻訳製本にとても刺激された。ふと本棚に、僕がかつて置いていった（あるいは置き忘れたのか？）日伊語の古いテキストを見つけた。Emaはさっと手にして持ち帰った、自分が勉強するんだという雰囲気だった。それがきっかけの一つだろうか。僕は『イタリア追憶物語』の完成・出版をすることを彼女の前で、突発的に宣言した‼　移住は一〇〇％不可とはっきりしたけれども！　彼女との心理的距離はなかった。

ホームステイ五日目。一月二五日。ローマ六日。曇後晴。

四時起床、ラジオ体操。ようやく自分のペースをやや取り戻す。思い切って『イタリア追憶物語』の最終稿に入る。過去を辿る。アバンチュールの惑いやダビデの誘いにのれず、大失敗だった。万一そうしていたら僕の半生もずいぶん違っていただろうに。いまから想えば。以後半世紀の世界徘徊、絶望地獄……大回りをしてしまった。やっと現在M村移住を目指せど、すっかり完璧な手遅れ、万事休す！　僕は所詮、日本人なのだという事実を認識せざるを得ないのだが、その頃の僕はいったい何者だったのだろうか。

午前中に、Emaの提案で、学校が休みのDanieleを連れて、朝から、ローマ中心街を散策した。初めて市バスに乗る。切符を買って車内の改札に差し込む。地下鉄駅で乗り換え、エスカレーターで地下道に降りる。一五年前の薄汚さは一掃されていた。乗り換えてスペイン広場に出た。Gucci通りも変わらず、それからヴェネチア広場に歩くこと二〇分以上、まだ疲れているのか、遠い。広場を背景に写真を撮る。引き返すと延々と続く観光客の波、疲れて途中で休むこと数回。Danieleは元気だ。ふとかつてのレストランPropagannda 22を思い出し、探しながら歩いた。ピザレストランを眺め、番地を確かめ、納得した。店主らしき中年が出てきて話し掛けてくれた。ずっと前に引っ越したと。帰宅するやベッドに倒れ込む。

ホームステイ六日目。一月二六日。ローマ七日。曇後晴。

『イタリア追憶物語』の最終稿に手入れを開始したが、続かず。改めて、EmaのM村案内でかつての農場や自分を探す。宿舎や門前通りしかなかったが、確かに若い時分が存在したのだ。宿舎や松の木々や出入り口門はそのままだった。彼に当時のことを説明した。生きた証しを噛み締める。僕らが開拓した農場は消えてしまって、元のような原っぱになっていた。

夕方、いきなり子供たちの演奏披露があった。Violaはエレクトリック ギター（ベンチャーズ？）を得意げに弾き、Danieleはピアノ（ディズニー?! の「イッツ ア スモール ワールド」）をたどたどしく弾いた。楽しかったけど、びっくりした。子供たちのお稽古ごと?! 静かな拍手をすると、ニコニコしていた。

夜は、Emaの妹、Ang（ela Maria）宅の夕食会に家族で参加、郊外だった。ご主人は華奢で優しそう、彼女が尻に敷いている感じだった。幼児が二人。子供が四人で賑やかだった。彼女が忙しそうだったからか、ダビデ臨終のことを聞き忘れた。Anは確か我が息子と同じ年だが、ずっとしっかりしているように見えた。

ホームステイ七日目。一月二七日。ローマ八日。曇後晴。

IKEYA/スーパーマーケットで土産の買い物を四〇 Euroばかり、Marinaの助言で日常の生活食料品を適当に調達した。日本と同じように何でもあった、わずかだったが海苔も醤油も。

夕方、M村でのミサにValen一家と参加、気さくな祈り、昔のまま。その後、教会前で写真、取り忘れたRosannaの写真をバッチリ撮った。菓子を買って、また彼女の家を訪問、一五年前も三〇年前も五〇年前も骨格は皆同じ、陳列棚の内装品はかなり変わっていたが。みんなでピザの夕食。家族で和気藹々と話すのだが、僕は伊語が出てこなくてじれったい思いをした、当然だが。部屋のあちこちに写真がいっぱい張り付けられていた。新しいメンバーに世代交代をみる。

ホームステイ八日目。一月二八日。ローマ九日。休息日。

午前中は小雨。お返しを思い付き、スペイン広場近くにある日本レストランを提案すると、皆が大喜びで賛成、そこですぐみんなで出掛けた。新しくできたという地下鉄で往復。約一五〇Euro（日本レストラン『濱清［はませい］』）で日本の昼食に招待、日本レストランのことは知っていたが、ここは初めてだそうだ。イタリア風味の日本食、日本人スタッフはいなかった。ほとんどのイタリア人が箸を使用しているのに驚いた。最近の日本食ブームだとか。一五年前でさえこの変化は考えられなかったが。喜んでくれたのが嬉しかった。Emaが子供の時は味噌汁が飲めなかったが、いまはうまいと言う。

夜にM村博物館に案内してもらった、前回は休館で見そびれたことをEmaが覚えていたらしい。一九世紀の建物や遺品を見学し、当時の人々の生活や戦争を思い描いてみた。地元ガイドの素朴な口頭説明を聞いた。あまり理解できなかったけれども、陳列品の武器や衣服を眺めていると、戦争に明け暮れたM村の近代史に想像の翼が飛んだ。半世紀近く前、初めてイタリアの田舎に足を踏み入れた時、あちこちの丘の上に崩れかけた城壁が見え、乾燥した石灰岩が広がっていた。同時に、いままでに数回訪問したバチカン市国の内部、キリスト世界のミケランジェロ壁画も、より実感として迫力を持って連想された。ダビデが聖書の世界を逍遥していたのは死の数年前、彼はメールで救世主の布教やさ迷うカトリック信者の絵図を添付して、僕にもメール送信してきた。すっかりこの世を離れて、キリストの中に生きようとしているようだった。彼もそうやって信仰を表現し、最後の安らぎを得ていたのだろう。僕は彼との生きたコミュニケーションがなくなって淋しく思っていたのだったが、この博物館で修復された気持ちだった。五〇年近く前、ダビデとロサンナから最初に贈られた赤い表紙のSacra Bibia（カトリックの聖書）が想い出されて、忘れられない。いまどこに？

その日はいろいろと忙しかった。今日はほとんど僕が支払ったので、少しはバランスがとれてホッとした。帰宅し一休み。夕食に鶏肉料理が出てまあまあだった。だが、勧められるままに、食べると多すぎたのか、夜中にトイレで吐いてしまった。昼食の日本食も食べ過ぎたのだ、子供たちの残りも片付けたのが無理だったのかも。味噌汁は子供たちに人気なし。加齢で病み上がりの僕は、イタリアホームステイ生活の食事や情報が多すぎたのだろう。身体も心頭もそんなに受け付けず消化を全部はできなかった。勿体なくも嘔吐、体力のないのが身に沁みた。

ホームステイ九日目。一月二九日。ローマ一〇日。快晴。

午前中は休息。昼から老若男女が次々に人々が集まる、広間で親族一五人集合昼食会。子供も。延々と、お喋り遊び懇親、これがイタリア人の集まりとEmaのコメント。こうして親族の絆を深めるのだろう。短い挨拶の交換、スムースだった。彼らがテレビゲームに興じている間、疲れて部屋で横になった。窓の外の広場では、人々が朝からずっとサッカーに興じていた。朝から準備したお握り料理もアクセントになった。みんなが退散するとどっと疲れた。洗濯を二回。週に四回、ルーマニア人家政婦が掃除等をしていた。もう二五年もValen家で働いているとか。ダビデ時代のオリーブ収穫を想い出した。

ホームステイ一〇日目。一月三〇日。ローマ一一日。晴時々曇。

ようやく自分の時間が確保できるようになった。『イタリア追憶物語』執筆を「あとがき」からと思い付く。ローマ（Valen家族邸に）滞在記一二日間をメモ書きにする。でも、なぜかまだ分からない違和感が抜けない。夢のまた夢、諸行無常を感じるのか。M村も僕もどんどん変わっているのだ。僕は時代に取り残されるのを感じた。執筆が生活の変化に追いつかない。

ふと思い付き、日本の友人に電話で話す。時差コントロールが難しい。電話を嫌い、メールを要求する日本人が多い。なぜ?! 今回たまたま話したのは、日本国内しか知らない、外国に行ったことがない日本人で、僕が日本人離れしているのかもしれないと思う。日本人は排他的傾向があるが、イタリア人はあけっぴろげだと思った。ここはイタリア人のホームグラウンドなのだ。ＳＭＳでも思わず話したが、直通国際電話代の請求書が恐ろしい！

ホームステイ一一日目。一月三一日。ローマ一二日。晴時々曇。

真夜中にＫ氏（日本の畏友）にメール、電話でも話す。なんだか変な感じ、自分が異邦人のようだからか。ある友人は僕の電話やLineメールにびっくりする、なぜか？　福島の古い友人に電話し、いまローマだというとビックリし、勇気があると言う。一般の日本人の感覚なのかもしれないと思った。僕は日本人でもイタリア人でもない、いったい何者なのだろう？　僕は異界にいるのか！　望郷に念に駆られるようなことはなかったが。

移住の夢想にも絶望、『イタリア追憶物語』仕上げにも絶望、伊語会話にも絶望（忘却や混乱）、帰国後（打ちひしがれや執筆断念?:）にも絶望、近未来にも絶望（夢なし）、文芸社の出版にも絶望（約束の柵）、自分自身にも絶望（生きてる希望なし）……と今回の旅行に、すっかり自滅し観念（投げやり）してしまった。

ところが、何もかももうダメだと諦めた途端に、ホームステイの温かさが感じられて、胸がギュッと熱くなってきた。己を捨ててこそ浮かばれる?!　なぜか秘かに涙し、このローマのValen家族に感謝している。ダビデの心霊?:

今回は、結果として、ほとんど何もできなかった。時もアバウトな感じ、所もいい加減、事も曖昧、そして方法も適当。だけれども、Valen家族のなんとも言えない包み込みサポート、ほっこりとした感情に救われる。彼らは特別なことはせず、ごく普通の生活に僕を取り込んだだけのようなのだが。これが本当の人間と人間の心の触れ合いなのだろうな。いままでの自分をすべて失って初めて、家族の深い絆を知った。故ダビデのお陰なのか、生き返った時は、別の気持ちである。今回はなぜかなかなかイタリアに馴染めず、気後れもしたのだが？

ダビデの魂が、彼の息子からいまも老いた僕に通じているのだろうか？　きっと不思議な瞬間にいるのだろう。一五年前の別れの時は決して泣くまいと頑張って泣かなかった。

だが、今回はどうしようもなく、何もかもを放棄、完全に自己崩壊して、ゼロになってしまったけれども、その時、込み上げてきた不可解な感情が湧き上がってきた。透き通った涙の国にいるようなのだ。弱さを受け入れ自分を投げ出してこそ、初めて気がつくのだね。前回にお礼に黙ってお金を置いていくのではなく、Grazie（ありがとう）と一言、それでいいのだと知る。肩（頭や身）の力が抜け、ありのままに向き合いGrazieと爽やかな挨拶、心からの思いなのである！

昨日はValen家族のEmanuele主人とMarina奥さんと車で買い物、何でもある、伊日の壁がどんどん低くなっている。帰宅すると子供たちはまたそれぞれ宿題をする。母親に付き添われて。夕食後に、Viola長女一二歳とDaniele長男九歳と五人で〝坊主めくり（百人一首）〟をした。僕にとってももっとも簡単な遊びをした。子供たちの好奇心からか面白がった。またノートに物事を平仮名・漢字で書いてと頼まれ、喜んで教えた。なんだか家族が急に親密になったような気分になる。Marinaの顔にも穏やかな笑顔が浮かぶ。Valen家四人と心の壁がないのが嬉しい。ほっこり、ほのぼの！

そこで、日本語の数字も教えてみた。一（いち）、二（に）、三（さん）とゆっくり言うと、子供たちはすぐ真似て発音し、繰り返した。四（よん）、五（ご）、六（ろく）、七（なな）、八（はち）、九（きゅう）、一〇（じゅう）と歌うように声に出して言うと、子供たちは好奇心でいっぱい、真似た。一緒に歌うようにリズムを付けて繰り返すと、喜んで覚えようとして笑顔がはじけた。挨拶も態度で教えた。おはよう（ございます）、こんにちは、こんばんは、おやすみなさい。彼らはその通り真似る。下の男の子はまるで吸い取り紙のように、完璧にコピーする。女の子は少し批判的に真似る。するとEmaは破顔した。子供たちの学習を楽しんでいる。そういえば彼は、たまに日本語の単語を話して僕を驚かした。秘かに勉強しているのだろうか。彼はＩＴを活用して日本語を勉強しようとしているのだろう。そういえば、二人で散歩していたとき〈continua〉と言うと〈続く〉と突然言って僕は度肝を抜かれた。五〇年近く前、僕が帰国するとき、ロサンナが「じゃあ、一緒に日本に行きましょう」と無邪気にダビデに話し掛けると彼はにこにこしていた。そして、三人で笑い合った。僕が懸命にイタリア語を覚えていたとき、彼、Emaの意志をひょっとしたらDanieleたちが受け継ぐことになるのかもしれない。そう思うと、僕はなんだかとても嬉しくなった、責任も感じた！

夜はカルボナーラ（パスタ）、羊のチーズ、ミックスサラダ、果物など、ごく簡単な夕食。僕は食後に果物を食べた、なぜかうまいのだ。家族の一員となり切ってみると、これがホームステイなんだな、醍醐味だと、自分の鎧が外れ、和気藹々と楽しい時間を過ごすことができた。そうなんだ、これが人間の生活なんだ、と素直に受け入れられ、思わず自然に感動してしまった。

平凡でも奇跡のような純粋な出来事を認識、最後の夜、眠れず、書いている。最終稿のテーマは〝Grazie（ありがとう）！〟で決まりだろう!!!　帰国したらメールをくれるように、とEmanueleが別れの言葉を、僕にはっきりと投げかけた。

一五年前は生存競争や損得勘定や能率機能……をめいっぱい追及してほぼ完璧な日記を書き上げたけれども、今回は何もかもがいい加減で社会生活の経済活動に取り残され落ちこぼれてしまった。緻密計算が面倒くさいと一八〇度転換した！　プラグマティズムが穴だらけ、物の時代から心の時代に。意外にも物質の時代から感情の時代に転向せざるを得なくなった！

Emaと話して、今回はGrazie！　で気持ちよく、終えることで了解、合意した。笑顔で別れることに！　前回黙ってお金を置いていったことに、ダビデはもちろん、家族全員で怒っていたそうだ。非難囂々《ごうごう》だったとか。さもあらんと反省した。

ホームステイ一二日目、終わり。二月一日。ローマ一三日。帰国準備。

朝から荷造り、ベッドにぼんやり。忙しかったな、体力不足を感じた。Marinaが車でViolaと一緒に空港まで送ってくれた。途中でEmaに昼食を届けた、僕にもスナックが渡された。出発の搭乗玄関前でハグして別れた。Violaも愛想がよかった。

一四時。帰国便に問題なく搭乗。帰りは一二時間とか。機内で乗務員を煩わせてパソコンの充電を確保した、メモ日記付けるのに最後の奮闘。そしてぼんやりあれこれ想う。忙しかったなあ。疲れ切ったが、最低の目的は達成して、安らかだった。

こうして。世代は続くのだろう。前世代の歴史がこの世代、この世代の流れが次世代と、世代の血脈は延々と受け継がれていくのだろう。Valen家族のお世話に深謝する。Emaの企画や案内、Marinaの食事や世話、子供たちとの遊び。老人の接待に、さぞ気疲れしたのでは?!

なお、二月二日。帰国後、東京のイタリア大使館に移住について電話で相談した。インターネットでイタリア移住の方法（一．就労ビザで移住　二．家族ビザで移住　三．利対面とビザで移住）について検索した後で。その結果、既定の移住申し込みの審査はするけれども、それ以上の相談は大使館の仕事ではない。他に、1．三ヵ月ごとに入国出国を繰り返す方法がある、

2．潤沢な財産があれば可能である……。ふとイタリア人と結婚すれば可能なのだが、とも無理やり考えてみた……。

つまり東京の大使館に相談した結果、移住はとてもとても難しいということが判明した（移住の挫折）！

前回、M村に忘れてきた日本から持参した写真。僕・妻・僕と息子・息子と父母とValen一家の数枚の写真については、話題に上がらなかった。もうなくなってしまったのかもしれない。ひょっとしたら、M村の僕の家の、どこか片隅に隠れているのだろうか。

僕は初めからこの世を踏み外して生きる運命だったのかもしれない。極楽とんぼ、この加齢、それをありのままに受け入れるしかあるまい、自然体で。イタリア生活やイタリア人との付き合いで僕が学んだ最大のことはきっと、主にユーモア、このサバイバルユーモアでなんとかここまでやってくることができた。変な外国人の日本人、それが僕の人生、終活の結論であるように思う。

コロナ感染後の後遺症だろうか。明らかに体力気力が著しく減退していた。それによって我が世界も変わってきた。

MEMORIES　M村に移住計画　夢想

①M村ダビデの思い出　墓参

ひとりぼっちの迷子である、哀れな異国人の僕を、Domani（明日）,Domaniと言いながらも農協で対応してくれたこと。

彼の家に徐々に受け入れられ、教会にも導いてくれたこと。

無知な僕を兄弟として、倫理的に道徳的に啓発し教育してくれたこと。

農場開拓をサポートして、成果を上げることができたこと。

M村で僕の積極的な活動の原動力になったこと。

ユーモアで僕を明るく励ましてくれたこと。

ローマのレストランに配置転換後の僕を尋ねてくれたこと。

僕が帰国を打ち明けた時、M村で一緒にやろうと励ましてくれたこと。

彼らの家で心から、僕の家としてずっと温かく迎えてくれたこと。

恋愛に挫折して絶望した僕を、ロサンナ共々の温かい友情でずっと見守ってくれたこと。

いつまでもどこまでもずっと僕らは信頼し合ってきたこと。

この世で、死ぬまで僕らの魂は永遠に結ばれていることを信じ合ったこと。

あの世にいっても、僕らの友情は変わりなく続いていく、天上でも信じ合う兄姉であること。

ダビデの意志はEmanueleに続き、Emanueleの意志はDanieleに続くという希望を抱かせてくれたこと。

ダビデはいまも天上天下の異界を、自由に行き来して楽しんでいること。

彼は天界を御神に見守られて、御心のままに笑みを絶やさず逍遥していること。

間もなくダビデは僕を迎え入れてくれること、等々。


M村の涙は、復活する僕にとっては、ダビデとロサンナの明るいユーモアや温かい真心ではなかったか。これからもずっと、二人の愛情は僕の生命の泉であり続けること。M村の僕の家に来たからといって、いったいどうなるのだろうか？　しかし来なかったら必ず後悔することを、僕は知っていた。

②明日に向かって

帰国の機上で思い出したこと。Ema家族がこの夏二〇二三年、アメリカに移住した叔父Lu(ciano)の家族を訪問するそうだ、楽しみにしていま準備をしていると言った。二〇二四年は日本を訪問したい、Kiyoakiを家族全員で訪問する計画だと。そんなことも言ったたっけ?!

そうなんだ。僕のローマ訪問ホームステイが来年に渡ろうとしている。きっとそうだ! 僕のダビデ墓参りやイタリア移住挫折は、ここで終わりではない。明日に向かって開かれているのだ。Davide（ダビデ）からEma、Emaから清明へと未来を見詰めているんだ、新しい世代に繋がって!

さすれば、今後はどうなるのであろうか? さしずめ、東京のホテルを準備し宿泊（台所付）してもらおう。まずは首都から日本の印象や外観を紹介したい。それから我がウサギ小屋にも案内しよう。ありのままに。できれば故郷足守、M村のような田舎にも案内したいと思う。それからだ、ほんとに今後のことを、僕が考え夢見るのは!

僕の息子の世代にも、やがてどこかで結びついていくのだろうか。

無事に帰国するや、まずは妻と息子に報告を、翌々日にはEmaにホームステイの忘備録を付けて、感謝のメールを送った。

僕はまた歩き始めるだろう、明日に向かって、終わりのない旅を続けて!

また新しき旅が始まる七二歳なのだ。

人間というのはしようのない生き物で、死ぬ間際にならなければ、あらゆることも本当のことも見えない解らないもののようである。

コラム　仏頂禅師の生き方　理想的人生

仏頂禅師の年譜は、「(付）二人の年譜」の、『芭蕉の師　仏頂和尚』鹿野貞一著　令和元年七月　有限会社　かつら印刷発行）を参考にする。

思い浮かぶのが仏頂禅師の乞食姿の放浪旅である。富裕も名誉も求めず、反権力反世を貫徹した。自然に溶け込み、何物にも捉われず、思いのままにありのままに生き抜いた。最後まで誠実に生き、自分を楽しんだ自由人であった。僕の憧れである。快食、快便、快活、快眠、そのままに生きたと思われる。その姿は人生の瞑想そのものではなかったか。僕もそのように生き死んでいきたいものだと願っている。ある意味で、ポジティブな、かの山頭火のようでもある。禅師は松尾芭蕉の師である。

仏頂禅師の年譜

・寛永一九年（一六四二）　一歳（数え）

鹿島郡白鳥村字札（現鉾田市札）の農家平山家に生まれる。額に円珠あり眉目秀麗。
＊全国飢饉。鹿島も大飢饉、人馬餓死限りなし。
＊二〇二〇年秋、僕は禅師の足跡を訪ね、白鳥村の普門寺（或いは明鏡寺）の場所（禅師が遊んだという）を確認した。
・慶安元年（一六四八）七歳
明蔵寺の柿を盗むが、笑顔の和尚に頭を撫でられる。仏法に帰依《きえ》する原体験。
・慶安二年（一六四九）八歳
鹿島根本寺（臨済宗）の霊山和尚の得度を受け、剃髪し、弟子となる。
・承応二年（一六五三）一二歳
鹿嶋根本寺（霊山和尚）と那須雲巌寺（冷山和尚）と共同で、深川大工町に臨川庵を結ぶ。
・明暦元年（一六五五）一四歳
諸国の名僧との出会いを求めて旅に出る。房総の沖で遭難し、肝を冷やす。己の未熟さを痛感。
・明暦三年（一六五八）一六歳
修行中、江戸深川陽岳寺の慧勤禅師、京都では一絲和尚の旧寺等で修行。
・万治元年（一六五八）一七歳
母危篤のため、修行先の松島瑞巌寺（故雲居禅師）から急遽帰宅。手を差し伸べる母に罵声を浴びせる。
・寛文二年（一六六二）　二三歳
修行の旅を続ける。徹通和尚（那須雲巌寺）と知り合う。
・寛文六年（一六六六）　二五歳
この頃か、根本寺に戻ってきて、坐禅三昧の修行。
・寛文八年（一六六八）二七歳
臨川庵、寺院古跡並願を寺社奉行所へ提出。
・延宝元年（一六七三）　三二歳
九月根本寺住職を受け継ぐため、冷山和尚から印可書を授かる。
・延宝二年（一六七四）　三三歳
四月正式に根本寺二一世住職となる。一〇月師を思い、堂宇に籠もって閉関（門）。その後鹿島神宮を相手取り、寺領回復の訴訟を起こす。江戸深川臨川庵に居住。
＊一〇月根本寺住職死去。寺領百石から五〇石に半減。寺社奉行での裁判始まる。
・延宝七年（一六七九）　三八歳
二月根本寺住職仏頂、弟子の禅鉄に後継者としても印可を与える。
・天和元年（一六八一）　四〇歳
春、芭蕉と邂逅。翌日から芭蕉は毎日のように仏頂の住む臨川庵に来て参禅。以後親交は死ぬまで続く。

・天和二年（一六八二）　四一歳
仏頂和尚側勝訴。直後、根本寺住職辞任を願う、母行茶会大和守慰留するも聞かず。その後臨川庵等に居住。諸侯の士官の求めにも応ぜず。
＊芭蕉は、禅師の潔い決断に感動し、乞食旅を生きる大きな要因になったといわれる。

・天和三年（一六八三）　四二歳
鹿島惣大行事家一同の要請を受け、対大宮司訴訟を支援。

・貞享元年（一六八四）　四三歳
頑極和尚に根本寺住職を譲る。大洋村礼の大儀寺に入り、宝光山大儀寺を興し、本堂庫裡山門を建て中興開山の祖となる（「寶光山大儀寺由来」）。
＊大宮司則敦（則直祖父）死去五七歳。

・貞享二年（一六八五）　四四歳
雲巌寺在住の仏頂、根本寺後住禅鉄に頑極の別号を送る。
＊近松門左衛門「出世景清」初演。

・貞享四年（一六八七）　四六歳
八月仏頂が支援していた惣大行事側勝訴。同じ八月根本寺別院に芭蕉一行が来鹿。月見の宴を開く。和尚「おりおりに～」の発句（「鹿島紀行」）。一一月頑極和尚（禅鉄）が正式に仏頂和尚から引き継ぎ、根本寺住職となる。
・貞享五年（一六八八）九月改元　四七歳
二月狩野徳栄の描く己の肖像に賛を書き、根本寺と大儀寺に遺す。四月那須雲巌寺にて「学道偈文」を書く。
・元禄二年（一六八九）四八歳
那須雲巌寺に寓居「堅横の五尺にたらぬ草の庵　むすぶもくやし雨なかりせば」
・元禄四年（一六九一）五〇歳
「九億劫以前の同じけふの春」（路通編『俳諧勧進蝶』）の発句。
・元禄五年（一六九二）五一歳
五月臨川庵主、素牛寺院古跡並願いを寺社奉行所へ提出。
・元禄六年（一六九三）五二歳
一二月芭蕉のいる草庵を訪れて、夜遅くまで歓談。「梅桜みしも悔しや雪の花」を詠む。
・元禄七年（一六九四）五三歳
一〇月芭蕉の死の知らせを聞いて、芭蕉の位牌（現臨川時所蔵）を作る。
・宝永四年（一七〇七）六六歳
弟子素牛、臨川寺請願運動中、没す。
・宝永七年（一七一〇）六九歳

仏頂、那須須崎熊野神社棟札を書く。

・正徳三年（一七一三）　七二歳

大儀寺の仏殿を再度再建。三月江戸「臨済宗妙心寺派瑞甕山臨川」の山号寺号が許可される。

・正徳五年（一七一五）　七四歳

一二月二八日那須雲巌寺にて和尚病没。死の直前「遺誡」を書く。根本寺に分骨。「前住根本臨川開山仏頂河南和尚禅師」（位牌）。

『芭蕉の師 仏頂和尚』をテキストとする。

主な項目内容の要点（興味深いキーワード等）

①仏頂和尚

「堅横の五尺に足らぬ草の庵　むすぶもくやし雨なかりせば」　和尚

②松尾芭蕉

「きつつきも庵はやぶらず夏木立」　芭蕉

③芭蕉の転機

深川で仏頂禅師に出会い、魂を揺さぶられる衝撃を受けた。禅師も芭蕉のような心の修行をする人間を求めていた。師弟関係を結び禅宗や荘子を学び、芭蕉は絶望を脱した。禅師の無欲な生き様や乞食や旅に徹した人生修行に感激し、旅の俳諧師に生まれ変わった。

④仏頂の故郷

仏頂河南七歳の時、明蔵寺で柿を盗んで見つかったのに、住職は頭を撫で可愛がってくれたので、住職が信じている仏の道とは凄いと感動した少年は、心が広くて徳の高い人間になりたいと、それが仏道に入るきっかけとなった。なお当時の田舎では親は子供を殴り育てるのが普通だった。河南は特に乱暴な父親を反面教師として仏道に励んだ。

⑤鹿嶋根本寺

名声や富をきっぱりと拒絶する少年。河南八歳の初志は堅く、親の反対を振り切って剃髪し仏教修行を開始した。

⑥仏頂の修行

読経せず、〝無〟について一心不乱に独自の修行を貫徹する。生涯妥協せず。根本寺住職は河南の型破りな修行を認めた。一四歳より諸国の名僧を訪ね指導を受ける。一八歳の時母の危篤に際し、なんと引導を渡すが、没後は丁重に葬った。

⑦奇人仏頂

美人に見向きもせず（寄せ付けず）、褒められても知らぬ顔。正義を一途に追及する。裁判に勝利すると同時に住職を弟子に譲り、生涯を乞食の旅に費やす、反権力の自由な放浪人生を貫く。

⑧二人の出会い

江戸に出て不正を暴く裁判闘争を堂々と続けていた仏頂と、俳諧や人間に絶望して日本橋から引っ越した三七歳の芭蕉が、延宝八年（一六八〇年）深川に移って、偶然出会った。それは互いに心が引き付けられ響き合うという運命的な開眼であった。

⑨禅とはなにか

「古池や蛙飛び込む水の音」　芭蕉

悟りを得るためには知識も必要だが、修行による実体験が大事であり、思想の統一性・整合性よりも、修行に裏打ちされた「直覚的な理解」による悟りが第一である。

⑩鹿島紀行

二人の訪問目的が一致し、根本寺において風流な月見が実現した。二つの魂が交感し、互いに感激し限りなく満足する。

「おりゝにかはらぬ空の月かげも　ちゞの眺めは雲のまにゝ」　和尚

「月早し梢は雨を持ちながら」　桃青

「寺に寝てまこと顔なる月見哉」　同

⑪大儀寺か根本寺

⑫仏頂の裁判

古文書にあるように、二人が月見をした場所は大儀寺ではなく根本寺である。

和尚は根本寺住職として寺領回復の裁判を江戸で起こし継続していた。九年後に勝訴したが、同時に根本寺を離れ、いろいろな要請も断り、自由の身になり、行方知らずの旅に出る。誠に奇人変人の乞食の修行である。貫徹したゆえに偉大である。

勝訴の理由　（一）古証文の存在　（二）奉行の家老が芭蕉の門人　（三）仏頂の鬼才（罪を憎んで人を憎まず）。

芭蕉は弟子や周囲を大切にしながらも、生涯自分の理想・蕉風の確立を詩歌や文学で集中し追求した。一方仏頂は裁判勝訴のように広く現実的実践的な生き方を貫き、常に人々の先頭に立って行動力で範を示した。惣大行事帰職裁判も勝訴した。

⑬雲巌寺山庵

仏頂は根本寺の住職を務め、雲巌寺で山居生活を送った。臨川寺や大儀寺も主な活動舞台である。

「いささらはひかり競へん秋の夜の月も心の空にこそすめ」　仏頂

禅師の俳句は相当数存在したはず?!

「九億却以前も同じけふの春」　仏頂?

「梅桜みしも悔しや雪の花」　仏頂

⑭生涯の親交

超越的な悟りを徹底する、悔しがりの己を貫く禅師の性格が滲み出ている。

奇跡的な出会い、直観で精神的な同質を認め合う。それぞれの絶対的孤独に共鳴する。芭蕉は喜んで仏頂の弟子になり、仏頂も真心から教え導く。

芭蕉は死ぬまで和尚師匠の禅思想を探求する。

信念を貫き通す和尚に対し、感傷的な心ブレブレの芭蕉。

迷いを一喝する仏頂、迷いを大切にする芭蕉　迷える民衆を救いたいとその半歩前を行く仏頂、迷える民衆の一人として歩む芭蕉。共にやせ我慢、旗揚げの引っ込みがつかないのだろうか、それぞれ永遠の孤独を最後まで前進する。

⑮深川臨川寺

仏頂の裁判闘争や鹿島文化の普及や仏頂芭蕉師弟関係を育んだ拠点である。

⑯「仏頂面」

へそ曲がりで目立って表に出ることや出世・名声を嫌って、生涯『仏頂面』をして堂々と歩んだ大奇人大変人である、世の流れに逆らって。

⑰和尚の入滅

釈迦を手本としながらも、独自の遺誡を書き残し逝去した、実に稀有な傑物である。

遺偈

踏破乾坤　日月脚痕

仏祖来也　不容吾門

天堂地獄 到処称尊

咄

一睡 一餐

貞享 辰年 孟正廿日仏頂書

意味：仏道を求めて修行を重ね仏陀が現れたが、我が門に入れず。天地は尊しとするには至らず。ああ、これはひと眠りひと食しである。

意訳：（私は）仏道を求めて、四方八方を踏破し、日月の痕跡を残してきた。そして仏祖（祖師）が来られたこともあったが、（私の）気づいた門（道）とは相容れない。仏祖（祖師）の教示されるあの世の天の堂（伽藍）は、（私にとって）地獄のようだが、現実周囲の到る処では仏の尊いお姿にまみえる。さてさて、（私は）ひと眠りして夕飯でも食おう（か）。【快食快便快眠】

〈！快欲はない、宗教者のため〉

仏頂は宗教家・乞食・行動者、芭蕉は文学者・作品執筆？

いつか、僕は、『仏頂禅師の伝記』を書きたい、と願っている。

イタリア追憶物語　おわりに

Ⅸ　老いと向き合い　二〇二三年　初夏〜

昨年一一月にコロナ感染が発覚、パニックに陥った！　しかも渡伊旅行一週間前、準備万端だったのにすべて没！　精神的なダメージは計り知れなかったけれども、何としても敬愛するダビデの墓参にいかなくてはならない！　僕を死の淵から救ってくれた心の恩人なのだから！　医師や保健所の精密検査や自宅治療の結果、二週間くらいで表面的には、ほぼ普通の生活に復帰できた。そして僕の体調と相談しながら、ゆっくり再準備した、亡くなってからもう一年になるのに、コロナ禍でずっと行けなかったのだ。

そして、この一月二〇日から一〇日間、やっと出掛け、ローマの遺族家族宅にホームステイでお世話になった。目的は一年前に亡くなった故ダビデの墓参りやご遺族に挨拶訪問だった。僕の最後のM村旅だった。一年前に妻のロサンナから突然ダビデの死が知らされて以来、コロナ禍がまだ続き、出入国が出来なかったのだ。何とか無事にフライト往復してきたが、機内で殆ど横になっていた。高いハードルをいくつか乗り越え、やっと故ダビデの墓参を終えた、すっかり石棺の中だった。気が済んだ！

ローマは横浜より寒かった。ところが現地でもベッドで休息することが多かった。なぜか疲れるのだ。イタリア人家族に誘われて、スペイン広場からヴェネチア広場までの歩道を、観光客を縫っててゆっくり往復したが、帰りは途中で何度も休憩せざるを得なかった。九歳の子供はピョンピョン歩いたのに。この時、僕は体力気力の減退を感じた。あのコロナ感染から、本当はまだ回復していなかったのか。

また、先々月の春分に、渋谷の代々木公園へ、久しぶりに友人と咲き始めの花見に出掛け、かなり歩き回った。ところが道半ばで挫折、僕はへたばってしまって、度々休まなければならず彼に迷惑を掛けた。僕よりちょっと若い友人は僕の弱々しさに呆れて（憐れんで）、これからは、しっかり食べてもっと歩くようにと励ましてくれた。僕はそのとき、初めて自分の老衰を意識した。急に危機意識を持ったのだ。渋谷から横浜市青葉区たまプラーザ駅まで、ぐったりしたまま這うように帰宅した。二ヵ月前、ローマ以来の長い散歩で、僕は体力の減退、消耗を初めて、身体全体に実感したのだった。

そういえば、コロナ感染から回復して以来、ずっと体力も気力も激減したままである。最近はずっと体調もよくない、昨年末の精密検査を卒業するとき、体重を測ってみたら何と五五kgしかなくて、びっくり仰天した！　昨夏頃からずっと痩せたとは思っていたけれども、ずっと維持してきた六〇kgを遥かに数キロも切っていた。ショックだった。大阪から来て四年振りに会った友人に顔がやつれているといわれて、僕はすっ飛んで鏡に自分を見た、本当だ、頬が削げている！　疲れ気味のはずだ。頑張って食べても体重が数kg減ったままで、少しも増えない。やはり、コロナ感染が最大の原因だろう。僕の人生は動転、暗転した。振り返るとそのコロナを境に、無体力無気力になってしまったようだ。
そこで心配になって、昨秋コロナ感染が発覚した病院で、同じ医師の再診察を受けた。すると、血液検査も受けさせられた。一週間後、その結果、特に深刻な異常は見つからなかったけれども、急激な体重減を大変心配された。豚肉やレバーを食べて栄養を補給するようにと。さらに検便もしたが、陰性だった。胃腸の回復を促進する薬を四種類、二週間分持だされた。それでもよくない気分はあまり変わらない。この状態はきっと老衰に違いない、と自己判断！医師はノーコメントだったが。これからは、もうこの状態を受け入れ、老いと付き合うしかないのだろうか。この四月末で満七二歳になる。残りの人生を老いと仲良くするしかないようだ。

さて、四月一六日午後に某大学で某名誉教授の講演会がある。それは半年前から予定されていた、僕もそのお手伝いをする。ところが突然田舎（岡山の近郊）で小学校の同窓会、簡単なランチ会を一五日にするからどうかと、四月早々に電話で問い合わせてきた。横浜の僕が一番遠いから、真っ先に僕に電話したとか。二〇人ばかり集まるという。行きたい、皆の顔が見たい、是非とも参加したいと叫んだ！　と一瞬喜んだが。手元の名簿によると、前回の同窓会は平成一八年（二〇〇六年）。同時に、ひょっとしたらこれが最後になるかもしれない、最近の老衰があれこれと身に沁みている、これが最後の再会になる可能性があるのだ。是非とも会っておきたいものだと！　参加と即答したが、実際はどうなることやら？　この一ヵ月位、自分の心や願いと実際の生活や行動が全然一致しない！

さあ、急に忙しくなったぞ！　最後になるかもしれない同窓生に挨拶やお世話になる土産や簡単な宿泊荷物を多めにスーツケースに詰め込んだ。三週間前に、連絡しておいた弟に確認、一晩宿泊と出迎え、墓参に同行、同窓会にもと、懇願して。一四日一八時以降に笠岡駅に出迎えと。だが、新幹線でふらふらと岡山着、山陽本線に乗り換えて笠岡に向かう途中で、既にかなりばててしまった。

一四日。小学校の同窓会？　幹事から声が掛かって、数年振りの新幹線で向かう。パート休みの許可を、職場で先日得ておいた。早めに出掛けた。スーツケースを引っ張ってるし、遠いし、体力がない。念のためか？　どうしても荷物が多い。あれもこれもと気持ちはまるでお上りさんだ。目下、新横浜発一四時四八分発で横浜から岡山へ向かう途中だ。窓の風景が勝手に飛んでいる。コロナ禍のせいで数年振りに足守に帰郷、やっと墓参が実現するのだ、何故か緊張している、亡父母に詫びている。二年前に一〇六歳で亡くなったKの伯母のも。どうも僕の感覚と実際が余り一致しない……。

その晩、笠岡に一泊、そういえば弟や義妹に会うのも数年ぶり、夕食時にいろんな話題が上るだろう、楽しみである。駅前の合流で弟がイライラ、駐車場所が狭いと。なんだかこっちは地方のラッシュか。数年ぶりですっかり疎遠になっている。いつの間にか岡山弁を話しているけれども。弟は山羊と鶏を飼っていた。あいさつ代わりにウルグァイのワインを一本プレゼント。義妹の夕食準備、具沢山みそ汁に牛しゃぶしゃぶ、三人で食べると旨い、家族の雰囲気を味わう。ひとりの自由なんて嘘だ。殺風景な単身生活に埋没しているからだろう。

山陽本線電車のなか、期待して幹事に電話で様子を聞く。すると名簿無し、参加不参加は好きにしろ、とずいぶん冷たい。混乱気味なのか。約束してくれていた参加者の名簿作成、『断ります』とのつっけんどんな反応にびっくり仰天！　先日は了解したのに、出席意欲が突然失せる。遠路、目前まで来たのに、止めようかと迷う。消灯後も寝床で悶々と悩む、心身が張り裂けそう。欠席するかどうか？　それほど僕の期待と現実は遊離しているのか⁈　故郷の仲間と横浜のはぐれ者の格差。夜明け前、結局出ることにした、この機会が最後かもしれないのだからと思い直す、この疎外感を我慢するのだ、と。なお、笠岡駅に着く前に隣の女子高校生にこの電車の到着時間を聞く、簡単に調べ教えてくれた、凄いな、若い子は！　孤独癖の僕が現代に落ち零れているのかもしれない……。

一五日。朝から、三年前に亡くなった伯母のお悔やみや墓参に、Kの従兄家族を訪問する。先日、電話連絡しておいた、九時頃お邪魔すると。だが、土砂降りなので墓地での墓参りは中止した、昨夜も一晩中しとしと雨だった。家の中の仏壇に手を合わせ、『般若心経』を読み上げた。伯母のまだ若い時の笑顔写真。納得！　従兄八五歳、その連れ合いは八四歳、しばし懇親。遠路のワイン（昨年末に何年ぶりかで会った日本語の教え子、在日大使館で勤務中）にイタリアのチーズのプレゼントが喜ばれてホッとした。わざわざ持ってきた甲斐があったのだ。

それから故郷足守の片隅にある実家へ、数年ぶりだ。もう一〇年以上の空き家、を訪ねる。弟は床が抜けるかもと気遣う。大雨で山田墓地での墓参りは残念ながら諦めた。仏壇に手を合わせ、伯母と同じく仏壇前で『般若心経』を読経する。屋内の埃や殺伐空間を観察、無人の故郷。無人の墓地を想う、田舎はちっとも変わらない、弟に煽られて、僕は苔生した空き家を一瞬眺めるのみ。懐かしい風景、段々畑や野山がいまもあるのだろう。生まれ故郷を離れて、かれこれ半世紀、納得するしかない！

そして町中、Aプラザまで送ってもらい、弟と別れる。一一時過ぎ着、何だか疎外感、場違い？　足守や近在の同窓生たちはあたかも家族的、僕と大阪の二人が遠来の客。しかも横浜は完全に遠路で疎外！　片隅に着席。既に疲れていて余り声が出ない。幹事の開会宣言。二四人集まっているという。千円弁当を食うだけの集まりだというが、同窓生の顔を見るのが僕は一番の楽しみにしている。なのに、この異質な雰囲気に呑まれて声が出ない、元気が出ない、老衰だけではないだろう、何だか場違いを感じる。近隣の同窓生の集まりに、遠方からのこの顔を出したのは失敗だった。

皆は七一〜七二歳、三〇年振りがほとんど。これが最後かもしれないのだ。少なくとも僕はそう思って参加した。できるだけひとりひとりと膝突き合せ、じっくり語り合いたい。懐かしい顔と笑顔の交換を楽しみにしてきた！　例えば、日の当たる立派な本家のY君、僕の家がその裏で親父同士が従兄になる。小学生の頃はメンコや魚釣りや近所の野山を駆け回った。中学では卓球部を楽しんだ。中学までは一緒に遊んだが、高校時代に彼はフォークソング吉田拓郎ファンのエレキギター、外交的。反対に、僕は孤独を好み、小説や山登りの内向的、幼馴染だった近所のI君（何年も前に金銭問題を起こして、同窓生の総スカンを食っているとか、子供の頃よく行き来して遊んだ）。山下では、Sさん（一〇年以上前に集まりで彼女のケーキを僕が黙って失敬し、一時騒ぎになったが犯人の僕は黙秘を貫いた。うやむやになったのだが。一時帰国前、南米で強盗に危うく騙されそうになったのだ、その後遺症が僕を泥棒真似に走らせたのかもしれない⁈　ごめんなさい）医者の娘，朱算塾の想い出。T君、鉄棒が上手。岡ではK君、裕福な長男。Nさん、お寺の娘。亡くなった阿曽のH君、足守川に出て魚釣りで一緒に遊んだものだ。足守町ではT君、幼稚園の箱車では彼が乗って僕がいつも押し役だったなあ。H君、大人になって横浜に出てから一番太い付き合い、若い時は大阪で商売して活躍、父母が亡くなって、足守に帰り家を継ぐ。それは僕の故郷における大切な基地だった。M君、中学校で陸上の選手、以後付き合いなし。いつも成績優秀な秀才のS君と偶然向き合い、突っ込んだ話し合い、が結局テーマは健康対策、食物のバランスや人との接触や趣味の楽しみ、その努力で頑張っている。僕が自然に死ぬのがいいと主張すると余り賛成しなかった。小回りの薬剤師のK君。H君、小六年に砂場で相撲の相手。I君は自転車屋の息子、病気で一〇年前死亡。A君も突然死亡、サーカス鉄棒の選手？　K君は魚屋？　の息子。T君は貰い子だったとか。Hは遊び好き、Y君は小学生の時は柔道選手、等々、皆変わった（ろう）なあ。

小学生時代を想う。手繰り寄せているのに、何もかもがすり抜けていく。二〇歳前に故郷を離れてから、僕はこの世からできるだけ遠い世界に逃げて逃げた。この疎外感はその反動なのだろうか。昔々のしがらみなのか、順番に挨拶して回っているのだけれども、何だか白々しい。だからどうだっていうんだ、僕はいつのまにか、自分に悪態をついていた。本当に馬鹿馬鹿しい一生なのだ。あたかも知っているかのように、あたかも知らないかのように、社会に出た僕は人々の中で、演技力を競ってきたのだ。僕は故郷やかれらのことを尋ねようとするのに、彼等は横浜の僕のことについて全然聞かない。

僕は偶然坐った中央の席でS君・K君とひそひそと雑談。大きな声が出ないのだ。また、半世紀ぶりのR君と会った。彼とY君が、何の拍子か、我が家の遺産相続問題に助言?!　相続放棄に一筆書けば解決と、そうらしいと思い、トイレに行ったついで弟に早く相続問題を片づけるように提案すると、彼は怒って電話を切った！　右から左へと問題回し、踏ん張って押し返すべきだったかも。

やがて、幹事の呼びかけ、

「誰か喋りたい人！」

一瞬シーンとなった。そこで、沈黙を破るために、僕は思い切って立ち上がった、喋らなくてはと。スピーチをするのだ。わざわざ遠方からやってきたのだ、しゃべらあであるものか!!!

「一番遠い横浜から来た秋葉清明です。皆の顔が見たくて頑張ってやってきました。このチャンスを逃したらもう会えんかもと思って……」

すると、意外にも一瞬、し～んと静まり返る。場違いの発言か？　本人は声を張りあげたつもりだったが、実際は弱々しかったのか？　古希を越えた同級生、昔のような元気・活発の声が上がらず。こそこそ、にやにや……隣近所同士のひそひそ話？　その前にもらった名簿を見ながら、端から順番に名前と顔の一致・確認をぼつぼつ始めた。しばらくすると僕のスピーチが長いので、会場の雰囲気が何となくざわざわ、白けている。そこで僕は打ち切って着席。一応拍手がぱらぱら、しかしそれ以上話す人無し、またごそごそと近く同士と話し合っている。僕は異星人だと感じた。同窓会じゃない、隣組の寄り合い、ランチ会なのだ。村八分のように感じたのは遠来の数人ばかりだけなのか。話も心も表面的でつまらない。加古川や津山や倉敷等からも来た同窓生もいるのに。

やはりみんな年を取ったのだなあと後で思った。それから僕は名簿を片手に頑張って回った。ひとりひとり挨拶し笑顔で挨拶……すると意外と想い出、反応あり、その内容は殆どぼんやりだったけれども……やっと納得！　それが終わると、すっかりへたばって元の席に戻った。でも満足！　それから柄にもなく、小学校校歌をぶちあげると、驚きとも呆れともつかないざわめき。その中から、同調する何人かが校歌を合唱、年寄りが小学生に若返り、ハプニングで一時会場が湧いた、気のせいか若返った、それが嬉しかった！　しかしながら単発、すぐ止んだ。疲れてしまった。手繰り寄せようとしても、僕の昔の想い出と目の前の同窓生が繋がらない……ニコニコと愛想よく見えるのだが……熱心なのは健康や相続の問題ばかり……僕は面白くなかった、勝手な期待が大間違いだったのだろうか。

やがて二時をまわると、そろそろと散会。足守駅に三時半に送ってくれると、A君がM君とJ君を一緒に車に乗せてくれた。やっとリラックスして気が付くと、重いスーツケースをそのまま持ち歩いていた。中の拙作を挨拶代わりに皆に渡すのを忘れていた。M君は酔っぱらってJ君が同じ新大阪に同行。そのJ君に、ふと拙作『父親と息子』を受け取ってもらった。前回は元気よく応援団の掛け声で話し合ったものだが、今回は互いに静かだった。歳で互いに疲れているのだろうか。

桃太郎線が岡山駅に着くや、酔っぱらっているM君をJ君に預けて、僕は新幹線ホームへ急いだ、目的地は新横浜なんだから。ところが、自由席二号車両の入口に迷う、聞いて何とか乗り込み、幸い混んでいない席に座り込んだが、もういけない、パソコンで今日の日誌を打ち込もうと昨日までは計画していたのに、全然その意欲も気分も湧かず、もうそのエネルギーがないのだ。文庫本の小説を拡げてうとうと。新横浜到着時間にスマホをセットしてから。窓の外は薄暗い景色が飛んでいる。それでも新幹線七号車、駅改札口エスカレーターに近い出口を待った。疲れても新横浜駅でさっさとブルーラインに乗り換え、あざみ野駅に着く。うさぎ小屋でも住めば都だ。何となくすぐ、酒を買って飲みながら歩く。やけくそだ、疲れた疲れた。こうでもしなけりゃ、やってられない！　わざわざ同窓会に参加する意義があったのか⁇　だけれども行かなかったら、きっと後悔しているだろうから、やっぱり行ってよかったのだが、と頭で理解する、心で反発する。だが、それにしても疲労困憊、遠くから交通費・体力・時間を使っていく価値があったのだろうか。そのモヤモヤした気持ちが収まらなかった。

なお、翌一六日の講演会お手伝いは無事に終えた。くたくたに疲れ切ったけれども。

ちなみに、四月初めから体調不良のため、また近所の病院に通っていた。僕が元来懇望する終活は自然死である。一九日、予告通りに病院で腹エコーと胃レントゲンの検査結果、問題は見つからず、その詳細も二八日に問題なしと。経過観察要と診察。先日の一連の検査を終えた結果、問題なしと判明し安心した。延命治療は不要、自然体でいきたい、と希望し、医師の理解を得た。栄養食を採ること、三ヵ月後に血液再検査をすること、を条件に服薬も中断する。

その後、ふと『弘兼流　６０歳からの手ぶら人生』（弘兼憲史著、海流社、二〇一六年一一月）に出合った。

その核心は、僕にとっては、以下の通りである。六〇歳からは、自然の流れに逆らわない、「人は人、自分は自分」で生きる、人生の尺度を持つ、自分たちのお金は自分たちで使い、キレイにして人生のゴールを迎える。老後の面倒は一切見なくともいいと告げる、家族から自立する、「老い」は「衰え」ではなく、「成長」のひとつだと考える、「自分小説」の執筆にも挑戦してみる、勝手な妄想を自由に織り込んでも全く問題なし　事実をベースに自分小説を書く、自分が生きてきた証を残しておきたい、という願望。

『人生は70歳からが一番面白い』（弘兼憲史著　SB新書　二〇一八年一月）も読む。
上機嫌の作法　提案四つ　自律　自律　楽しむ　役立つ　人生楽しんだもん勝ち。
老化現象をプラス思考へ転換する。逆らわず　いつもニコニコ　従わず　心の余裕を持つ。
相手を立てて　褒めて　譲る　感謝し　答え　与える。妻と子供から自立。
幸福の三条件　自分が幸せだと感じる　人々もその幸せに賛意　社会にプラスし周囲。
人々に幸せを生きてる間がすべて　自然葬　在宅死の勧め　健康長寿　〝自然治癒力〟
完全主義をやめること　非日常を楽しむ　「自分史」を書き上げる。老いを楽しむのである。

すると、要は、自然の流れに逆らわない、人は人、自分は自分で生きる。故郷にも弟にもあまり拘らない。同窓会ランチで感じた疎外もストレスもない。墓参りも必要ではないかもしれない。財産分与の問題からも解放される。「自分小説」の執筆にも挑戦してみる。コロナ感染体験による気力体力の減退をそのまま受け止める。故郷も弟も、墓参りも、同窓会ランチも然り。

二〇二三年五月、僕は再び東照寺の日曜朝坐禅に参加するようになった。祥泉院のご住職と話し合う機会を得て、坐禅する機会や場所を探していたのだ。その結果、綱島の東照寺を勧められ、自転車でも通える距離だったことも確かめて、出掛けることにしたのである。

こうして、我が半世紀を振り返ってみると、思春期青年期に暗黒の奈落に沈潜して以来、ずっと明るい世界の裏側の方を走ってきたような気がする。大学のアカデミックな道を外れてしまって以来、この世の世界に対して、ずっとあらゆる反抗的な生き方を突き進むようになってしまった。そうして、それは自然に、大袈裟に言えば、あらゆるものに対する反抗や闘争、あるいは妥協や諦念が、ここに記された我が半生の結果であるだろう。

四季巡り　あるがまま生き　なるがまま　このまま終わるか　我が人生

ところがどっこい、二週間ほど前（二〇二三年七月末）、偶然インターネットで知った。

彼がホームランを打てば、元気になるのは、僕ひとりだけではないだろう。日本中が感動しているのである。現在も、ＭＬＢ（メジャーリーグベースボール）で二刀流（打者と投手）として、大成功し大活躍し続けている大谷翔平選手のことである。その原点が、中村天風著『成功の実現』にある、という。彼が高校時代に勧められて熟読し、それが野球選手として、実力的だけでなく人間的にも素晴らしい選手に成長させた一因になっている、と。僕にとっては、日本の唯一希望である大谷選手の秘密に触れられるかもしれないと、ビックリ仰天した。大喜びで、その週末に、横浜で行われている中村天風財団公認の勉強会「はまかぜの会」に飛び入りで参加した。何よりも僕が大好きな大谷選手である。すると、中村天風師がインドのヨガとの出合いをきっかけに、人生礼賛・大いなる我が生命の力など、人生の「成功の実現」を説いているという。しかもそれは、坐禅・瞑想等で異界を体験し生活をリセットしている現在の僕にぴったり合っていそうなのである。まだ半信半疑だが、目下その『運命を拓く』に嵌っている。要は、頭や本で理解するだけではなく、その実践・継続が最も重要で不可欠らしい。半生記も探し求めて挫折・失望していたことが、大谷選手をきっかけにひょっとしたら目が開かれるかもしれない、とわくわくしている。その最後の希望に賭けて、毎日興味津々、楽しく集中している。宗教ではない、来る者は拒まず去る者は追わず、がいい。

「想像力を応用して、心に念願する事柄をはっきり映像化することによって、絶えざる気持ちでぐんぐん燃やしていると、信念がひとりでに確固不抜なものになる」
「目に触れるすべての物は一切合財、宇宙の自然創造物以外の物はすべて人間の心のなかも思考から生み出されたものでしょう」

（以上二点は、『成功の実現』より抜粋）

いや　そうじゃない！
大谷選手を探し求めて研究すれば　断じてそうじゃない！
陽がまた昇る　水平線の地球の彼方　積極的にもっと善《よ》い夢
迷わずに　創造生活　あるがまま　喜び感謝す　ダビデを偲び
人間の旅　心霊のなか　宇宙の生命　汲み尽くせまい　これからもずっと

【完】

あとがき

拙著『イタリア追憶物語』は、途中で何度も挫折しながらも、文芸誌の編集者水田まり氏や若い友人桂一雄氏、文芸社の編集リーダー横山氏や編集部の西村早紀子氏の叱咤激励のお陰でやっと脱稿に辿り着くことができました。本当にお世話になりました。感謝の気持ちでいっぱいです。ありがとうございました。

昨年一一月に予定していた最後のイタリア旅行が、コロナに感染したせいで延期になり、一時はパニック状態に陥り完全に絶望してしまいました。しかも回復後はすっかり気力体力共に衰え、文体も別人のようになってしまいました。四〇年近く前に記憶の底から必死の思いで書き起こした二〇代後半のイタリアの業務や滞在以降のことを折に触れて書き続けてきましたが、無謀な青年時代を振り返ってみたとき、その背後にはいつも敬愛するイタリア人ダビデ夫妻やM村の懐かしい根源的な存在がありました。そしていつかはそうした友情や親愛を一代記としてまとめ上げたいという願望が湧き起こっていました。その成果が拙著であると思っております。成功か失敗かについては、読者諸賢のご判断を仰ぎたいと考えております。ご一読、ご感想ご批判等をよろしくお願い申し上げます。

拝謝

二〇二三年一月一九日　秋葉清明

イタリア追憶物語　―我が半生の略記―

＊簡単な履歴書（学歴・職歴）とプロフィール
主な自分史年表、私事と関係が深い印象的な出来事（記憶を辿りながら）等。

一九五一年　岡山県北区足守で生。戦後の貧しい生活ながらも元気、健康。
父母弟の四人家族。
小心、神経質、内向的、忍耐強い、責任感、田舎の自然や社会で遊び、田畑や校庭を駆け回る。ドッジ（ソフト）ボール、魚取り（釣り）、昆虫採集、山（木）登り、等あらゆる子供の遊びに終日夢中。第一反抗期。

一九六四年　岡山市北区足守中学校に入学。
卓球・サッカー・バレーボール等を、広い運動場であちこちを飛び回る。伝統的な村の祭行事がさびれてテレビ・自転車・冷蔵庫、等の普及。所得倍増経済成長、電気製品に環境変化。第二反抗期。

図書館でゲーテ肖像に出会う。曇天の生活、学校の岡山県内が世界。規則に反抗、伸び伸び活動、肯定的反抗、等。親の命令で水彩画・珠算・英語の塾、等通い。
東京オリンピック開催とその競技、学校のカラーテレビで見る、等。

一九六六年　岡山県立総社高校普通科に入学。
受験競争に脱落、孤独や夢想、既成の現実に反抗。本の世界に逃げて慰め、遠くに行きたい、この世とあの世、希望と絶望、読書、孤独、片思い等、の思春期。灰色の高校生活。暗黒思春期！

一九六九年　東大安田講堂事件（東大紛争）一九六九年一月一八日から同一九日をテレビで見た！
現代の社会や体制に反抗、等。東大で起きた学生紛争である。日和見。高度経済成長の好景気が二〇年位続く。
その他、ベトナム戦争への反戦デモや第二次安保闘争など。コンビニやパソコンの出現や合理性やその機能が発展した時代。大学受験に全部失敗!!　日本脱藩、外国志向、自殺願望、ドイツ文学熱望、等。

一九七〇年　京都の平安予備校で浪人生活中。
作家三島由紀夫が一一月に、憲法改正のため自衛隊に決起（クーデター）を呼びかけた後に割腹。京都の下宿、ラジオで知った。その衝撃的な影響か自殺志向の実行！　岡山の自衛隊事務所に勤めていた叔父に入隊相談、神風特攻隊を希望、うやむやになったが……自分の死に場所を逃して残念。夜中に夜汽車や徒歩で京都から逃走、暗黒青春（人生）に突入。

一九七一年　それでも京都外国語大学独語学部ドイツ語学科（独語文学）に合格、入学。学園紛争後の荒廃学園や社会不安。その間、半年はバイト、孤独に引き籠り、先輩の影響でクラシック音楽に没入。放浪、自殺、旅行、等の四年間。人格者の教職員や安定生活の公務員を拒否（断念）。学業は適当だが絶対に留年はせず。この世から消えるために読書に熱中、S女史との出会い、等。

冬休み、求めて京都府八幡市の円福寺専門道場で坐禅修行、三週間。

一九七二年二月に浅間山荘事件、その修行期間中の朝、竹藪の焚火中に知る！社会や世界の出来事、等に興味や動揺。寺で知り合った同級生、友人を会津若松に訪問。五月に沖縄の本土復帰、沖縄へヒッチハイク。東北・北海道・日本海、等の放浪。九月に日中国交正常化（テレビで田中元総理の訪中を見る！　円切り上げ！）。学生時代は自殺と背中合わせの四年間、自我反抗、クラシック音楽・読書（キルケゴール・カフカ・カミュ等の実存主義作家やドストエフスキーの長編小説や宗教書、等）。『掟の門』（カフカ）。

一九七三年　第一次石油危機↑トイレットペーパー不足争奪混乱。学生の時、翻弄。

一九七四年　夏休暇に初めて外国へひとり旅、初めて自分を外国人（日本人）と意識する。

ザルツブルクに三週間。

ドイツ語夏季講座と夏のザルツブルク音楽祭。

一九七五年　京都外国語大学ドイツ語学部ドイツ語学科（文学）を卒業したが、卒業式に欠席。

卒論も書かず。以来、反母国、反社会、の活動を辿り始めた。

就職課の紹介で、無鉄砲にも、外国に就職。東京トレーディングイタリア会社。

（親不孝の始まり？）

英語教師免許取得したが、非人格者と自己判断し逃避。

ローマ近郊で農場開拓、未知の世界にひとりぼっち、自力開拓、等。

ベトナム戦争終結。

一九七六年～一九七七年春　ローマ近郊のM村における農場開拓で日本の蔬菜栽培、ダビデとの出会い、農協のイタリア人兄姉と懇意。臆病な恋愛と幻想の真実に破滅（絶望や闘争）。

スイス旅行、夜行列車で盗難に遭遇。密かなアバンチュールに大失敗、イタリア人兄姉と別れ、帰国、奈落の底。パート、転職の連続。

田中角栄・元総理（当時）が東京地検特捜部に電撃的に逮捕され、日本中に衝撃を与えた「ロッキード事件」。テレビや新聞号外で知る、仰天！

一九七八年～数年間、講談社野間道場の朝剣道猛稽古。道場掃除。生存競争（死の闘争）。

なんとしても強くなりたい一心、破滅や相討ち、等を覚悟！　自己反抗！！

一九七九年　第二次石油危機で世界経済の混乱。

八〇年代末、ソ連の経済悪化で東西（米ソ）冷戦の終結。

一九八〇年、弟の結婚に慌てた両親が、見合い結婚をセットしたが、相手側母親の強い反対で失敗。千代田化工建設（株）から、サウジアラビア製油所建設現場の補助業務。自暴自棄で出稼ぎ。土漠のイスラム社会を体験。一年後に休暇で東回り（バンコク・マニラ・台北）一時帰国。契約終了で西回り（アテネ・ローマ。ミュンヘン・コペンハーゲン・ロンドン・ニューヨーク・ワシントン・ラスベガス・ロサンゼルス・ホノルル）を経て完全帰国。M村のイタリア人兄姉に各都市から絵葉書送付。

一九八三年　その途上ミュンヘンで妻との出会い、ローマでイタリア人兄姉に再会、帰国。引っ越し・同棲・結婚・出産とラッシュ。息子の誕生に家族喜ぶ。公私共に多忙。

東京日本語センターに入社、渋沢栄一の生家の渋沢国際会館で生活日本語教育、「日本語学習の歩み」第一〇号の編集、等の研修。常勤教師として、教室・教室外・校外・家庭の学習、活動等に勤務。センターに六年余、ドイツの現地で就活。

一九九〇年　運よく、ドイツのヤポニクムから声が掛かり、日本語教育に三年間活動。家族三人で赴任。異国における業務や生活や家族の天国と地獄の経験。ヨーロッパ諸国を見聞、ベルリンの壁崩壊、等の旅行を通じて。

日本語教育、語学習得における新教授法の各種ヤポニクムのセミナーに業務命令で参加。

以後、約二〇年間は内外で日本語教育に従事。他に仕事やボランティア活動。
東京・横浜・ドイツ等。ゲルマン世界で日本語教育に悪戦苦闘、絶望や新体験の数々。
ドイツ国内外のヨーロッパを旅行。一時フランクフルトでも。
一九九五年四月　横浜でアローヒューマンリソース（派遣）に入社。
以後、約二〇年間、横浜の専業エンジニアリング会社で外国人エンジニアのコーディネーターとして生活指導や宿舎管理等に従事。二〇一三年三月まで在籍。以後、またまた転職。
一九八九年　消費税開始（三%）にびっくり。五%（二〇一四年に八%、二〇一九年に一〇%）。
一九九一年　バブル経済崩壊による仕事や失業。社会や家族の生活不安や息子の成長が支え。
一九九五年　一月早朝。阪神大震災が発生、横浜アカデミー日本語科で日本語教育。
地下鉄サリン事件、勤務していた日本語センター職員が被災。
一九九九年　ハローワークで職業訓練、国内就職より海外業務に興味。縁あってJICAシニアボランティア日本語教育の派遣マレーシア、単身赴任。ペナン島に一年、クアラルンプール（シャーラム）のコンドミニアムに三年住。日本語コースを設立。イスラム社会、複合（マレーシア・インド・中国）民族の世界。マレーシア語学習、国内中を（車で）旅行（ペナンやボルネオも）、ドリアン食、ボルネオ島の最高峰キナバル山に登頂。外国旅行による世界各国や人々に出会い、冒険、異国の文化に好奇心。マレーシアの自然や風俗や衣食住の生活をエンジョイ、等。盗難体験、インドネシアやオーストラリアに旅行見聞。

二〇〇一年　アメリカで同時多発テロの発生、世界が騒然。
二〇〇三年　ＪＩＣＡシニアボランティア日本語教育の派遣ウルグァイ、モンテビデオのコンドミニアムに二年半住。大学に日本語コースを設立。単身赴任。
スペイン語学習、近隣諸国（アルゼンチンやボリビアやブラジル）を旅行、。以下に嵌る、合気道・ワイン・アサド（焼肉）・セックス・スイーツ、等。
二〇〇六年頃、再び、専業エンジニアリング会社関連のアローヒューマンリソースの派遣社員に就職。
休暇に、海外旅行（ペルー・キルギス・チュニジア等）。息子の教育に関われず。
二〇〇八年　リーマンショックで大企業倒産や経済社会不況。転職は続いたが、中高年になるほどに、海外業務は難しくなった。
二〇一一年　東日本大震災発生　現地被災地のボランティア活動に個人で三回参加。
二〇一二年　京都の佛教大学通信修士課程文学研究科の国文学専攻に入学。残生を考えて奮起。
二〇一三年　三月にアローヒューマンリソース退社。
二〇一四年　佛教大学通信修士課程文学研究科の国文学専攻を修了。「芭蕉の研究」。
二〇一五年　京都に、研究のために単身赴任。インド旅行、スジャータ村のSachiホームに宿泊、ビハール州に位置する小さな村ブッダガヤには、釈迦牟尼が悟りを開いた地に建てられた大菩提寺（マハーボディー寺院）や洞窟や日本寺、等を訪問。

釈迦悟りの聖地、インドのブッダガヤを訪問（二〇一八年に巡礼の道を開拓）。

二〇一六年　佛教大学通信修士課程文学研究科の仏教文化専攻を修了。「芭蕉と仏教」。

二〇一七年　佛教大学後期博士文学専攻課程入学。

休学三年、途中退学（院生を通算八年、休学も含）。

二〇一八年　横浜に戻る。

突然家族（息子）の問題が発生、精神病（引き籠もり）？　寄り添うために家族の近く港北区に単身生活、共同生活は不可。港北区綱島の曹洞宗東福寺に日曜朝坐禅に参加、三年。

家族と別居。

七月 季刊文芸誌『日曜作家』に参加。二三号に初めて、投稿小説『斜陽館の怨念』が掲載。

以後、執筆・投稿の活動が支え、その継続。生きがいとして（読み）書いて現在に至る。

パート（展示場の誘導員・ビルの警備員）。

二〇一九年　都筑区の外国人エンジニア寮住込管理人、清掃業務。コロナ禍が世界に拡大。

会社都合と友人勧めで一時、さいたま市東浦和に引っ越し。真言宗日曜朝坐禅。

二〇二一年七月　東京オリンピック二〇二〇年。昨年から続くコロナパンデミックにより翌年に延長された。この数年間は、青春時代の夢、文芸誌等に執筆投稿。コロナ感染や中高年人生の歩み。

当時は、ロシアのウクライナ侵攻やオリンピック開催の汚職塗れ中。その間に大リーグ野球の大谷翔平選手の活躍・ホームランだけが唯一の明るい希望であった！　仕事都合でまた横浜市青葉区に引っ越し。息子は依然回復せず。

二〇二二年八月　文芸社から勧められ自費出版として初めて、拙著『父親と息子―家族の物語―』を刊行。

二〇二二年秋、敬愛するイタリア人の訃報によりローマ訪問、墓参りを計画したが、コロナ禍で挫折。本人がコロナ感染でパニック。

二〇二三年一月～。コロナ感染回復後、再度ローマ訪問を計画、何とか墓参と遺族の家にホームステイを遂行し納得。青葉区の祥泉院に月一回参禅、五月から東照寺朝坐禅に復帰。同時に現在も、ますます執筆活動が生きがい。

坐禅や息子を希望に現実に向き合い、老いを楽しみたい。

著者プロフィール

秋葉 清明（あきば きよあき）

主な経歴
1951年、岡山県生まれ。
1975年、京都外国語大学ドイツ語学部ドイツ語学科（ドイツ文学）卒業。
2014年、佛教大学通信教育課程大学院修士課程文学研究科の文学専攻を修了。
2016年、佛教大学通信教育課程大学院修士課程文学研究科の仏教学専攻を修了。

主な職歴
1975年、東京トレーディングイタリア会社、ローマ近郊で農場開拓。

1980年、千代田化工建設（株）、サウジアラビア製油所建設現場の補助。

1983年から約20年間、仕事やボランティア活動などを国内外で行い、日本語教育に従事（東京、横浜、ドイツ、マレーシア、ウルグァイ）。

1995年から約20年間、横浜の専業エンジニアリング会社で外国人エンジニアのコーディネーターや宿舎管理等に従事。

2017年からも横浜の各地で誘導員や管理人や清掃人等のパート。


神奈川県横浜市在住。

著書『父親と息子ー家族の物語ー』（文芸社、2022年）

イタリア追憶物語 —我が半生の記—

2023年10月15日　初版第１刷発行

著　者　秋葉 清明
発行者　瓜谷 綱延
発行所　株式会社文芸社
〒160-0022 東京都新宿区新宿1－10－1
電話 03-5369-3060（代表）
03-5369-2299（販売）

印刷所　株式会社フクイン

ISBN978-4-286-30010-8　JASRAC 出 2305527-301